王太子殿下の運命の相手は私ではありません

富樫聖夜
Seiya Togashi Presents

JN231478

fairy kiss

この作品はフィクションです。
実際の人物・団体・事件などに一切関係ありません。

王太子殿下の運命の相手は私ではありません

プロローグ　魔女の祝福

フローティア国の若き王と王妃に待望の世継ぎが誕生した。

二人が結婚して五年。なかなか子に恵まれず、本人たちも周囲もやきもきしていただけに、王子誕生の喜びはひとしおだった。

世継ぎ誕生の知らせは瞬く間に国の端から端まで広がり、国民は歓喜に沸いた。街や村の至るところにフローティアの国旗と王家を象徴する百合の花が飾られて、どこも祝宴ムード一色になった。

「めでたいことだ」

「これで我が国も安泰だな」

「王子殿下は美人の王妃様に似て、とても美しい御子らしいわ。今から楽しみね」

「国王陛下万歳！　王太子殿下万歳！」

お祭り騒ぎは何日も続いた。

――そして王子の誕生から半月後のこの日。城の大広間ではアルベールと名付けられた王子のお披露目会が行われていた。

豪華に飾り付けられた広間には、王子を一目見ようと集まった貴族や友好国の外交官がひしめき合っている。

少し高いところに設《しつら》えられた玉座に腰を下ろし、順番に祝いの言葉を受ける国王と王妃の前には揺りかごに入れられたアルベール王子の姿があった。

隣国の使者からの祝いの言葉に笑顔で応じながら、王妃は揺りかごの中で眠るアルベールを慈愛に満ちた瞳で見つめる。

アルベールは周囲の喧騒を気にする様子もなく、すやすやと安らかな寝息を立てていた。謁見中に泣かれたらどうしようかとやきもきしていた王妃や乳母たちは、安堵を通り越して苦笑してしまったほどだ。

——この子はもしかしたら器の大きな子になるかもしれないわね。

親バカ丸だしでそんなことを考えていた王妃の瞳が、赤ん坊の小さな左手を捉えた瞬間、不安に曇った。

世継ぎが生まれ、喜びと幸せの絶頂にいる国王夫妻のたった一つの懸念。それは生まれてから一度も開いたことがないアルベールの左手のことだった。

確かに赤子は寝ている間も手を軽く握ったままでいることが多いが、開けないわけではない。現にアルベールも右手に触れると小さなそれを開いて王妃の指を握り返してくれる。

ところが左の手のひらだけは、握りこんだまま開けようとしないのだ。

もしかしたら、何か障害があって開けないのだろうか。だが、王家の専属医は王子の手に異常はないと言う。

そこで先日、国王は先代の頃から仕えてくれている魔術師長に相談した。

彼はアルベールの左手を魔術を通して視《み》ながら答える。

『安心召されよ、陛下。アルベール殿下の左手には何も異常は見うけられませぬ。手を開かないのは何かをぎゅっと握りしめておられるためのようですな』

王と王妃は思わず顔を見合わせた。

『そうです。握りしめた手のひらの中に何かが視えまする』

『魔術師長、アルベールは一体何を握っているというのだ』

魔術師長は眉根を寄せて、顔中の皺を一層深くする。

『そのことなのですが……私の魔術では殿下が握っているものの正体が摑めないのです』

『魔術師として当代一の実力を持つというそなたの術でも分からないだと？』

国王はびっくりして魔術師長を見つめる。

三十年以上もの間、フローティア国の魔術師たちの頂点に立ち続けている老魔術師は穏やかな灰色の瞳で国王を見つめ返した。

『私を買いかぶられておられるようですな、陛下。世の中には私など足元にも及ばない神秘を体現できる者がおります。現にアルベール殿下が握りしめているものの正体は、私には摑めません』

『だが、そなたが我が国一番の魔術師であることには変わりない。そのそなたが分からぬと言うのであれば、一体どうすればいいのだ』

困惑する国王に魔術師長は進言した。

『陛下。ここは「国守りの魔女」殿のお力を借りるべきかと存じます』

王妃は魔術師長の口から出た言葉に、思わず息を呑んだ。

『国守りの魔女殿のお力を？　そこまでおおごとだと言うのですか？』

『恐れながら王妃陛下。アルベール殿下は陛下のただ一人のお子であり、お世継ぎです。その殿下に何か問題があれば国の存続にかかわります。国守りの魔女殿のお力を借りるのは何もおかしなことではありますまい』

王妃は何も言い返すことができなかった。

——そんな魔術師長との会話を思い出し、王妃は重臣たちの祝いの言葉に笑顔を作りながらそっと重い息を吐いた。

『国守りの魔女』の手を借りなければならない事態だと魔術師長が判断した。それこそ王妃にとってもっとも気がかりなことだった。

——『国守りの魔女』。

それは、千年前にこの大陸を襲った未曾有《みぞう》の『大災害』の時、十か国の王に協力し、復興に努めた十人の女魔法使いのことだ。

復興後、彼女たちは各国の王の助言者として留まり、力と記憶を次代の魔女たちに継承させながら、今もなお自分たちが守護する国を見守っている。

国政に口を出すことはないが、何か問題があれば国王を助け、時には諫めて正す。国同士の争いごとに発展した時は『国守りの魔女』たちが仲裁し、戦争を回避させたこともあった。

魔女たちは歴史の折々で時の国王を助け、国を救い、守った。そのため、いつしか人々は彼女たちを『国守りの魔女』と呼ぶようになったのだ。

ただし『国守りの魔女』たちが人々の前に姿を現すことはめったにない。国王も自身の戴冠の際に一度だけ顔を合わせたきりである。

魔術師長の進言に従って『国守りの魔女』に手紙を送ったが、今のところ現れる気配はなかった。そのことに王妃は不安を感じる反面、安堵してもいた。

「王妃、大丈夫か？　疲れていないか？　辛いのであれば席を外して少し休憩を……」

重臣の一人が祝いの言葉を終えて下がっていく姿を見送りながら、国王が小さな声で尋ねてくる。どうやら王妃の浮かない様子に気づいたらしい。

王妃は背筋を伸ばしながら首を横に振った。

「いいえ、陛下。わたくしは大丈夫です。アルベールも眠っているようですし、このまま……」

王妃が答えた時だった。急にバタンという大きな音とともに大広間の扉という扉が一斉に開かれ、そこから強い風が吹き込んできた。

大広間の出入り口の扉は鉄で出来ていて、大きくて重量もある。つまり、そう簡単に開かない造りになっているのだ。それが突然、外側から一斉に開かれたのだから、招待客が仰天するのも無理はなかった。

「きゃあ！」

「い、一体なんだ⁉」

あちこちから悲鳴が上がる中、思わぬ事態に腰を浮かしかけた王妃はふと、玉座のすぐ下に佇む人影に気づいて目を見開いた。

それは頭からつま先までを灰色のローブですっぽりと覆った人物だった。王妃からほんの少し遅れて同じくその人影に気づいた国王が鋭い声で誰何《すいか》する。

「何者だ⁉」

つい先ほどまで玉座の下に誰もいなかったのは確かだ。それなのに開いた扉に気を取られたほんのわずかな間に忽然《こつぜん》と現れた。

遅ればせながら不審人物に気づいた護衛の兵士たちが、国王夫妻を守るため剣や槍を手に前に出る。

緊迫感が高まり、招待客たちが固唾《かたず》を呑んで見守る中、声が響き渡った。

「待たれよ。その方に剣を向けてはならん」

人々の輪の中から一人の老人が姿を現し、灰色のローブの人物のもとへ悠然とした足取りで近づいていく。

老人の姿を見て人々は、あっと声を上げた。それはこの国の魔術師長だったからだ。

国王は魔術師長が現れたのを見て、ようやく自分たちのすぐ近くに佇む人物が誰か気づいたようだった。

「もしや、あなたは――」

だが国王が言い終えるより早く、灰色のローブの人物のすぐ傍《そば》までやってきた魔術師長が白髪の交じった頭を下げて言った。

「よくぞいらしてくださった。『国守りの魔女』フローティア殿。お久しぶりでございます」

大広間中の喧騒が一瞬にして止《や》んだ。

それから少し遅れてあちこちから息を呑む声があがる。

かの灰色のローブ姿の不審人物に向かって剣や槍を構えていた兵士たちは、一瞬「え？」と呆けてから慌てて我に返り、武器を持つ手を下ろした。

——この方が、国守りの魔女……？

王妃は呆然と灰色のローブの人物を見つめる。現国王の戴冠式より五年も後に王家に嫁いできた彼女は、今まで一度も『国守りの魔女』を見たことがなかったのだ。

周囲のざわめきや注目をものともせずに、灰色のローブの人物——『国守りの魔女』は挨拶してきた魔術師長に親し気な口調で返した。

「ゼファール。久しぶりとは大げさだね。つい先日、国王の戴冠の折に顔を合わせたばかりじゃないか」

言いながら彼女は手を伸ばし、頭をすっぽり覆っているフードを無造作に払う。そこから現れたのは茶色の髪に水色の瞳をした若い女性だった。

歳は二十代の半ばだろうか。特別美しくも醜くもない。特徴と呼べるべきものはなく、一言で述べるとすれば「平凡」。

国守りの魔女はどこにでも居そうな至って普通の顔立ちの女性だった。

これには王妃も驚きを隠せなかった。何となく『国守りの魔女』とは、万人を魅了するような美しい姿形をしているものだと思い込んでいたのだ。

魔術師長は顔を上げ、泰然とした様子の魔女に苦笑を浮かべる。

「陛下の戴冠はもう十年も前のことですぞ。魔女の方々にとってはつい先日かもしれませんが、この老いたる身には十分に久しぶりと言える時間でございますよ」

「老いたと言いながら、あんたはまだまだ元気で耄碌《もうろく》しそうにないね、ゼファール」

魔術師長と魔女。

互いに、呪文詠唱によって発動できる魔術と、呪文詠唱を必要としない魔法という似て非なる奇跡を体現する二人は、まるで知己《ちき》のように会話をしている。

それを聞きながら王妃は魔女が見かけ通りの平凡な女性ではないのだと身を引き締めた。

——おそらくあれは本当の魔女様のお姿ではないのでしょう。

魔女たちは息をするがごとく簡単に姿を変えられると聞く。鳥や獣や植物に身を変えて、人の目をくらますのだ。

加えて、魔女は時に人を試すことがあるという。自分たちが守るに値する存在かどうかを。

見た目通りの老婆や弱々しい女性だと侮り、手痛いしっぺ返しを食らう逸話には事欠かないのが魔女という存在だ。

「さて」

魔術師長との会話を終えた『国守りの魔女』は、くるりと国王たちの方に向き直った。国王が慌てて玉座から立ち上がる。

「魔女殿、先ほどは兵たちが大変失礼いたしました」

護衛の兵士たちが彼女に剣を向けたことを言っているのだろう。『国守りの魔女』を傷つけようとするなど、本来はあってはならないことだ。厳しい性格の魔女であれば、国と兵士たちに罰を与えてもおかしくはない。

だがフローティア国の『国守りの魔女』は笑って彼らの無礼を許した。

「なあに、気にすることはない。先ぶれも出さずに突然姿を現したんだ。兵士たちの反応は当然さね」

魔女の口調は国王に対するものとは思えないほどぞんざいだ。けれどそれを咎《とが》めようとする者はいなかった。ある意味、『国守りの魔女』はこの世界にとって十か国の王や王族たちより重要な存在なのだ。

「それよりも、この子だね。国王とゼファールの手紙にあった王子は」

『国守りの魔女』は流れるような動きで国王と王妃の前に置かれた揺りかごに近づくと、身を乗り出して覗き込んだ。

「どうですかな、魔女殿？」

しげしげと赤子の姿を見つめている『国守りの魔女』に魔術師長が声をかける。『国守りの魔女』は顔を上げると、ため息をつきながら魔術師長を振り返った。

「あんたの慧眼《けいがん》には恐れ入るね、ゼファール。ドンピシャだよ。この子は『大地の祝福』を持って生まれている」

とたんに大広間中にざわめきが走る。

十か国の王族の中には、稀に『大地の祝福』を受けて誕生する子どもがいる。

彼らは『祝福の子』と呼ばれ、文字通り生まれながらにして大地から加護を受けており、存在するだけで大地に豊かな実りをもたらしてくれるとされている。

「殿下が『祝福の子』だって⁉」

「おお、なんという吉事。これでこの国も安泰だ！」

大半の招待客が喜びを露わにする一方、暗い表情を浮かべる者、どこか憐れみの表情を浮かべる者たちがいた。

彼らは『大地の祝福』がなんであるか、『祝福の子』と呼ばれる王族がどういう役割を果たすのか伝え聞いている者たちだった。

「『大地の祝福』……そんな……」

国王も王妃も、もちろん王族であるがゆえに『祝福の子』の役割を知らされている立場の人間だった。

「……やはり、そうでしたか。殿下の魔力が高いので、もしやと思いましたが……」

辛そうに魔術師長が呟く。彼も、そして魔女も決して嬉しそうではなかった。

「あたしも驚いているさ。五十年以上も前、東方にあるヒイラギ国にいた『祝福の子』が亡くなって以来、もう現れることはないだろうと思っていたからね」

「まだ、大地は本当の意味で癒えていないのですな……」

『大地の祝福』を受けた者は大地に豊かな実りをもたらす――。だがそれはほんの一部の事実でしかなかった。

王妃はわななく唇を、震える声を抑えることができなかった。

「そんな……、そんなことって……」

『祝福の子』はその役割による負担ゆえに、短命の者が多いとされている。国王に大勢子どもがいればまだしも、アルベールは現在唯一の跡継ぎだ。

「魔女殿！　どうにかならないのでしょうか。この子は王位を継ぐ子なのです！」

国王の口から悲痛な声が漏れる。その声は小さくて、大広間にいる招待客の耳には届かなかった。けれど、近くにいた王妃や『国守りの魔女』、それに魔術師長の耳にははっきりと聞こえた。

「一度受けた祝福を取り消すことは不可能だ。たとえそれが地脈の流れを整え、大地と人間を繋ぐ役割を持ったあたしら魔女にもね」

淡々と答える魔女の声は、王妃の耳にはとても冷たく響いた。

「……けれど、嘆くことはない。王子は大丈夫さ。ほら、ごらん」

魔女は揺りかごを覗き込むと、かたく閉じられた赤子の左手にそっと人差し指で触れた。するとどうだろう。あれほど頑なに開こうとしなかったアルベールの握りこぶしが解け、そこから小さな石が零れ落ちたのだ。

それは大人の小指の先ほどの大きさの透明な石だった。

「おお、これは……」

息を呑む国王と王妃を余所《よそ》に、魔女は揺りかごの中に落ちた石を摘み上げて、にっこり笑った。

「賢い王子だこと。無意識のうちにこれが自分にとって大切なものだと判断して守っていたんだねえ。国王、王妃、安心おし。この子は大丈夫だ」

王妃は、自分を見つめる魔女の水色の瞳が暖かな光をたたえていることに気づいた。

「この石はね、大地から『祝福の子』への贈り物だ。他の人間にとってはただの石に過ぎないが、王子にはとても重要なものになるだろう。大地は確かに私たちに試練を与えるが、同時に救いと施しも与えてくれるもの。王子には数奇な運命が与えられたが、大地は彼の対となる存在をも与えてくれたようだ」

「アルベールと対となる存在を……?」

「もしやそれは運命の相手というやつですかな?」

魔術師長が口を挟む。魔女は頷いた。

「そうさ。そもそも『祝福の子』が短命なのも、対となる存在を見つけられなかった場合だ。対となる存在は『祝福の子』から欠けたり失われたりしたものを補完する存在だからね。見つけて傍に置けば王子の負担はぐんと軽くなる」

「それでは……どうにかして王子の対となる者を見つけることができれば?」

王妃と国王の胸に希望の光が灯る。魔女はまた頷いた。

「そうさ。対となる者が見つかれば、王子はその人物と共にいることで普通の人間と同じ長さを生きることができるようになる」

魔女は摘み上げた小さな石をアルベールの左の手のひらに載せる。するとアルベールは眠っているにもかかわらず、その石をぎゅっと握りしめた。

「いずれ時が経《た》てばこの石が王子の対となる者へと導いてくれる。大切におし」

「はい」

国王と王妃、それに魔術師長が頷くのを確認し、魔女は満足そうに微笑《ほほえ》むと、身を乗り出してアルベールの握りしめた左手にキスを落とした。

「魔女からの祝福だ、王子。国守りの魔女、フローティアの名において予言する。あんたは必ず対となる存在と出会うだろう。だから――それまで男を磨いておくんだよ？」

それから『国守りの魔女』は子育てについて国王と王妃にいくつか助言をすると、現れた時と同じように大広間に吹き荒れる風とともに姿を消した。

新たに誕生した『祝福の子』アルベール王子のことは、大広間に招待されていた各国の使者の口から瞬く間に大陸中に知れ渡った。そのことでにわかに騒がれることになり、縁談が殺到したりしたが、国王と王妃は『国守りの魔女』の助言に従い、アルベールの婚約者を定めることはなかった。

例外はいくつかあるものの、『祝福の子』の対になる者はたいていが異性である。もしアルベールの結婚相手を定めてしまえば、対となる者との間にのちのち大きなトラブルを生む事態になるのは容易に予想できた。

結局その後、国王と王妃の間に子どもは授からなかったが、一粒種のアルベールは王子としてこの上なく優秀で、性格も温厚で思慮深い青年に育ってくれた。

――あとは、アルベールの『対となる者』が現れてくれさえすれば。

けれど、国王夫妻の願いもむなしく、アルベールの対となる女性は現れる気配はなかった。そのため、年々大きくなる「王太子殿下にそろそろ妃を」という声を無視できなくなってきていた。

「陛下。もはや悠長に構えている場合ではないのかもしれませんわ」

「そうだな。アルベールのもとへ対となる女性が現れるのを待っていたが、そろそろ時間切れだ。こうなっては積極的に私たちが動くべきなのかもしれん」

アルベールは隠しているが、年々負担になっていく『大地の祝福』のために体調を崩すことも増えていた。

こうしてアルベールが二十歳を迎えようとする年、国王夫妻はある決断をし、大きく踏み出すことにした。

城に王太子と近い年齢の独身女性を招待し、その中から例の石に花嫁候補を選ばせるのだ。

「まぁ、都合よく城に招かれてくれるかはともかく、何かのきっかけにはなるかもしれませんな」

魔術師長を引退し、王家の顧問となっていた老魔術師ゼファールがやや消極的ながらも賛成してくれたこともあって、王子の妃候補を選ぶための晩餐会が開かれることとなった。

やり方は簡単だ。晩餐の場において出される予定のお菓子の一つに石を忍ばせ、当たりを引いた者を王太子妃候補とするのだ。こうすれば「石が導く」という魔女の言葉にも反しないと国王夫妻は考えた。

――そしてアルベール二十歳の誕生日、城の大広間には国内の若い貴族女性たちが大勢集められていた。

急遽設えた長いテーブルにはあらかじめ食事一式が準備されている。招待客は言われるがままに広間の一角に美しく盛られた一口大のパイを各々選んで、用意された席に着いた。

もちろん彼らはどのパイの中に石が入っているのか知らないし、アルベールや国王夫妻も知らない。

招待客をはじめ、見届け人として招かれた高位の貴族たちは、固唾を呑んで見守った。

アルベール王子が生まれた時に『国守りの魔女』が行った予言は国民に広く知られていたが、彼の持つ『魔法の石』の特性を知る者は少ない。

そのため、ほとんどの者は必ず誰かのパイに石が入っているものと考えていた。たとえアルベール自身がこの中にはいないと断言したとしても、くじ引きのようなこのやり方なら、誰かが引き当てるに違いないと。

ところが石は誰のパイの中にも入っていなかった。それではと、余ったパイに一部の女性たちが群がったが、どこにも石はなかった。

「そんな……では石はどこへ？」

困惑したように王妃が呟く。それは大広間に集《つど》っていた誰もが抱いた疑問だった。

石の行方に大広間中が大騒ぎになっていたのと同じ時刻。

城の一角にある菓子専用厨房の中で、一人の菓子職人見習いが、疲れ果てながらテーブルに手を伸ばしていた。

そこには「数はもう足りているから」と持っていってもらえなかった十数個のパイがあり、長時間働いていた彼女にとってはその甘い香りは何よりの誘惑だったのだ。

——余ったものだからいいわよね。味見、味見っと。

菓子職人見習いはパイを一つ手に取り、あーんと大きな口を開けて頬張った。

ドライフルーツをたっぷり入れて作られたミンスミートの香りが口の中いっぱいに広がる。うっとりしながら咀嚼《そしゃく》しようとした菓子見習いは、ガチッと歯に当たる石のような感触に固まった。

彼女はそれがなんであるか知っていた。なぜなら、アルベール王子の花嫁選びのため、パイのフィリングにその石を混ぜ入れたのは彼女自身だったからだ。

——な、なんでこれがここに入ってるの⁉　まずい、わざと出さなかったと勘ぐられてしまうわ……！

見習いの顔から血の気が引いていった。

花嫁選びを台無しにしてしまったのかと戦々恐々とする彼女は知らない。

石が選んだアルベール王子の『対となる者』——それが誰なのか。

この時点ではまだ誰も知る由はなかった。

第一章　菓子職人見習いは転生者

――時は少し遡る。

フローティア国の王都の一角に、美味《おい》しいと評判の菓子店があった。

『タルトとパイと紅茶　ステラの店』と大きく看板が掲げられた明るい店舗には、お菓子を買い求める客がひっきりなしに訪れている。

併設された喫茶室《カフェ》はいつも満席で、順番待ちの行列が絶えることはなかった。

「ここのパイを知ってしまうと、他の店のパイなんて食べられないわ」

「本当よね。まるで別物だもの」

順番待ちをする若い娘たちが、店内に漂う甘い香りにうっとりしながらおしゃべりをしている。

ステラの店の商品は多少割高の値段設定だが、庶民に手が出せないほどではない。そのため、一般庶民や商人、それに貴族までもがこぞって買いに訪れる。

次々と訪れる客に商品を提供するため、店の奥の厨房では菓子職人たちが朝早くからフル稼働で働いていた。

小麦粉にバターをたっぷり練りこみ綿棒で伸ばしてパイ生地を作る者。パイやタルトに入れるフィリングを作る者。できたパイ生地にフィリングを詰めて照りをつけるために卵黄を塗っている者。それぞれが分担しながら自分に与えられた仕事を手際よくこなしていく。

全員女性だが、ここにいるのはほとんどが店の創業時から店主に弟子入りして働いているベテランの菓子職人なのだ。

その中にあってただ一人、大きなオーブンの前でうっとりと佇んでいる少女がいた。他の職人たちと同じエプロンを身に着け、はしばみ色の髪の毛をきゅっと一本に結び、スカーフで頭を覆い隠している。

少女の名前はクロエ・マーシュ。弟子入りして二年目に突入したばかりの菓子職人見習いだ。すでに少女というより女性といった方がいい年齢なのだが、いかんせん外見も行動も少女っぽさが抜けきれていない。

ぱっちりとした大きな緑色の瞳に、細い鼻梁。目鼻立ちは悪くない。むしろ可愛《かわい》い部類に入るだろう。

けれど、故郷の田舎ではそれなりに褒められた顔立ちであっても、ここは国中から貴族や豪商たちが集まる王都だ。クロエより美しく可愛らしい少女はいくらでもいるので、どうしても見劣りがしてその他大勢の中に埋没してしまうのだ。

もっとも本人は自分の容姿に頓着しない性格なので、まるで気にしていない。クロエの頭の中の大半はお菓子作りのことで占められているのである。

——ああ、この甘くて香ばしい匂い、最高だわ。これこそ私が前世から求めていたもの！

鼻孔を膨らませてオーブンから漂うパイの匂いを吸い込む。と、そこに厳しい声がかかる。

「こら、クロエ！　何をボーッとしてるんだい！　そろそろ取り出さないとコゲちまうだろう？　客に焦げたパイやタルトを出そうっていうのかい！」

声を張り上げているのは、腕を組んで職人たちの仕事を見守っていた恰幅のいい老婦人。白髪交じりの茶色の髪をクロエと同じようにピンクのスカーフで覆い、白いエプロンを身に着けている。

彼女こそこの店のオーナーであり、クロエの師匠であるステラ・ゴルウィンだ。

どっしりとした体格と歯に衣着せぬ物言いは、下町の食堂のおばさんといった風情だが、これでもれっきとした菓子職人で、クロエが知る限りその腕前は王都一だ。

「は、はい！　すみません！」

クロエは慌てて腕を伸ばし、分厚いミトンをはめた手をオーブンの取っ手にかけて扉を開けた。

そのとたん、甘くて香ばしい香りが厨房中に充満する。

——中のパイは……っと。おお、いい焼け具合！

鉄板の上にはこんがりと黄金色《こがねいろ》に焼けたアップルパイが鎮座している。ちょうどいい焼き上がりだ。もし取り出すのが遅れていたら、焦がしてしまっていただろう。

——前世のオーブンと違って時間が経過したらチンと鳴って教えてくれるわけではないのに、焼き上がり時間が勘で分かるなんてすごい。さすが師匠！

厨房の壁の一角に埋めこまれた巨大な鉄製のオーブンは、熱と火の魔術が組み込まれていて、温度が自由に設定できるようになっている魔具だ。

魔術の使えない人でも扱えるように調整された器具は魔具と呼ばれ、電気が存在しないこの世界においてはとても重宝されている。もちろん、非常に高価で、普通なら貴族や豪商の家でないとまず見ることができない代物だ。

——実家ではランプ系の魔具しか見たことがなかったから、このオーブンを初めて見た時はたまげたものだったわ。

これでもクロエは一応男爵家の令嬢なので、魔具を目にしたことはあったのだが、まさかオーブン型の魔具が存在するとは夢にも思っていなかったので、狂喜乱舞したものだ。

——だって温度調節のできるオーブンがあれば、作れるお菓子の幅も広がるもの。あとは材料さえあれば、前世と同じようなお菓子を作るのも夢じゃないわ！　ファンタジーな世界万歳！

「クロエ、オーブンからそれを取り出したら、店の方の応援。ちょっと今、てんてこ舞いしているそうだから」

「はい。了解です！」

オーブンからパイの載った鉄板を取り出しながら、クロエは元気よく返事をした。

クロエは菓子職人の見習いだが、店に立って売り子をやることも、喫茶室の方で給仕の手伝いをすることもある。嫌だと思ったことはない。

美味しいと言ってくれるお客の反応や、タルトやパイを買いに来る女の子たちのキラキラした顔を見るのが好きだからだ。

——異なる世界でも、美味しいお菓子を前にした人の反応は変わらない。同じだ。生まれ変わったこの世界じゃ前世と同じようなお菓子は二度と食べられないんだ、と気づいた時は絶望したものだったけど……。

巡り巡ってこうして果たせなかった『夢』を叶えることができるようになったのだから、転生というのも捨てたものではない。

「クロエ、厨房見回して何をニタニタ笑ってるんだい。さっさとお行きよ」

ステラが呆れたように眉を上げながら、しっしっと犬でも追い立てるように手を振る。

「はい、今行きます！」

怒られる前に、クロエは厨房を後にした。

クロエには前世の記憶がある。

日本という国の地方都市で生まれて十八歳まで生きた記憶が。

前橋《まえはし》美鈴《みすず》というのがその時のクロエの名前だ。市内の公立の高校に通う三年生で、次の春には卒業するはずだった。

進路も決まっていた。夢だったパティシエールになるために春から製菓の専門学校に通うことになっていたのだ。大学に行ってほしいという両親を説得して、ようやく漕ぎつけた夢への第一歩だった。

美鈴はお菓子作りが趣味で、小さい頃からキッチンに立ってはホットケーキやクッキーを作っていた。それが高じ、いつしかパティシエールになって、自分の店を持つのが将来の夢になった。

その夢を実現させるために、製菓学校に行って基礎を学び、卒業したら憧れのパティシエールのもとに弟子入りして修業する。

そんなふうに将来を思い描いていた。記憶の中にある美鈴の最後の日々は希望に満ちていた……と断言できる。

それが突然断ち切られてしまったのは、事故に遭ったせいだ。

卒業間近の日曜日。

この日、美鈴と両親は父親の運転する車で東京に向かっていた。春から製菓学校に通うので、練習用の本格的な製菓の道具が欲しくて車を出すように両親に頼んだのだ。

ちょっとした日帰り旅行気分で親子三人で車に乗り、高速道路を走っていた時に、それは突然起こった。

逆走してきた車と、美鈴たちの乗った車が正面衝突したのだ。

今思い返してみても、どうして見通しのいい道路で、あんなことが起きたのか理解できない。美鈴の父親もまさか逆走してくる車がいるなんて夢にも思っていなかったはずだ。

だから気づいた時には遅かった。急ブレーキをかけたけれど、減速しないで正面から突っ込んでくるワンボックスカーを避けることは不可能だった。

目前に迫ってくる対向車を見て「これは死ぬな」と感じたことは、鮮明に覚えている。

今ようやく気づいたかのように目を見開く中年の男性。対向車の運転席がまるでスローモーションのようにはっきり見える位置まで近づいてきて――。

そこでブツッと美鈴の記憶は途切れている。

――たぶん、私、あの時に死んで、そして生まれ変わったんだろうなぁ、この世界に。

残っていた記憶からそう結論づけたのは、クロエが六歳の時だ。

生まれた時からはっきり前世の記憶があったわけではない。時折、ここじゃないどこかの記憶が頭を過《よ》ぎる程度で、クロエはそれを前世の記憶だとは認識もしていなかった。夢だとすら思っていたのだ。

ところが六歳の夏、荷馬車の前に飛び出して轢《ひ》かれそうになった瞬間、一気に思い出した。馬車を運転していたサムの恐怖に青ざめる顔と、対向車の運転席にいた中年男性の表情がまったく同じだったからだろう。

結局その時は長兄のトワイトが助けてくれて、前世の二の舞いは避けられた。

「馬車の前に飛び出すなんて！」と、さんざんトワイトにも両親にも説教されたが、思い出した前世の記憶と自分が異世界に転生したことの方が衝撃的で、ほとんど何を言われたか覚えていない。

前橋美鈴はあの時、車の衝突事故で亡くなって、フローティア国のド田舎に領地を持つマーシュ男爵家の三女として生まれ変わった。

――まるで小説のようだわ。異世界に生まれ変わるなんて。

前とはまったく異なる世界だというのははっきりしていた。まず文明レベルが違う。

この世界には車や蒸気機関車は存在しない。服装や人種も、アジアというよりヨーロッパ系だ。

実家のある領地が田舎すぎるため判断材料に乏しかったが、強いて言えば、ヨーロッパの近世に近い生活様式のようだった。不便ではあるが、それなりに我慢して生活できる範囲内だ。

もちろん、それだけでここが過去の世界ではなく、異なる世界だと判断したわけではない。

何といってもこの世界には、美鈴の世界には存在しないものがあったからだ。

それが呪文を詠唱することによって発動する魔術だ。日本ではフィクションの中にしか存在しない概念および事象が、この世界では当たり前にあるのだ。

電気がないのに明かりがつく。燃料も火だねもないのに、暖炉の火が燃える――田舎の貧乏男爵家が手に入れられる魔具などこれくらいのものだが、それでもクロエにとっては十分衝撃だった。

――ファンタジーの世界だ……！

前世の記憶を思い出した当時は、いわゆる中二病を発病して『転生＝チート⁉』とか『魔術師になって世界征服！』だの言っていたクロエだったが、すぐに我に返った。

確かにここは魔術や魔法、それに魔女まで実在する世界だが、クロエをはじめとする一般人にはまるで縁のない話であること。そして前世の科学の知識を活用しようにも、それらの原理をまったく知らないクロエではできるはずもないこと。

魔術を習おうにも特別な才能と修業が必要だと聞いて、無理だと悟った。

――私が活用できそうなのはお菓子の作り方くらいなものよね……。

ところがそれも材料不足と、前近代的道具を使いこなすのが困難という問題があり、活用するどころではなかった。

スーパーに行けば砂糖やバターが手に入り、スイッチ一つでお菓子が焼けるというオーブンレンジのような文明の利器に頼り切っていた美鈴が、どうして石釜や薪オーブンを使いこなせるというのだろう。

前世のことは前世のこと。

やがて、自分はクロエとしてこの世界で生きていかなければならないのだと、現実に向き合うようになった。

時折、前世の両親のことを思い出して泣いたりしたが、今のクロエの両親も素晴らしい人たちだ。貴族なのに、ちっとも貴族らしくなく、領民に交じって鍬《くわ》を手にして農作業にいそしんでいる。

——いや、単に貧乏貴族だからなんだけどね？

兄弟も多く、毎日賑やかに暮らしていくうちに、前世を思い出した衝撃や悲しみは薄れていった。

幸いなことに、この世界のおおまかな構成は、元の世界と大きく異なったものではなかった。空を渡る月や太陽も一つだし、一年はほぼ三百六十五日で一日は二十四時間。月は十二月まであって、生えている植物や生息している動物もほぼ同じだ。

ドラゴンはいないし、キメラも空想の世界にしかいない。むしろ、なんで前世にはなかった魔法や魔女が存在しているのか不思議なくらいだった。

——まるでどっちかが片方を写し取ったみたいにそっくりなのに、そこだけ違うなんて不思議だなぁ。

そんなことを考えながらクロエは美鈴としての記憶を保ったまま成長していった。前世の記憶があるせいで、ここには存在しないものの名前を連呼するなど、周囲には少し変わった令嬢だと思われていたが、おおらかな田舎気質のせいか、誰も気にしていなかった。

転機が訪れたのは、十歳の時だ。

次兄が農作業用に牛を何頭か購入してきた。その中の一頭の雌《めす》が妊娠していて、農作業に適さないからと食用に回されそうになっていたところを、クロエが譲ってもらったのだ。

クロエの住む地には牛乳を飲む習慣はなく、牛はもっぱら力仕事用か食肉にするために飼われているだけだった。

——もしかして、牛乳からバターが作れる？

バターは塩や香辛料と並ぶ高価な食材で、田舎では簡単に手に入るものではなかった。

——牛乳が美味しい種類の牛じゃないかもしれない。でもせっかく雌の乳牛がいるんだから、やってみない手はないわ。

母牛の世話をせっせとし、無事に子牛が生まれた後、クロエは慣れない手でパンパンに張った母牛の乳から牛乳を搾った。

搾った牛乳を鍋に入れて低温でじっくりと煮て低温殺菌する。こうして出来上がった牛乳を口にしてみると、それは前世の記憶にあるのと同じ牛乳で、ほんの少し涙が出てきた。

出来上がった牛乳の上澄みの部分を今度は空いている瓶に入れ、振り回す。十歳の子どもにとってはかなりの重労働で、すっかり筋肉痛になってしまったが、その甲斐あって、瓶の中には脂肪が分離した水分——いわゆる乳清と、ほんのり黄色く固まったクリーム状のものが出来上がっていた。

バターの完成だ。

さっそくクロエは完成したばかりのバターを使ってホットケーキを作った。……ベーキングパウダーもなく、コーンスターチもない。だから前世で食べていたもののように膨らまず、ペチャンコだった。でも、バターとハチミツをかけて食べたホットケーキは、前世で生まれて初めて作ったお菓子を思い出せてくれて、涙が止まらなかった。

――パティシエールに、なりたかったな……。

でも田舎の小さな街には、パン屋はあってもケーキ屋なんてものはない。お菓子が存在しないわけではなかったが、砂糖やバターがとても高価なこともあって、クロエの手に届くものではなかった。

――でもホットケーキのように自分でできる範囲内のものだったら?

初めて作ったバターがこっちの家族に好評だったことも、クロエの背中を押した。

お菓子づくりにバターは必須のアイテムだ。

クロエは本格的にバターを作り始めた。使用人に手伝ってもらって、最初は手持ちの雌の乳から作れるだけ作っては周りに配り、そのうち領地内の小さな街の食料品店に安く卸《おろ》すようになった。

もちろんこの時点では、まだ事業にするなど考えていなかった。けれど、安くて美味しい新鮮なバターはすぐに評判になり、領地外から買いにやってくる客も増えてきた。

それならばとクロエは家族を巻き込んで、事業を行うことにした。最初は娘の我が儘に仕方なく付き合うといった様子の家族だが、次第に彼ら自身がバター作りにのめりこんでいった。

経費はかかるし薄利多売なので、儲けは少なかったが、農閑期に領民の雇用の創出ができるという点が大きかったようだ。

乳牛を増やし、バター作りの工場まで作ってもらった。そして気づけばマーシュ男爵家は牧場経営まで行うようになってしまったのだ。

次兄などは、今や領地一の乳搾りの腕を持つ牛乳マスターである。

最近では牧場でチーズ作りに精を出していると、定期的に実家から届く手紙には書いてあった。

バター作りを始めたのはクロエだが、ここまで事業が大きくなったのは父親や兄たちの努力と才覚の結果だろう。

一方、クロエには十六歳になった頃、もう一つの大きな転機が訪れた。

付き合いのある商人の仲介により、王都で手広く商売をしている会社で、マーシュ家が作ったバターを取り扱いたいという話が持ち上がったのだ。

なんでも最近、王都で急激に需要が増えており、良質のバターをフローティア中からかき集めて回っているという。

これが決まればマーシュ家は大口の注文を得ることができる。

商談は王都で行われるということで、クロエは父親と長兄にお願いして一緒に連れていってもらうことになった。

——だって王都に行けるなんて一生に一度あるかないかじゃない？

お金のある貴族は王都に別宅《タウンハウス》を持っていて、王都と領地を行き来しているという話だが、マーシュ家は事業が成功したとはいえそこまで裕福ではない。男爵である父親も城で役職を得ているわけではないので、王都にはまったく縁がないのだ。

商談はとんとん拍子で進んだ。こちらはバターを売りたいし、会社の方はバターを仕入れたい。ならば仕入れ値の折り合いさえつけば問題はないので、双方とも満足できる商談となった。

「せっかく王都にいらしたのですから、ぜひとも紹介したい店があります。私どもの会社と取引している店で、今王都で一番流行《はや》っている菓子店なのですよ」

会社の社長に連れられてクロエたちが向かった先が『ステラの店』だった。

——名前を聞いた時はクッキーを売っている店？　なんて冗談半分に思ったのよね。

予想とは違い『ステラの店』は、クロエが前世で通っていたケーキ屋と比べてもまったく遜色のない店だった。

清潔で明るい店内。ガラスケースに並べられた何種類ものタルトやパイ。

散々迷った挙句に、クロエが選んだのはミンスパイだった。ミンスパイというのはイギリスでクリスマスの日に食べられている一口大のパイだ。

——まさかミンスパイが異世界でも食べられるなんて……！

美鈴の小学校の友だちに、日英ハーフの子がいた。イギリス出身だというその子のお母さんはお菓子作りがとても上手で、家に遊びに行くたびに手作りスイーツを食べさせてくれたのだ。

その友達は美鈴が中学校に上がる頃に転勤で引っ越してしまったため、結局それきりになってしまったが、彼女がパティシエールになろうと思ったのは、この友だちのお母さんの影響が大きい。

『ミンスパイはね、特別なパイなの。この日のためにイギリスのママンは一ヶ月も前から準備するのよ』

クリスマスになるたびに美鈴にも作ってくれたミンスパイ。それがまさか、異世界にも存在しているなんて夢にも思わなかった。

目の前に置かれたパイを手に取って口に運ぶ。ドライフルーツたっぷりの芳醇な香りが口の中に広がった。

——ああ、エレンママの作ってくれたミンスパイと同じ味がする……。

久しぶりに食べたその味は、クロエに前世の夢を思い出させるのに十分だった。

パティシエールになりたい。みんなに美味しいって言ってもらって笑顔になってもらいたい。それが美鈴の夢だった。

異世界に生まれ変わって、諦めた夢だった。でも『ステラの店』、ここでなら、前世に望んでいた自分になれるかもしれない。

——私、決めた！

「私、この店に弟子入りしたい。ううん、絶対に弟子入りする！」

父親や長兄、それに会社の社長がぎょっとする中、クロエはそう宣言していた。

店のオーナーであるステラは突然現れて弟子入り志願したクロエに驚いていたが、何か思うところがあったのか、彼女を厨房へと招き入れて課題を与えた。

「材料や道具はこちらで用意するから、カスタードクリームを作ってごらん。ちゃんと作れたら弟子入りを認めてやろう」

「カスタードクリーム？」

父親と長兄、それに会社の社長は、『カスタードクリーム』自体初耳だったらしく、首を傾げていたが、クロエにはそれが何であるか分かる。前世でよく作っていたからだ。

カスタードクリーム。フランス語で言えば『クレーム・パティシエール《菓子職人のクリーム》』。

手間は多少かかるけれど、卵黄、砂糖、小麦粉、牛乳と、シンプルな材料で作ることができるので、美鈴も得意だったクリームだ。

——大丈夫、あんなに何度も作ったじゃないの。材料も量も作り方も、ぜんぶ頭の中に残ってる。

クロエは道具を手に取り、手際よく作り始めた。

事故に遭ったことで結局は手に入れられなかった製菓専用の調理器具——憧れの銅製のボウルを、生まれ変わった先で手に取ることができたなんて夢みたいだ。

——本来は牛乳を温める時にバニラビーンズを入れて香りづけをするんだけど……さすがにこの世界にはまだないか。

ステラは卵や砂糖、小麦粉や牛乳は用意してくれたが、そこに馴染みのバニラビーンズはなかった。

——大丈夫。バニラビーンズがなくてもカスタードクリームはできるんだから。

ボウルに卵黄と砂糖を入れて、しっかりと泡だて器を使って混ぜていく。次は小麦粉を入れ混ぜ合わせ、そこに温めた牛乳を少しずつ加えていく。

出来上がったものを一度漉《こ》して滑らかにしてから、鍋へ。ここからが腕の見せどころだ。強い火ではだまができて食感が悪くなってしまうので、火加減を注意しながら絶えずヘラを動かして混ぜていかなければならない。

鍋を掻き回していると、艶が出てきて、次第にトロトロとクリーム状になってきた。ここまでくればあとわずかで完成だ。焦げないように混ぜて、火からおろすと、ボウルにあけて氷水につける。

前世だったらバットに移して粗熱を取ってから冷蔵庫で冷やすところだが、ここでは冷蔵庫は氷の魔術を閉じ込めた魔具のことなので、非常に貴重だ。氷は用意されていたから、これを使えということだろう。

勝手にそう解釈したクロエは、ボウルの底を氷水に浸して、粗熱を取ったものをステラに差し出した。

「カスタードクリーム、完成しました」

ステラはボウルを受け取ると、にっこり笑った。

「味見をするまでもないね。手順も手つきも申し分ない。あんたは合格だ。あたしの弟子としてこの店に迎えてやろうじゃないか」

――こうしてクロエは『ステラの店』に菓子職人見習いとして迎えられることとなった。

……当然のことながら父親と兄たち、要するにマーシュ家の男性陣は大反対した。遠い王都に娘一人をやるなんて危険だと。

反対に母や姉をはじめとする女性陣はクロエの弟子入りに賛成してくれた。彼女たちは、決して口にしなかったクロエの願望を感じ取っていたのである。

世界が変わっても家庭の力関係はどこも同じなのか、結局男性陣が折れて、クロエは晴れて王都で暮らすことになったのだった。

あれから、一年半。クロエは大好きなお菓子に囲まれて充実した日々を送っている。


「ただ今戻りました～」

「お帰り。ご苦労様」

店の手伝いを終えて厨房に戻ってくると、すでに姉弟子の職人たちは撤収し、発注作業をしているステラしか残っていなかった。

「みなさんもう上がられたんですね」

「ああ。今日の分の卵がなくなってしまったからね。それ以外だったらまだ材料は残っているから、練習するなら自由に使いな」

紙にペンを走らせながら、クロエの方をまったく見ずにステラは答える。

「はい、ありがとうございます！」

朝から夕方近くまでは店の商品づくりの手伝いがあるため、自由に厨房を使うことはできない。だから、職人たちが仕事を終えて帰った後に菓子作りの練習をしている。

——卵はないけど、余った卵白ならきっと冷蔵庫か保管庫に残っているだろうから、それでメレンゲでも……。

頭の中で段取りをしながら、用具を取り出していると、ふと顔を上げたステラが言った。

「ああ、そうだ、クロエ。あんた、来週から城勤務になるから」

「…………」

脳になかなか情報が行き渡らず、クロエはたっぷり十秒以上経ってから聞き返したのだった。

「……………はい？　城勤務？」

アルベール王子の二十歳の誕生日を二ヶ月後に控えた、ある日の午後の出来事だった。

第二章　いざ、お城へ

「聞いたわよ。ステラが王室専属の菓子職人として城にあがることになって、クロエちゃんも助手として一緒に行くんですってね」

注文を聞こうと席に近づいたとたん、常連客のリザヴェーダが挨拶もそこそこに口にしたのは、そんな言葉だった。

「リザヴェーダさん……先日決まったばかりなのに、よくご存じですね」

クロエの顔に苦笑いが浮かんだ。

『ステラの店』の喫茶室の一番奥には特別な席がある。普段は衝立《ついたて》に囲まれていて、店がどんなに混んでいようが、一般のお客には開放されない。特別なお客がいつ来ても座れるように空けてあるのだ。

その席に座ることができるのは、この店の出資者だけだ。

今、悠然とその特別な席に腰をおろしているリザヴェーダも、もちろん特別な客の一人だった。

ステラとは古くからの友人で、彼女がこの店を開く時にも資金援助をしてくれたのだという。

ステラと同世代の彼女は、上品な老婦人という言葉がとてもよく似合う人物だ。

恰幅のいいステラとは対照的にほっそりした体格で、いつも白髪の混じった濃い金髪をふんわりと結い上げ、品のよい上質の服を身に着けている。

尋ねたことはないが、仕草や言葉の端々に育ちの良さが窺えることから、リザヴェーダは貴族出身ではないかとクロエは考えている。

——いかにも庶民的な師匠と一体どういった縁で出会ったのか、すごく気になるところだわ。だって、まるで正反対だもの。

同じく出資したという他のステラの友人たちも時折店に顔を出しているが、このリザヴェーダは頻繁にやってきては喫茶室でお茶を飲んでいく常連なので、クロエともすっかり顔なじみだ。

「ちょっと小耳に挟んだのよ。クロエちゃんの表情を見るに、どうやら本当のことだったようね」

リザヴェーダは口元に手を当ててふふふと笑った。どういった伝手《つて》を持っているのか不明だが、この老婦人は妙に情報通なのだ。

「城に勤めることになったのは、本当です。一年間の期間限定ですけれど。師匠の兄弟子の方が今の王室専属の菓子職人をやっているそうなんですけど、その方が近々修業に行かれるそうで、その間代役を務めてほしいと師匠に要請があったそうで……」

答えながらクロエは、突然「城勤務をしろ」と言われた二日前のことを思い出していた。

＊　＊　＊

『城勤務？』

城と言うからには、王都の中央にそびえているフローティア国の王城のことだろうが、突然そこで働けと言われてもまったく理解できなかった。

『…………ええと、うちの店、お城の中に支店とかありましたっけ？』

クロエの困惑をよそに、再び手元の紙に視線を落としながらステラは答えた。

『あるわけないだろう？　うちの店はここだけさ。まぁ、他の都市に支店を出すという計画はあるけれど』

『あるんですか。……って、お城に支店を作るわけじゃないのに、私が城勤務っていうのは一体どういうことですか？』

『来週からしばらく、あたしが王室専属の菓子職人をやらなきゃならなくてね。そこであんたを助手として連れていこうと思っているんだ』

『へぇ、王室専属の菓子職人に。なるほど、それならお城に行かないといけないですね……って、王室専属の菓子職人――――!?』

厨房にクロエの絶叫が響き渡った。

王室専属の菓子職人は、文字通り王族のために菓子を作る職人で、最高に名誉のある立場なのだ。

『師匠が王室専属の菓子職人に任命されたってことですか!?　いやいや、師匠の腕なら確かに選ばれてもおかしくないですけど！』

『選ばれたわけじゃない。代役を頼まれただけさ。今その菓子職人の地位にいるのはあたしの兄弟子にあたる人でね。その兄弟子が、体力があるうちに自分の弟子を連れて大陸中を巡って修業してきたいんだとさ。で、その間の代役を頼まれたってわけ』

『ほえー。代役ですか』

それでも名誉なことだ。王室専属の菓子職人の地位を得たいという人がいくらでもいる中で、代役とはいえそれだけの腕があると認められたということなのだから。

『兄弟子には昔お世話になっていてね。ここらで恩返しをしようって思ったのさ。幸い、あたしの所は弟子も育って店を任せられるようになっているから、大きな問題はない。むしろ支店を出す時のいい経験になるはずだ。で、城へはあたしの弟子兼助手としてあんたを連れていこうと思ってる』

『私をですか?』

ようやく城勤務をしろという話と繋がったわけである。

『そう。あんた一人抜けても店の運営には支障ないからね』

確かにその通りである。まだ見習いのクロエの主な仕事は雑用だけで、いてもいなくてもまったく問題がないのだ。事実なだけに何も言うことができない。

『それに、あんたを城に連れていくことにした理由はそれだけじゃないんだ』

ステラは顔を上げ、ペン先でクロエを指した。

『たとえそうは見えなくても、あんただって一応貴族の令嬢だ。礼儀作法くらい習っているだろう?他の弟子は庶民ばかりだからね。お偉いさんに対する礼儀なんてさっぱりなんだ。もろもろ考えると城に連れていくのはあんたが適任ってことになる』

『はぁ……、確かに田舎者でも男爵令嬢として必要な礼儀作法は一応習いましたけれど……』

――先輩たちの礼儀作法より、師匠の口の悪さや無礼さの方がよっぽど不安だ……。

などと思いはしたが、賢明にもクロエは口に出さなかった。

＊＊＊

「……と、こういう訳で、私が師匠についてお城に行くことになってしまいました。来週からさっそく勤務が始まるそうです」

二日前のことを説明しながら、クロエはどこか他人事だった。

――なんだか実感が湧かないのよね。もう来週にはお城の中で仕事をしているなんて。

「また急ね。クロエちゃんも準備で大変じゃない？」

「あ、いえ。私がすることなんてほとんどないんです。今住んでいる下宿もそのまま借りっぱなしにしていいって言われているので。お城でも、師匠の兄弟子のお弟子さんたちが使っていた部屋をそのまま使っていいことになってます。本当に私は何もすることがないんですよね」

最低限の私物だけ持って城に行けばそれで済む。城に勤めることになるという実感が湧かないのは、こうして準備らしい準備をしていないことも大きいだろう。

「それにしても、ステラが王室専属の菓子職人の話を受けるなんて意外だと思ったけど、今の話を聞いて理解できたわ」

リザヴェーダが訳知り顔で言った。

「きっと恩返しと罪滅ぼしの気持ちで受けたんでしょうね」

「罪滅ぼし……ですか？」

「そう、ステラと兄弟子の師匠というのが前の王室専属菓子職人をしていた人だったのだけど、彼女はもともと後継者にステラを据えたいと考えていたの。あ、誤解しないでちょうだい。兄弟子の腕が悪いわけじゃないの。彼も立派な職人よ。でも彼はもともと職人というより学者肌の人で、世界を巡ってまだ知られてない調理法や食材を研究したいと考えていた人だったの。それもあって二人の師匠はステラを後継者に指名したんだけど、彼女は彼女で庶民にも手軽に食べられる美味しいお菓子の店を出したいという希望があったものだから、断ってしまったのよ」

思いもよらない話を聞いてクロエは目を瞬かせた。

「それで、兄弟子の人が跡を継いだ……？」

「そう。結局、兄弟子が師匠の味と技を絶やすわけにはいかないと、自分の研究を休止して王室専属菓子職人になったわ。ステラはそのことでずっと悪いと思っていたみたい。だから兄弟子に、研究旅行に行っている一年間だけ代役を務めてほしいと要請されて、引き受けることにしたのでしょう」

「師匠が兄弟子に恩があると言っていたのはそのことだったんですね……」

なるほど、それなら急なこの話をステラが受けた理由も分かる。

口は悪いが、ステラはとても義理堅い性格だ。出資してもらったお金はとうに返し終わっているのに、開店の時に世話になった友人がいつ来てもいいようにと、こうして席を空けて待っているのが、その証拠だ。

「これで少しはステラの気も晴れるんじゃないかしら。本人は決して口にしないでしょうけれど、内心ではけっこう兄弟子のことを気にしていたから」

口元に苦笑いを浮かべて、リザヴェーダはクロエを見た。

「頑固者で扱いづらいけれど、ステラをよろしくねクロエちゃん」

正反対の性格をしているステラとリザヴェーダは、顔を合わせるたびに角《つの》を突き合わせているが、なんだかんだ言いながら気になるようだ。

「はい、もちろんです。師匠のお役に立てるように頑張ります！」

背筋を伸ばしてクロエは答えた。

ステラと兄弟子の話を聞いたせいだろうか。ようやく城に行くんだという実感が出てきた気がするのだ。

――師匠の名前に恥じないように、兄弟子さんが戻るまで、お城で頑張ろう！

「それにしても、ステラのふてぶてしい顔を見なくて済むのはいいけれど、一年間もクロエちゃんと会えなくなるのは寂しいわね」

リザヴェーダはふぅとため息をつく。

新人でまだ見習いに過ぎないクロエのことを、彼女はなぜか気に入ってくれて、いつも接客係として指名してくるのだ。そのためリザヴェーダが来店すると、周りのみんなも自然とクロエを呼ぶようになった。

『クロエちゃんが一人前の菓子職人になったら、ぜひ私の住む街にも店を出してほしいわ。そうしたら私、毎日買いに行くわね』

なんてことも言っている。

どうして自分がこれほど高く買われているのかクロエにも不明だが、悪い気はしない。

「師匠と交代で半日休暇は頻繁にもらえるみたいなので、店にも顔を出しますね」

「じゃあ、クロエちゃんが来る時を見計らって店に来るわね」

どういう伝手でクロエの休みやらを知ることができるのか不明だが、リザヴェーダなら簡単に予定と合わせて来店しそうな気がするクロエだった。

「ところで、城に行くとなれば、王族とお近づきになる機会もあるということよね。クロエちゃん、王子様に見初められちゃうかもしれないわね」

悪戯《いたずら》っぽく笑いながらリザヴェーダが片目をつぶる。クロエは手を振った。

「いやいや、まさか。それはありえませんよ。厨房にいる私が王族と顔を合わせる機会なんてないですし、それにアルベール王子が男爵家なんて下位の貴族の娘を選ぶなんてありえません。王子のお相手は、他国の王女様とか公爵や侯爵家の令嬢と決まっているんですよ」

クロエの実家マーシュ家も一応は貴族だ。田舎の貧乏貴族で、領民たちと距離が近いといっても、やはり身分の差というものが存在する。

現に長兄も身分に相応《ふさわ》しい令嬢と結婚しているし、クロエの姉たちもそれぞれ男爵家と子爵家に嫁いでいる。クロエがこうして結婚もせず菓子職人見習いとして王都に来られたのは、三女だということで大目に見てもらえたからに過ぎない。

辺境の地に住むクロエの実家ですらそうなのだ。王族、ましてや次期国王である王太子が『相応しくない低い身分の娘』を選ぶことはないし、あってはならないことだ。

「あら、クロエちゃんは知らないのね」

リザヴェーダは大きく目を見開いた。

「確かに王族が身分の低い女性を選ぶことは庶民には歓迎されても、貴族たちには決して受け入れられないでしょう。でも、アルベール王子だけはそれが許されているの。あの方は生まれながらにして大地の祝福を受けた『祝福の子』だから。『国守りの魔女』から運命の相手がいると予言されているのよ。国王ご夫妻は、そのいつか出会う運命の相手のために王子の婚約者を定めなかったの。それだけじゃないわ。アルベール王子の対になる者がどういう身分の女性であっても王太子妃にすると公言しているの。つまり誰にでもアルベール王子に見初められるチャンスはあるわけ。もちろん、クロエちゃんにもね」

リザヴェーダはパチンと片目をつぶった。

「いや、それはないですって。ところで、『祝福の子』とは一体何でしょうか?」

聞き覚えのない単語にクロエは首を傾げた。リザヴェーダが口元に手を添えて苦笑する。

「あらまぁ、そこからなのね。アルベール王子が『祝福の子』だということは割と有名な話だと思ったけれど、まさかクロエちゃんがまったく知らないとは思わなかったわ」

「す、すみません。実家ではあまり王室の話は出なかったので……」

さすがに現国王と王妃、それにアルベール王子の絵姿は玄関ホールに飾られているが、言ってしまえばそれだけである。身分的にも物理的にも距離がありすぎて、話題にあがることはめったになかった。

マーシュ家の関心事は遠い地に住む王族よりも、明日の天候や牛の体調なのだ。

「まぁ、人それぞれですからね。ざっくり説明すると、『祝福の子』というのは十か国の王族の中に時々現れる、『大地の祝福』を受けて誕生した特別な存在よ。『祝福の子』がいる国は豊かな恵みが得られると言われているの」

「へえ、そうなんですか」

――『祝福の子』か。いるだけで大地を豊かにするなんて、さすがファンタジーな世界なだけある。

「『大災害』が起きて大帝国が崩壊したあと、各国の王と魔女たちの努力のおかげで大地は徐々に回復しつつあった。けれどまだまだ不安定で、いつ作物が枯れてもおかしくない。だからどの国でも大地の実りを豊かにしてくれる『祝福の子』は熱望され、とても歓迎されたそうよ」

「それは、そうでしょうね」

クロエはお盆を小脇に抱えたままうんうんと頷いた。さすがのクロエでも千年前に起きた『大災害』のことは知っている。この大陸に住む者なら誰でも知っているだろう。

――大陸全土を襲った『大災害』。

それは大地が腐食し、作物が枯れ果てて、その他の植物もまったく育たなくなってしまうという恐ろしい災害だった。

森は姿を消し、洪水や土砂災害、異常気象が各地を襲い、動物も人間も次々と死んでいったという。今こうして大地が回復して人が住めるようになったのは奇跡だと、クロエに歴史を教えてくれた家庭教師は言っていた。

『すべては、大帝国を倒した各国の王と魔女たちのおかげだ』と。

かつてこの大陸には、圧倒的な武力で以って多くの国々の統一を成し遂げた帝国があった。当時はその帝国にも名前があったそうだが、十か国の分割統治となった時に、愚かな皇帝の名前とともに永遠に封印され、今はもうどこにも残っていない。

残っているのは、かつて『大帝国』があったことと、大地が腐食するという未曽有の『大災害』が大帝国とその皇帝の愚かな行為によって引き起こされたという言い伝えだけだ。

そう。『大災害』は天災でもあったけれど、人災でもあったのだ。それには『魔女』の存在が深く関わっている。

クロエの前世の世界で『魔女』というと、二つのイメージがある。

一つは竹箒《たけぼうき》に乗り、空を飛んだり呪文一つで不思議な力を発揮したり、時には人を呪ったりする、物語や言い伝え上の『魔女』。

もう一つはヨーロッパを中心に広がった中世の『魔女狩り』の犠牲者。無実の人たちが魔女だと告発されて拷問の末に火あぶりにされた。そんな陰惨な歴史上の『魔女』たち。

この世界の魔女は、その二つのイメージを両方とも備えている存在であり、そしてそれ以上の存在だ。

まずは前者のイメージのように、魔女は大地の管理者であり、自然と人間を繋ぐ役目を持つ者。そのために大地から特別な力を与えられているのだという。

——最初は『魔女』の役割とやらが抽象的すぎてピンとこなかったけど……。要するに前世で言う『巫女《シャーマン》』のような存在だったみたいね。

薬草と医術の知識を持ち、呪術——魔法が使えるため、請われて雨を降らせたり、洪水から人々を守ったり、運勢を占ったりする。まさしく『巫女』そのもの。

前世の世界で巫女が尊敬され、時代によっては指導者的立場だったように、この世界の魔女も人々から慕われて尊敬される存在だったようだ。

ところが大陸を統一した皇帝は何を思ったのか、突然魔女たちを迫害し、捕まえては殺していった。

いわゆる『魔女狩り』だ。そして、この『魔女狩り』が大陸中の土地が腐食する事態を引き起こしてしまった。

魔女は大地の管理者。その魔女が殺されて数が減ってしまえば、当然、管理している大地にも影響が出てくる。

最初は虫食いのようにポツリポツリと始まった腐食が、瞬く間に大陸中に広がり、全体を覆い尽くすまでにそう時間はかからなかった。

その時になってようやく大帝国と皇帝は自分たちの過《あやま》ちに気づいたが、すべては遅かった。食糧不足をきっかけに各地で反乱が相次ぎ、枯れていないわずかな土地を巡って争いが起こった。

その混乱を収めたのが、十か国の開祖である王たちだ。彼らは生き残っていた魔女たちの協力を得て皇帝と大帝国を滅ぼし、人々をまとめ上げた。

その後、彼らは魔女たちが土地を管理しやすいようにと大陸を十の地域に分け、国王となって統治しながら、各国の相談役に収まった魔女と二人三脚で土地を回復させていく。

ちなみに、なぜ十に分けたかといえば、生き残った魔女たちが十人しかいなかったからだと言われている。

――『大災害』と大帝国の崩壊から、およそ千年。

さまざまな困難はあったものの、代々の王たちと『国守りの魔女』のおかげでクロエたちは平和な生活を享受できている。

だがどうやら大地の回復の陰には、少なからず『祝福の子』の存在も関わっているようだ。

「大地がもとに戻るまで数千年はかかるはずが、たった千年でこれほどまでに回復できたのも、『祝福の子』のおかげだと言われているわ。彼らが存在するだけで飛躍的に大地の回復力が上がるんですもの。でもね、『祝福の子』の特色はそれだけじゃないの」

意味ありげにリザヴェーダがクロエを見つめる。

「『祝福の子』には対になる者がこの世に存在していて、彼らが出会い、共にいるだけで大地の実りはさらに豊かになると言われているの。要するに運命の相手というやつね」

「へぇ、運命の相手」

——運命とか宿命で結ばれた相手とか、ますますファンタジーっぽい！　でも魔女が存在している世界ならそれもおかしくないか。

「噂によれば、アルベール王子が生まれて二年後に西方の国ハルモニアで誕生した『祝福の子』には、すでに運命の相手が見つかっているそうよ」

「ハルモニアって……大陸の反対側にある？　リザヴェーダさん、よくそんな遠い国の噂を知ってますね」

大陸の東側に位置しているフローティア国にとって、西側の端に位置しているハルモニアは一番距離的に離れている国だ。そのため、両国にはあまり交流がなく、噂話もほとんど入ってこない。クロエにとっても地図上でしか知らない国だ。

リザヴェーダはホホホと優雅に笑った。

「若い頃、あちこち世界を旅して回ったの。その時に知り合った友人からの情報よ」

「なるほど、だからリザヴェーダさんは情報通なんですね」

「そういうことね。ハルモニアの『祝福の子』が対になる者を見つけたという情報はフローティアでも摑んでいるでしょうから、王族や重臣たちはアルベール王子にも一刻も早く運命の相手を見つけてもらいたいと思っているでしょうね」

「そうでしょうね」

あくまで他人事のように相槌を打つクロエに、リザヴェーダは唇を尖らせた。

「んもう、クロエちゃんったら、普通、王子様に見初められるかもしれないなんて、ドキドキワクワクしない？」

「私には王族とか関係ない話ですし、将来の夢は一人前の菓子職人になることですから、万が一選ばれても王太子妃になんてなりませんもの」

答えた直後、呆れたような声が背後から投げつけられた。

「立派な菓子職人になりたいなら、油売ってないで注文を取ったらどうなんだい？」

声の主はステラだ。いつの間にやってきたのか、腕を組んだステラがクロエの真後ろに立っていた。クロエは思わず首を竦める。

「ひゃっ、す、すみません！　リザヴェーダさん、ご注文は何にしますか？」

慌てて尋ねながらお盆と一緒に小脇に抱えていたメニューを渡す。リザヴェーダはメニューに書かれた文字をざっと目で追うと、微笑んだ。

「そうね。今日はクリームパイとお茶をいただくわ」

「すぐにお持ちしますね！」

急いで席を離れるクロエの耳に、ステラとリザヴェーダのやり取りが聞こえた。

「まったく、あんたも飽きずに遠いところからよく来るもんだね。子守りはどうしたのさ？」

「面倒を見ているのは私一人ではないもの。それに、いつ来ようが私の自由ではなくて？　腹立たしいけれど、私の望む味のパイを出してくれるのはあなたの所だけですもの。距離は問題じゃないし、美味しいケーキにありつけるのなら、あなたの顔を見るのも我慢できるわ」

「ハン。あたしに会いたいなら素直にそう言えばいいのに」

「冗談がお上手ね。あなたのその下品な話し方を耳にしないで済むならそれに越したことはないのに」

会話だけ聞けば嫌味の応酬で、仲が悪いように見えてしまうが、実際はそうではない。付き合いが長い分、遠慮がないだけなのだ。つまり、これはいつものやり取りなのである。

——相変わらず仲がいいなぁ。

くすりと笑いながら、クロエは注文の品を用意するためにカウンターに向かった。

＊＊＊

クロエの足音が遠ざかったのを確認するや否や、ステラが話を変えた。

「……まったく、何をペラペラと人の事情まで暴露してるんだい？」

恨みがましいステラの口調をものともせず、リザヴェーダはすました顔で答えた。

「あら、私は事実を言ったまでよ。大丈夫、『祝福の子《サ・ヴァ》』の本当の役目や、対となる者が現れない限り長く生きられないなんてことは教えていないわ。このことを知っているのは城でも限られた人間だけですもの」

「今後もそうしてくれるとありがたいね。あの子にいらぬプレッシャーを与えたくないんだ」

「ステラこそ、アルベール王子が二十歳を迎えるというこの時期にあの子を城へ連れ込もうとしているじゃないの。どういうつもりなの？」

　探るようにリザヴェーダがステラの顔を見つめる。

「あの子は貴重な後継者なのよ？」

　ステラは肩を竦めた。

「あたしは中立の立場さ。最初は流れに任せようと思っていたけれど、この時期にあたしが城に勤めることになったのも運命じゃないかと思ってね。こういうことには逆らわないようにしているんだ」

「……その結果、後継者候補を失っても？」

　眉を寄せるリザヴェーダに、ステラはにやりと笑った。

「あんたらがよく使っている言葉があるだろう？　それも人生さ《セ・ラ・ヴィ》」

＊　＊　＊

　三日後、クロエは王城にある菓子専門の厨房で歓声をあげていた。

「ふあああ！　師匠、見てください！　焼き時間の設定ができる最新式の魔具オーブンがありますよ。二段式の冷凍機能付きの冷蔵庫まで！」

「さすが、王城の厨房だね。うちの店のオーブンより大きいじゃないか」

　ステラが感心したように呟く。

城の菓子専用の厨房は大きかった。多い時では八人の職人が同時に作業するステラの店の厨房よりも広い。

「まぁ、これくらいじゃないとここでの仕事はは賄《まかな》えないからね。普段はともかく、晩餐会があったら何百人分の菓子を作る必要があるわけだから」

「それにしても広すぎますよ！　この作業台なんて横になってゴロゴロ転がれそう！」

ピカピカに磨き上げられた作業台をペタペタ触りながらクロエははしゃいだ声を出す。

——今日からここで王族のためのお菓子を作るんだわ！

城に来てようやく大変な仕事なのだと実感できるようになったクロエだったが、同時にとてもワクワクしていた。

——最新式の道具と最高級の材料を使い放題！　師匠の技も間近で見られて直接教えてもらえる！　これがワクワクしないわけない！

「感心している暇はないよ、クロエ」

使い慣れた物がいいと、ステラが店からわざわざ持参した製菓の道具を作業台の上で広げながら言った。

「今日の朝食の分は昨日のうちに兄弟子たちが作ってくれているけど、夕食の分はあたしらが作らないといけないんだからね」

「そうでしたね」

クロエたちが作るのは王族が口にするお菓子だ。王族の食事は基本的に遅めの朝食と夕食の二食なのだが、一家そろって甘党だという国王たちの希望でどちらにもお菓子が付けられる。

つまり日常的にクロエたちが作る必要があるのは、一日にたったの二回分だけ。

——公務で重臣たちと会議をしながら食事をする時に、彼らの分のお菓子を用意することもあるらしいけど、たいした手間じゃないものね。

一番大変なのが、城で行われる晩餐会の時なのだが、その時は店から臨時で数人手伝いに来てもらうこともできるので、専属菓子職人はステラとクロエだけでも十分なのだ。

「オーブンの状態を確認したいから、クロエ、あんたはクッキーを作って店の時と同じように焼いてみな。材料は厨房にあるようだから。あたしはその間に向かいの料理長のところに行って挨拶と、夕食の献立を確認してくる」

廊下を挟んだ向かいには料理部門の厨房がある。こちらが二人しかいないのに対して、あちらは用意する品数が多いためにかなりの人数の職人がいるらしい。

「はい、分かりました。行ってらっしゃい」

厨房を出ていくステラを見送ると、クロエはさっそくクッキーを焼く準備に入った。小麦粉をふるい、クリーム状に練ったバターの中に砂糖と卵、小麦粉、それにオレンジで作った酵母液を加えてヘラで手早く混ぜ合わせていく。

ベーキングパウダーなどという便利なものはこの世界にはまだ存在しないので、パンの発酵にも使われている天然酵母で代用しているというわけである。

「美味しいクッキーになあれ」

歌うように何度も呟きながら、生地をひとまとめにして落ち着かせるために冷蔵庫へ。

「あー、上の段では氷が作れるのね。前世の冷蔵庫と遜色ないわ。これならアイスクリームも作れるかも！」

店で使っていた冷蔵庫はある一定の温度に冷やすだけの機能しかなく、0度以下に温度を調整することはできなかった。でもこの冷蔵庫は違う。氷を作る能力があるなら、アイスクリームや氷菓子を作ることもできるだろう。

「断然楽しくなってきた――！」

一人なのをいいことにペラペラしゃべりながらもクロエは手を動かす。

予熱を入れるためにオーブンを稼働させると、天板に薄くバターを敷く。冷やしたクッキー生地を棒状にして、手の温度で温かくならないうちに切り分ける。客に出すわけではないので、切り抜きはせずに円形のままだ。

出来上がったものを天板の上に並べたのち、予熱の入ったオーブンに入れていく。

新しいオーブンの癖は一度焼いて確認してみるしかない。並べる場所によっては焼きムラが出てしまうかもしれないからだ。そのためにクッキーを焼いて試験運転をするのだ。

焼きあがったとほぼ同時にステラが厨房に戻ってきた。

「よしよし、焼けたね」

作業台に広げたクッキーを見てステラは満足そうに頷く。

「ムラもなく綺麗に焼けている。店と同じような焼き加減で大丈夫なようだね」

「はい。問題ないみたいです。操作も店のものと変わらないみたいですし」

「じゃあ、さっそく使っていこうじゃないか。夕食のメニューは少し重めで濃い味付けのものが多いようだから、さっぱりしたレモンパイを作ることにしたよ。あれならちょうどいいだろう」

「そうですね」

甘味の中にほんのり酸味があるレモンパイは店でも人気の商品だ。

「それじゃ、クロエ。悪いけど向かいの厨房にいる料理長助手のメリルって子に声をかけて、食料貯蔵庫に材料を取りに行っておくれ。さっき案内してもらうように頼んでおいたから。あ、小麦粉の在庫はまだあるからそれ以外でね」

「はい。分かりました」

——バター、砂糖。それにレモンと卵がいるわね。少ない材料でできるパイでよかった。

クロエは店で使っているパイの材料をざっと頭の中で思い浮かべながら、厨房を後にした。


「ステラさんから伺っております。うちの調理室でも在庫が足りない食材があったので、ちょうどよかったです。ご案内いたしましょう」

料理長助手のメリルは二十代半ばの凛とした女性だった。髪の毛をきっちり結い上げ、眼鏡をかけた姿は、料理人というより秘書のようだ。

「もちろん調理助手もしますが、私はどちらかというと秘書的な役割を果たすことが多いですね。うちの料理長が感覚的に調理をする人なので、私がスケジュールや段取りを考えて職人や助手たちに指示を出します。材料の管理も私がやっておりますわ」

「す、すごいですね」

秘書らしいと思っていたら、どうやら事務仕事や雑用を一手に引き受けているやり手の助手だったようだ。

「いえ、必要に迫られてなのです。ステラさんはしっかりしてそうなので、クロエさんが羨ましいですわ」

「そうですね。師匠はああ見えて仕事はきっちりやるタイプなので」

「だからこそ自分の店を出して成功させることができたのでしょうね」

メリルは外見こそクールでとっつきにくそうな感じだが、朗らかで気さくな性格のようだ。廊下を歩きながら不慣れなクロエのために、あれこれ説明してくれる。

「ここが使用人たちが使うことのできる食堂です。私たちは陛下たちが口にする食事を作っていますが、それを食べられるのは王族方をはじめ、ほんの限られた人たちだけ。私たち自身はこの使用人用の食堂で出される料理を食べることになります。まぁ、王族方の料理でも味見くらいは許されますけれどね」

クロエやメリルたちは王室専属の料理人だ。そういった使用人たちの食事は、また別の料理人たちが別の厨房で作っているのだそうだ。

——自分で作った料理を食べられないなんて、なんか変な感じだけど、それが王族の食事というものよね。

「王室専用の食堂と使用人のための食堂では使う食材も違うんですよ。陛下たちが口にされるものですから、厳選された最高級の食材が用意されているのです。クロエさんも間違わないようにしてくださいね」

「は、はい」

「心配いらないですよ。食料貯蔵庫には管理人がいますから、彼に所属先と欲しいものを言えば、きちんと選別されたものを用意してくれます。食料貯蔵庫はこの職人棟ではなく、渡り廊下から外に……」

メリルの声がふっと途切れ、歩みも止まった。つられて足を止めたクロエは不思議そうにメリルを見る。

「メリルさん？　どうかしたんですか？」

「こちらに来るのは……あら、まぁ、なんてことかしら」

呆然と呟くメリルの言葉に、その視線の先を見てみると、これから向かおうとしている回廊の方から煌びやかな一団が来るのが見えた。

……いや、煌びやかに見えたのは、その一団の中の一人だけだったようだ。明るい金髪に、白地に金糸で縁どった豪華な礼服を身に着けた男性が中心にいて、一人異彩を放っている。

周囲に気を配りながら、金髪の男性を囲うようにして歩いている体格のよい二人は、肩当てなどの装備から見て、護衛兵だろう。もう一人、剣を腰に下げたくすんだ金髪の男性がいたが、こちらは装備などはなく、地味な服装をしていた。

廊下に出ていた使用人たちが、彼らの姿に気づいて一斉に廊下の端に移動し、頭を下げていく。

クロエはごくりと唾を呑み込んだ。

「メ、メリルさん。あれはもしかして……」

この位置からだと顔だちまではっきり見えないものの、あの豪華な服装や明るい金髪を見れば、彼が誰かは一目瞭然だ。

「そうよ。フローティア国の王太子でいらっしゃるアルベール殿下よ」

メリルは重々しく頷くと、ハッとしたようにクロエに注意した。

「クロエさん、廊下の端に移動してください。そして頭を下げて、声をかけられた時以外は決して顔を上げてはいけませんからね」

「はい。心得ております」

身分の高い人物が来たら、使用人は道を開けて廊下の端に寄り、頭を下げて通り過ぎるのを待たなければならない。身分の低い者から高い者へ先に声をかけてもいけない。この他にもお城の中には色々と細かい禁止事項があるのだ。

ステラが店の職人ではなく、一応貴族としての作法を心得ているクロエを助手にしたのは、そうした細かいことを教えるのが面倒だったからに違いない。

二人はそそくさと廊下の端に寄り、深々と頭を下げた。顔を伏せている状況でも、複数の足音がこちらに近づいてくるのが分かる。

じっと地面を見つめるクロエの目の端に、上着に合わせた白いトラウザーズの裾と、そこから覗く男性用の黒いブーツが映る。

――これがおそらくアルベール王子の足なんだわ。

そんなことを思いながら、一団が通り過ぎるのを待つクロエの目の前で、その白いトラウザーズの足がピタッと歩みを止めた。それに合わせて後に続いていた複数の足音も止まる。

――え？　なんで目の前で止まって……。

「……なんだか甘い香りがする」

ぽつりと呟きが聞こえてきて、クロエはぎくりと肩を揺らした。

――これってアルベール王子のお声だよね？　甘い香りって……わ、私!?

先ほどまで厨房でクッキーを焼いていたのだ。その残り香が服に染み込んでいてもおかしくない。

――まさか、アルベール王子は甘いものとか匂いが嫌いとか？

クロエの胃がぎゅっと縮まった。

「これはお菓子……の香りかな？　二人とも顔を上げてくれ」

その言葉にクロエは肝をつぶす。けれども横にいるメリルが「はい」と返事をし、身を起こしたので、クロエも覚悟を決めた。

――メリルさんは怯えた様子じゃないから、きっと大丈夫。

恐る恐る顔を上げると、明るい水色の瞳と視線が交わった。

――ほ、本物のアルベール王子だわ……。

クロエの実家の玄関ホールには国王夫妻と、十六歳のアルベール王子の肖像画が飾られている。

王妃譲りの端整な顔立ちに微笑を浮かべた姿は気品があり、高貴そうな面差しはいかにも王子様といった風情だった。

正直に言えば、初めて肖像画を見た時、クロエは王子のことを、女の子みたいな外見をしてなよっとしている男の子だと思ったものだ。それも仕方ないことだっただろう。何しろ父親も兄二人もがっしりとした体型で、王都に出てくるまで、クロエの周辺にはいかにも男臭い容姿をした男性しかいなかったのだから。

けれど今目の前にいる男性は、肖像画の面影を残しつつも、なよなよしさなど欠片《かけら》もなかった。背はクロエの頭一つ分は優に高く、近くで見ればそれなりに筋肉質な体型をしているのが分かる。すっと通った鼻筋と涼やかな目元は凛々しく、今のアルベール王子を見て女性的だと考える人はいないだろう。

「初めて見る顔だね」

水色の瞳がクロエを興味深そうにしげしげと見つめる。そこに不快感は感じられず、ただただ好奇心だけがあった。

――よかった。お菓子の甘い香りに怒って声をかけたわけじゃないんだわ。

「メリル、彼女は誰だい？」

アルベール王子はメリルに視線を向けて尋ねる。詰問ではなく、優しげな問いかけだった。

クロエはアルベール王子がメリルの名前を知っていることに驚いた。

料理長ならいざ知らず、助手をしているとはいえ、一使用人でしかないメリルの顔と名前を覚えているのだ。

——そういえば、私を見て「初めて見る顔」だって言っていたわ。もしかしなくても、アルベール王子は使用人の顔を全員覚えているの……？

いいや、まさか、と思っていると隣でメリルがにっこり笑いながら答えた。

「今日から菓子職人助手として働くことになったクロエ・マーシュです、殿下。どうぞお見知りおきを」

「ああ、そういえば今日から交代なんだっけね」

納得したように頷くと、アルベール王子はクロエに視線を戻した。明るい水色の瞳が楽しそうに煌めいている。

「母上がとても楽しみにしているんだ。ステラの店は美味しくて革新的なお菓子を作るって有名だから」

「あ、ありがとう、ございます。光栄です」

何か言わなくてはと思ったクロエは、かろうじて声を出した。ぎこちなくなってしまったが、アルベール王子は気にした様子もなくにっこりと笑った。

——はうっ、美形の微笑！

心なしかクロエの目には、マンガの効果のように周囲がキラキラと光って見えた。

「母上だけでなく、父上も久しぶりにステラのお菓子が食べられると喜んでいるよ。知ってる？父上がまだ子どもの頃、当時の菓子職人に弟子入りしていたステラによくおやつを作ってもらって

いたそうだよ。ステラの手で作られるお菓子は今まで見たことも食べたこともないものだったので、父上は魔法だと思ったそうだよ。もちろん、味も絶品で――」

「殿下。使用人に構っている暇はありません。そろそろ行かねば視察の開始時間に遅れてしまいますよ」

アルベール王子の言葉を遮るように、くすんだ金髪の男性が一歩前に出て苛立たしげに言った。声だけでなく、眉間に皺を寄せ、口をキュッと引き結んだ表情は非常に不機嫌そうだ。

アルベール王子は口元に苦笑いを浮かべて振り返った。

「レイズ、まだ時間は大丈夫だ。時間ぴったりか、やや遅れるくらいがちょうどいいと将軍も言っていたよ。むしろ私が予定より早く到着してしまえば兵士たちにいらぬ気遣いをさせてしまうだろう」

「お言葉ですが、殿下が兵士を気遣われる必要はありません。殿下はこの国の王太子であり軍の元帥なのです。その自覚を持っていただかねば困ります」

棘のある言葉にクロエは内心眉を顰《ひそ》めた。

――なんだろう、この人。殿下にものすごく失礼じゃない？

だがアルベール王子は彼の態度に慣れているのか、笑みを崩すことなく答えた。

「王太子だろうが元帥だろうが、他者に対する配慮は必要だ。そうだろう？　配慮を失えば、愚鈍な為政者になる。レイズ、それは君の望むところではないだろう？」

後ろに控えている二人の護衛が、その通りだと言いたげに頷いているのが目に入った。

「ですが……」

レイズと呼ばれた男性がさらに何か言おうとするのを、アルベール王子はさらりとかわした。

「とはいえ、いつまでもここにいたら、使用人たちの邪魔になってしまう。それこそ配慮の欠けた行為だろうね。そろそろ行こうか」

アルベール王子は護衛たちに頷いて見せると、クロエたちに「じゃあ、また」と声をかけて歩き出す。くすんだ金髪の男性は口を引き結んだままクロエたちを睨みつけると、アルベール王子の後に続いた。ほんの少し遅れて二人の護衛が歩き出す。

彼らの背中を見送ったクロエたちは、姿が見えなくなると同時に肩の力を抜いた。

「ああ、ビックリした。アルベール王子にお声をかけられるなんて夢にも思わなかった……」

しみじみとした口調でクロエが呟くと、メリルがくすっと笑った。

「とても気さくな方で、よくああして私たち使用人にもお声をかけてくださるんですよ」

「殿下はすばらしい方だって皆が言ってましたけど、本当ですね」

「ええ、殿下は私たちの誇りです」

メリルが嬉しそうに笑った。

国王や王妃も国民に慕われているが、とりわけ王太子の悪い噂話は一切聞いたことがない。公務や慈善活動に熱心で、公正明大な性格、容姿端麗で温厚、しかも賢いとなれば、文句のつけようもないのだろう。

「そういえばメリルさん、名前を覚えられていましたね」

「殿下はとても記憶力がよくて、一度聞けばすぐに顔と名前を覚えてしまうらしいです。クロエさんのことももう覚えたはず」

「それはまたすごいですね……！」

顔と名前を覚えるのが苦手なクロエにしてみたら、とてもうらやましい能力である。

——声をかけてもらうことなんてもう二度とないかもしれないけど、もしまた会うことができたら、もっとちゃんと受け答えをして……。

その時ふと自分たちを睨みつけて去っていった例のくすんだ金髪の男を思い出し、クロエは眉を顰めた。

「それにしても……殿下はすばらしいのに、あの後ろにいたレイズっていう背の高い人、すごく失礼じゃなかったですか？」

アルベール王子が際立っていい人だったこともあり、余計に彼の不快な態度が癪《しゃく》に障ってしまう。

「ああ、あの方ね。レイズ様といって、二年前から殿下の従者をしていらっしゃるのだけど……」

メリルが苦笑いを浮かべる。その表情を見て、メリルもあのレイズという男性を快く思っていないことが分かってしまう。

「従者としてはとても優秀なんですよ。剣も扱えるので殿下の警護もできますし……でも、融通は利かないし、優秀なだけに他人にも厳しいタイプなようで、殿下に対してもいつもあんな態度なんです。殿下がどうしようもなく愚鈍だというのならまだ分かるのですが、あんなに誠実に公務をこなしていらっしゃるというのに……！」

腹に据えかねるといった面持ちで、メリルはぎゅっと拳を握った。

「殿下がまったく気にしていらっしゃらないのが幸いですが、使用人はみんな他の方と交替してほしいと思っています。まったく殿下がお優しいのをいいことに……」

「ええと、アルベール王子は気にしていないんですか？　あのレイズっていう人のこと」

「意に介してらっしゃらないというか……」

ここでメリルはふと笑みを浮かべた。

「聞き流していると言うべきでしょうね。先ほどもレイズ様のお小言をさらっと正論で切り返していらっしゃったでしょう？　万事あんな感じらしいので、それでレイズ様が余計に……ね」

「ああ、何となく理解できました」

レイズという男は融通の利かない、いわゆるお役人気質の男なのだろう。だからこそ飄々《ひょうひょう》と小言も嫌味もかわして自分なりに行動してしまうアルベール王子に苛立ちを覚え、余計に突っかかっているのかもしれない。

「王子様も大変ですね。きちんとやっているのに、身近にいる従者にうるさく言われるなんて……。私だったら我慢できそうにないかも。できれば二度と会いたくないタイプですね」

前世の高校の時の数学教師の一人があんな感じの男性だったので、クロエにとってレイズはいい印象がない。

――そういえば、あの先生、パソコンのプログラム講座に来ていた臨時講師の人に、毎回あんな感じで突っかかっていたっけ。

クロエが前世で通っていた高校の『情報』の授業には、パソコンの簡単なプログラムを習うというカリキュラムがあった。講義を受けながら簡単なプログラムを動かすといったものだ。

普段『情報』の教科は専門の教員をおかず、数学の教師が兼任していたのだが、プログラムとなると付け焼刃の知識では無理であるため、専門の講師に臨時で来てもらっていたのだ。

その臨時の講師に対しての数学教師の態度がレイズのそれとそっくりだったのだ。臨時の講師はさらっと受け流していたが、生徒だったクロエたちは同じ学校の人間としてとても恥ずかしく居たたまれない思いをしたものだ。

もう名前も思い出せないが、あのプログラムの講師もアルベール王子のように気さくで優しい青年だった。根が文系のクロエは数学は苦手だったものの、テキストと同じように入力すればその通りに動いてくれるプログラムの授業はとても楽しいものだった。

——思えば、数学の先生はプログラムの講師《せんせい》に自分の仕事を取られたような気持ちだったんだろうなぁ。神経質で融通の利かない先生より、プログラムの講師の方が生徒に人気があったし。

あれは嫉妬も入っていたのではないかと、今はクロエにも理解できる。かと言って数学教師の言動は肯定できないし、思い出すだけで嫌な気分になる。

当然、そんなことを思い起こさせるレイズに近づかずに済めばいいとも思った。だから、メリルがこう答えた時はホッとしたものだ。

「それは大丈夫ですわ。普段は私たちが姿を見ることはほとんどありませんから。今回はたまたま軍の視察に行くためにここを通りかかったみたいですが。さて、思わぬ出来事で時間がつぶれてしまいましたね。食料貯蔵庫に行って材料を取ってこないと、料理が始められませんわ」

「あ、そうでした。急ぎましょうメリルさん」

前世の思い出とともにアルベール王子たちのことを頭から振り払うと、クロエたちは食料貯蔵庫に向かって歩き出した。

……まさか、この好ましいアルベール王子と、反対に二度と会いたくないと思っていたレイズとは、いずれ毎日のように顔を合わせる展開になるとは夢にも思わずに——。


クロエが材料を抱えてお菓子専用の厨房に戻ってみると、そこにステラの姿はなく、代わりに一人の黒髪の少年がいて、クッキーを頰張っていた。

もちろんそのクッキーはクロエが焼いたものだ。

「あ、あの……君は一体、何を……?」

少年は十三、四歳ほどだろうか。くるくるっとした黒い巻き毛で、くりっとした目鼻立ちはとても可愛らしい。女の子と言われても頷けるだろう。だが、開けた口にクッキーをぽいぽい放り込む姿は、間違いなく男の子であると思われる。

アルベール王子が上から下まで白を基調とした服を身にまとっていたのとは対照的に、少年が身に着けているのはケープ付きの黒い外套に、黒いトラウザーズといった全身黒づくしのコーデだった。

クロエの姿をそのチョコレート色の目でしっかりと認めたにもかかわらず、ひょいひょいとクッキーを口に入れ、さらにもぐもぐと十分咀嚼してから、ようやく少年は口を開いた。

「おばあちゃんを待つ間、おやつを食べてたんだ。これ、お姉さんが作ったの？」

粉砂糖のかかった丸いクッキーを摘みながら少年が尋ねる。当然、クロエは訳の分からない事態に荷物を抱えたまま入り口で立ち尽くしていた。

「えっと……そうだけど、君は一体……。おばあちゃんというのは？」

迷子だろうか――そんなふうに考えながら尋ねると、思ってもみなかった答えが返ってきた。

「おばあちゃんは今日からここでお菓子を作ることになった『ステラの店』のオーナー、ステラ・ゴルウィンだよ」

「し、し、師匠のお孫さん⁉」

以前、夫はいると聞いていたが、孫がいるとは知らされていなかったクロエは、それはもう驚いた。ちなみにクロエも先輩の菓子職人たちも、ステラの夫を見たことは一度もない。

『夫は甘いものが苦手だし、この店はあたしだけの道楽だからね』

とは、ステラの弁だ。

そのため、ステラの夫が一度も店を訪れたことがないのを特別に変だとは思っていなかった。

考えてみれば、夫がいるのだから子どもや孫がいてもおかしいことではない。

「僕はテオルダート・エイムス。ステラおばあちゃんは僕のお母さんのお母さんだね。今日から城におばあちゃんが来るっていうんで、会いに来たんだ」

「そ、そうなんだ。私は師匠の弟子でクロエっていうの。ところで師匠は、一体どこに……」

「おばあちゃんはメニューの確認のついでに侍従長と女官長と侍女長に挨拶してくるって言って出ていったよ。僕はおやつを食べながらその帰りを待ってるところ」

「はぁ、なるほど」

ようやく事情が分かってクロエは身体《からだ》の力を抜いた。

「オーブンの試し焼きのために作ったクッキーだけど、いっぱいあるから食べていってね」

「お土産《みやげ》に持って帰ってもいい？」

可愛らしく首を傾げるテオルダートにほだされ、クロエは口を綻《ほころ》ばせた。

「もちろんいいわよ。全部持っていってね」

クロエは抱えていた材料を作業台の上に載せ、傷みやすいものを冷蔵庫にしまっていく。その一挙一動をチョコレート色の瞳が見ていたが、それにクロエが気づくことはなかった。

「そういえば、テオルダート君は……」

だが、あることに気づいてクロエはテオルダートを振り返る。

「テオでいいよ。なあに、クロエお姉ちゃん」

クロエお姉ちゃん。

——やだ、ちょっと胸がキュンとなったじゃないの。お姉ちゃんと言われただけなのに！

だが、前世では一人っ子、今世では末っ子のクロエは、生まれて初めて呼ばれた『お姉ちゃん』の響きに奇妙な感動を覚えていた。

——『お姉ちゃん』。やだ、むちゃくちゃ、いい！

「クロエお姉ちゃん？　どうしたの？」

こてっと首を傾げる様子はあざとくも可愛かった。コホンと咳払いして、にやけそうになるのをこらえながらクロエは口を開く。

「な、なんでもないわ。えっと、テオ君はもしかして、お城に勤めているの？　侍従見習いか何か？」

いくらステラの孫とはいえ、城の中に勝手に入ってくることはできない。それなのに咎められた様子もなくここにいるということは、もともとこの少年が城の中にいたからなのだろう。

そう推測してクロエは尋ねたのだが、テオルダートの答えは意外なものだった。

「違うよ。僕は侍従見習いじゃない。魔術師さ！」

テオルダートは胸を張って言った。年齢的に侍従見習いに違いないとばかり思っていたクロエはその答えに目を見開く。

「ま、魔術師？　テオ君、魔法が使えるの!?」

「魔法じゃなくて、魔術！　魔法と魔術はまったく違うもの！」

急にテオルダートは身を乗り出して叫んだ。

「そ、そうなんだ」

魔術と魔法の区別がつかず、同じものだと認識していたクロエはテオルダートの剣幕に驚いていた。

「魔術は僕たち魔術師が使う、魔力を媒体にして呪文詠唱をして発動する術。魔法は魔女しか使えない、世界そのものの力。まったく違うものだ。間違えちゃだめだよ、お姉ちゃん！」

「よ、よく分からないけど、分かったわ。うん。魔術と魔法は違うのね」

なだめるように言ったその時、厨房に笑い声が響いた。

「ははは。世間の認識はこんなものさ、テオ。クロエが混同するのも無理はないね」

それはいつの間にか厨房に戻ってきていたステラだった。

「師匠！」

「おばあちゃん！」

「まったく、旦那といい、あんたといい、魔術師というやつはどうして魔術と魔法の違いにそんなにこだわるんだろうね。あたしには理解できないよ」

ステラに呆れたような目を向けられ、テオルダートは頬を膨らませた。

「仕方ないよ、だって魔術師の性《さが》みたいなものだもん。魔術師は魔女の技——魔法を超える魔術を編み出すことが本懐だもの」

「本懐ねぇ。まぁ、せいぜい頑張りな」

ステラは突き放したように言うと、今度はクロエを見た。

「自己紹介は済んでいるみたいだね、クロエ。この子はあたしの娘の子どもで孫ってやつだ。魔術師のローブを着ているから分かるだろうけれど、城に所属する魔術師さ。魔術師団中では一応最年少だ」

どうやらこのケープ付きの外套のようなものは、魔術師が身に着けるローブだったようだ。

——そういえば映画にもなった児童文学の魔法使いたちは、みんなこんな感じの服を着ていたわよね。

どうやら、魔術師なのは本当だったようだ。

「最年少なんてすごいわね、テオ君。魔術師になるのは大変だって言うし、その中でもお城の王立魔術師団に入ることができるのは、選ばれた優秀な魔術師だけって聞いてるわ」

感心して褒めると、テオルダートは得意げに笑った。

「僕は天才魔術師だからね。同じく天才って言われていたおじいちゃんの最年少入団記録を更新したんだ」

「まったく、あんたはそんな調子だから同世代の魔術師たちから嫌われるんだよ」

「ふん。あんな連中から嫌われても屁でもないね」

答えるテオルダートのふてぶてしい口調は、祖母であるステラと瓜二つだった。

「陰口しか言えない奴らだもの。嫉妬して悪口を言っている暇があるなら、技の一つでも磨けばいいのに」

「はぁ、まったくあんたって子は。足元を掬《すく》われないようにせいぜい気をつけな」

ため息をつくと、ステラはクロエに弁明するように言った。

「こんな性格の子だけど、実力は元魔術師長だった旦那の折り紙つきでね。まぁ、仲よくしてやっておくれ」

「もちろんです。よろしくね、テオ君」

自信過剰な部分もあるようだが、クロエは気にならなかった。むしろ自慢げに自分の実力を語るテオルダートを見ていると、微笑ましく感じてしまう。

「うん、またおやつ作ってね、クロエお姉ちゃん。僕、そろそろ戻るよ。課題を放ったままだから。じゃあね、おばあちゃん」

「ああ、気をつけてお帰り」

「あ、ちょっと、待ってテオ君」

クロエはエプロンのポケットからハンカチを取り出しながら、厨房の戸口に向かおうとするテオを呼びとめた。

「残りのクッキーも持って帰って、小腹が空いた時にでも食べてちょうだい」

「うん。ありがとう、クロエお姉ちゃん」

＊　＊　＊

作業台にハンカチを広げ、残りのクッキーを割れないように慎重に並べるクロエを見ながら、テオルダートは祖母のステラに小声で言った。

「クロエお姉ちゃんって、かなりの魔力持ちだね。作ったクッキーにも魔力が微量に含まれているよ」

ステラは片眉を上げ、同じくクロエに聞こえないように小さな声で尋ねる。

「そうなのかい？　あたしは魔力に関してはさっぱりだからね。全然気づかなかったよ」

「ほんの微量だし、残り香程度のものだからね。僕やおじいちゃんクラスじゃないとまず気づかないと思う」

「そうかい。なら、放置しても問題ないね」

「そりゃあ、問題ないけどさぁ……」

言いながらテオルダートは、作業台のクロエから横にいるステラに視線を移して探るように見つめた。

「クロエお姉ちゃんの魔力って、あの人の魔力によく似ているんだよね。そのお姉ちゃんを助手として城に連れてきたのは、何か意味があると見ていいの？」

「さあてね。あたしは何しろ、魔力なんてものは見えないし、まったく感じられないからね」

ステラは顔色一つ変えずにそっけない口調で答えた。

「リザヴェーダにも同じことを言ったけど、あたしはただ流れに任せているだけさ。運命っていうのは与えられるものじゃない。偶然と必然が折り重なってできるものだからね。だからあんたも余計な介入は不要だよ」

「えー」

不満そうな声をあげたテオルダートは、結局その祖母の言葉に返事をすることはなかった。クロエがクッキーをハンカチに包み終えて傍に来たからだ。

「はい。テオ君。またいつでもおやつ食べに来てね」

「ありがとう、クロエお姉ちゃん」

クッキーを受け取ったテオルダートは、ふといい手を思いついて、ねだるようにクロエを見上げた。

「ねぇ。クロエお姉ちゃん。今度、友だちを一緒に連れてきていい？」

クロエは嬉しそうに笑いながら頷いた。

「もちろんよ。その子の分もたっぷりお菓子作ってあげるね」

「うん、約束だよ、クロエお姉ちゃん！」

――言質《げんち》、取ったからね、お姉ちゃん！

「……はて、あんたに友だちなんていたかねぇ？」

表面上はにこにこと、けれど内心ではにんまりと笑ったテオルダートは、耳に届いた祖母の呟きはまるっと無視して戸口に向かった。

菓子専用の厨房を後にしたテオルダートは、手にクッキーの包みを持ったまま、転移の魔術を使って、その場から移動した。魔術の天才と言われる彼にとって、並の魔術師なら詠唱が必須の転移の術も、無詠唱で簡単に行えるのだ。

――この時間なら、私室にいるはず。

テオルダートが転移の術を使って移動した場所は、品の良い調度品が並んだ豪華な部屋だった。

空中で佇んだままキョロキョロと見回し、目当ての人物を見つける。

その人物はソファの背もたれにぐったりと身体を預け、何かに耐えるように顔を片手で覆っていた。

――この人がいつもこんなふうに耐えているのを、一体どれほどの人間が知っているだろうか。

それがごく少数であることをテオルダートは知っている。そしてその少数の人間を心配させないように、いつも気丈に振る舞っていることも。他に知っているのは、きっと彼の両親とテオルダートの祖父くらいなものだろう。

「今日は調子が悪いみたいだね、大丈夫？」

声をかけると、その人物はのろのろと手を下ろし、宙に浮いているテオルダートを見て力なく微笑んだ。

「テオか。軍の視察に行くまではよかったんだが、視察の最中に容赦なく力を削られてね。予定より早めに切り上げてしまった」

言いながらその人物は身を起こす。少し長めの前髪がさらりと額にかかり、そこから空色の瞳が覗いた。

端整な顔立ちに明るい金髪。部屋の主は誰あろう、この国の王太子アルベールだ。

「それじゃ、小姑《こじゅうと》みたいな従者がさぞかし腹を立てただろうね。あの人、予定通りじゃないと、あからさまに不機嫌になるもん」

アルベールの従者であるレイズの顔を思い出しながらテオルダートが言う。この城の中でテオルダートが気に入らない人物は何人かいるが、レイズもそのうちの一人だ。

「ご機嫌というわけじゃなかったな、確かに」

苦笑めいた笑みがアルベールの口元に浮かぶ。思わずテオルダートは呆れたような視線を向けた。

「っていうか、よくあんな従者を傍に置いておけるよね、殿下。もしかしてマゾなんですか？」

「マゾ？　なんだい、それは？」

聞き慣れない単語にアルベールが首を傾げる。

「おばあちゃんの故郷で使われていた言葉。何でも痛めつけられたり虐げられることに快感を覚える特殊な性癖らしいですよ」

「はぁ？　ちょ、私はそのマゾとかいうのとは違うからな！」

慌てたようにアルベールが叫ぶ。その様子は城の皆が……いや、国民が彼に求めている『完璧な王太子』ではなく、年相応の青年の表情だった。

気心の知れたテオルダート相手には彼も取り繕ったり、『王子』の仮面を被ったりしないのだ。

そのことに満足感を覚えながら、テオルダートはクロエからもらったハンカチの包みを手に、ふわりとアルベールの前に下り立った。

「はいはい。そういうことにしておきましょう。ところで殿下、小腹空いてない？　僕、おばあちゃんのところに行ってクッキーもらってきたんだ。甘いものを食べればきっと元気になれるよ」

「クッキー？」

差し出されたハンカチの包みを受け取りながら、アルベールは目を見張った。

「テオがおやつを分け与えてくるなんて、明日槍が降らないといいんだが……いや、冗談だ。甘いものは好きだから、いただこう。君のおばあさまであるステラが作ったのかい？」

「ううん。それはおばあちゃんの助手のクロエって女の人が作ったものだよ。クロエお姉ちゃんはね、魔術師じゃないけど、魔力がうんと高いんだ」

「クロエ？　ああ、あの子か。軍の視察に行く途中で会ったよ。そういえば魔力が高い子だったね」

ハンカチを解きながらアルベールは納得したように頷いた。

「あ、さっそく出会ったんだ。……殿下はどう思った、彼女のこと？」

テオルダートは思い切って、けれど、アルベールに真意を悟られないように彼の表情を探りながら尋ねた。

――紹介してもいないのに出会ってすぐに認識するなんて。期待はしていなかったわけじゃないけど、これはもしかして、もしかすると……。

「どうって……周囲の人間より魔力が高いせいで、彼女の周囲だけやけにキラキラ輝いていたように見えたね。それでつい注目していたからこそ、普通はなかなか気づけない甘い匂いも分かったんだ」

答えるアルベールの様子はいつもと変わらなかった。テオルダートは内心で呻《うめ》いた。

――うーん、運命の相手だったらすぐに本人には分かるんじゃないかと思ったけど、至って普通だ。てっきりクロエお姉ちゃんがそうに違いないと思ったんだけど……。

クロエに着目してくれたのはいいが、それは彼女の魔力が高いからとか、甘い匂いがしたからであって、運命を感じたわけではないらしい。

――まぁ、対になる相手が一目会えば分かるなんて迷信に過ぎないいんだけどね。本来は、相手から魔力を取り込んでみて初めて分かるわけだし……。

どちらも魔術師であればすぐに分かったかもしれないが、あいにくとクロエは自分の魔力をまったく自覚していないらしいので、魔術は使えない。

反対にアルベールは魔力を感じ取れる能力があり、今すぐにも魔術師になれるだけの才能もあるものの、『大地の祝福』のせいで、術を行使できない。

魔力とは言っているが、要は生命力のようなものだ。この世界に生まれた人間は大なり小なり持っていて、多ければ多いほど長生きできるとされている。

アルベールも普通に生まれたならば長命だっただろう。だが、彼の膨大な魔力はすべて大地に捧げられる。それが『祝福の子』の宿命だ。

――なまじそんなふうに生まれついてしまったばかりに、殿下の苦痛は増すばかりだ。

「殿下の不運はさ、『大地の祝福』なんていう呪いを受けて生まれたことと、魔術師としての才能を持って生まれたことだよね……」

思わずしみじみとした口調でテオルダートが呟くと、丸いクッキーを一枚摘み上げながらアルベールが苦笑いを浮かべた。

「いきなりだな。でもね、テオ。私がそのように生まれてついてしまったのは、仕方のないことだ。誰のせいでもないのだから。……いや、誰のせいかといえば先祖のせいなんだろうけど、だからこそ子孫である私が贖《あがな》わなければならないことだ」

「先祖のしたことってもう千年近くも前のことなのに……」

なかった。

『仕方のないこと』。

そう言ってアルベールはすべて笑って受け入れてしまう。それがテオルダートは歯がゆくてならなかった。

だが、魔術ではアルベールを救うことも、負担を軽くすることもできない。大地と魔女という大いなる力の前に、魔術などちっぽけであることを否応なく突きつけられる。

魔術の天才と言われ、そのことを自負しているテオルダートにとって、アルベールの問題は初めて出会った『魔術でもどうにもならない事案』だった。

――だけど絶対諦めたくない。殿下を救えるのは『対となる者』だけ。知られていないだろうけど、『対となる者』に関しては魔術師の領域だ。僕が必ず見つけ出してみせる。

テオルダートはアルベールを気に入っていた。時に化け物とまで呼ばれている彼の力を十分理解しながら、それでも屈託なく会話をしてくれる者はこの城では数えるほどしかいない。

その中で初めてテオルダートが友だちと呼んでもいいと思えたのが、アルベールだ。

――友だちを救えないのなら、魔術師である意味がないもんね。

魔術師として高みを目指す。アルベールを救い、魔法を超える魔術を編み出す。それがテオルダートの目標だ。

「そうそう。あの子が漂わせていたのもこの甘い香りだった」

アルベールはクロエの作った丸いクッキーをひょいっと口に入れると、美味しそうに咀嚼する。

「うん、甘くて素朴で、優しい味がする」

「でしょう？　おばあちゃんのお菓子も美味しいけど、クロエが作ったのもなかなかだと思うよ。よほどお菓子作りが好きなんだと見えて、ほんのり魔力の欠片が……」

そこまで言って急にテオルダートは言葉を切り、アルベールの様子を確認する。先ほどまでの彼の顔色は少し悪かったが、今は気のせいか、すっきりした顔をしていた。

「殿下、少し体調はよくなった？」

尋ねるとアルベールは二枚目のクッキーを摘みながら頷く。

「そういえば少しよくなったな。きっとこの甘いクッキーのおかげだろう。テオの言う通り、甘いものを食べると元気が出るね」

——偶然かもしれない。単なる希望的観測に過ぎないかもしれない。

けれど、それでも構わなかった。テオルダートはその可能性に縋《すが》るだけ。

祖母《ステラ》は「運命っていうのは与えられるものじゃない」と言った。その通りだとテオルダートも思う。

——でもね、おばあちゃん。運命は自分で引き寄せるものでもあるんだよ？

テオルダートはにっこりと無邪気な笑みを浮かべた。

「ねぇ、殿下。今度一緒におやつを食べに行かない？　クロエに友だちを連れてくるって約束したんだ」

第三章　おやつ係、王子様の花嫁選びのパイを焼く

今、お菓子の厨房では二人の人物が広い作業台の一角をテーブル代わりにして、皿に盛られた小ぶりのスコーンを争うように食べていた。

「テオ、その最後のオレンジピール入りスコーンは私が食べようと思っていたのに！」

「残念でした、殿下。早いもの勝ちだよ」

「くっ、王子の私に譲るべきだとは思わないかい？」

「思わないでーす。殿下はそっちのプレーン食べてなよ」

お菓子を巡ってまるで子どものような争いを繰り広げている二人を見つめながら、クロエはここ最近でもうすでに何十回も繰り返している問いかけを心の中で唱える。

——解《げ》せぬ。なぜこうなった？

確かにお友だちも連れてきていいとテオルダートに言ったのはクロエ自身だ。

——でもね、そのお友だちがアルベール殿下だなんて、聞いてないわ！

想像してみてほしい。『友だちを連れてきたよ〜』と言いながらテオルダートと一緒に現れた人物を見た時のクロエの驚愕を。

『やぁ』などと爽やかな笑みを振りまきながら厨房に入ってきた王太子殿下に、クロエは驚きのあまり硬直し、さすがのステラもぎょっと目を剝いていたものだ。

――アルベール王子が超甘党で、私のお菓子を気に入ってほぼ毎日のようにテオ君と厨房にやってくるようになるだなんて、一体誰が想像できただろう。

『別にいいじゃないか。非公式なんだ、何も凝ったものを作れとは向こうも言わないだろうさ』

ステラはあっさりアルベールが厨房に出入りすることを許可し、彼らのお菓子作りをクロエに厳命した。

『最高級の食材と道具が使いたい放題だ。あんたの練習にもちょうどいいじゃないか』

師匠であるステラにこう言われてしまえば、クロエに拒否することはできなかった。

「はぁ……」

ため息をつきながらクロエは別に取り分けてあったスコーンを棚から取り出して、作業台に置く。

「取り合いをしなくても、まだまだスコーンはありますから」

「わーい、ありがとう。クロエお姉ちゃん！」

「ありがとう、クロエ」

二人は嬉しそうに笑うと、新しいスコーンの皿にさっそく手を伸ばした。

一体、どこに入るのかと思うほど食欲旺盛だ。

もっとも、城での食事は王族とはいえ一日二食なので、夕食の時間までにお腹が減るのも無理はない。そのため、国王一家も時折、料理の厨房に依頼して軽食を用意してもらうこともあるのだという。

そんな事情もあり、自然とクロエが作るものはホットケーキやスコーンなど、腹持ちのよいメニューが中心になった。

――だってあんなことを聞かされたら、どうにかお腹《なか》を満たしてあげたいと思うのも無理はないじゃない？

クロエはブルーベリー入りのスコーンを食べるアルベールを見ながら、彼らが厨房に通い始めたばかりの頃に護衛兵たちに言われた言葉を思い出していた。

アルベールは王族なので、どこに行くにも護衛兵がついて回る。それはお菓子の厨房でも例外ではなく、今も剣を携えた二人の兵士が厨房の端に立ち、アルベールを見守っている。

同じ部屋にいるのにテオルダートとアルベールにだけおやつをあげるのは不公平だと思ったクロエは、兵士たちにも『毒見をしてもらう』と称して食べてもらっているのだが、ある日、お皿に盛ったフレンチトーストを手にして近づくと、小さな声で護衛兵たちから感謝の言葉を告げられたのだ。

『私たち近衛の者はあなた方にとても感謝しているんです』

『殿下は最近午後の軽食を召し上がることもなく、食事の量も減っておりました』

アルベールも以前は公務の合間を縫って料理の厨房で作られた軽食を食べることがよくあったそうだが、それがここ半年ほどまったく口にしなくなっていたのだという。

『体調が悪いのかとお尋ねしても、そうではないと仰るのです。ですが、少しずつお痩せになっていくので、両陛下をはじめ、我々も皆心配しておりました』

護衛兵たちは、テオルダートとフレンチトーストを奪い合っているアルベールを見て嬉しそうに目を細めた。

『殿下があのように楽しそうに召し上がっている様子を見るのも久しぶりです』

『だから我々は皆あなた方に感謝しているのですよ。どうか、これからも殿下にお菓子を作ってさしあげてください。それを両陛下も望まれております』

なるほど、とクロエは思う。

——道理で殿下が厨房に通っても誰も文句を言わないはずだわ。

普通なら、一国の王太子がおやつを食べるために厨房に足しげく通うことなど許されるはずがない。最初の時点で護衛兵が止めるだろう。欲しければお菓子を部屋に運ばせればいいのだから。むしろその方が護衛する側も楽なはずだ。

それが、護衛兵どころか誰一人咎める気配すらないのが、少し不思議だったのだ。

——つまり食欲のなかった殿下のために、陛下たちがここへ来ることをお許しになっている上に、周囲もそれを良しとしてるからなのね。

実はメリルにも護衛兵たちと似たようなことを言われていた。

『ここ最近、殿下の召し上がる量が減っていることを私たちもみんな心配していたのです。クロエ、私たちも協力は惜しみませんから、どうか殿下のことを頼みますね』

メリルだけでなく、食料貯蔵庫の管理人や、すれ違った兵士たちからも同じような言葉をかけられる。そのたびに、クロエは感心するのだった。

——殿下は本当に皆に慕われて愛されているのね。

そのアルベールにお菓子を提供し続けるクロエは、この一ヶ月の間にすっかり城中の人間に『王子のおやつ係』として認識されていた。

——お城みたいなところでおやつ係なんていう言い方はどうかと思うけど……まぁ、いいか。

スコーンを美味しそうに食べるテオやアルベールを見ながら、クロエは唇を綻ばせた。自分の作ったお菓子を美味しいと言ってもらえるのはやはり嬉しいものだ。

——それに殿下のおかげで皆が好意的に私たちを受け入れてくれるのだから、おやつ係をやるのも悪くはないわ。ただ……。

作業台におかれた時計にちらりと視線を向けてクロエは身を引き締める。そろそろ彼がやってくる時間だ。

クロエがとある人物を思い浮かべたと同時に時計の短針が3を、長針が6を指した。するとそれを見計らったかのように厨房の扉が開いた。

「失礼します。殿下、そろそろ次の公務に行かなければならない時間です」

言いながら入ってきたのは背の高いくすんだ金髪の男性——アルベールの従者レイズだ。レイズは甘い匂いに顔を顰《しか》めながらも、作業台を前にして椅子に座っているアルベールに目を向ける。

「ご苦労様、レイズ。これを食べ終えたらすぐに部屋に戻るから」

「そうしていただけると助かります」

愛想のない口調で答えながら、レイズは順番に厨房の中にいる人間の顔ぶれを確認していく。

もぐもぐとスコーンを咀嚼しているテオルダート、厨房の端に立つ二人の警備兵、我関せずと言わんばかりにパイ生地を伸ばしているステラ。そして最後にクロエに視線を移すと、いきなりレイズはギロリと睨みつけてきた。

——まったく、どうしていつも私を睨むのかしらね、この人は。

顔には出さなかったが、クロエはげんなりした。

この城の大部分の人たちがクロエたちの存在を好意的に受け入れてくれているが、やはり中には気に入らないという人間も存在する。レイズはその代表格だ。

テオルダートによれば、アルベールが厨房に通うことにもっとも反対したのもこのレイズだったという。

『もっと王太子としての自覚を持ってください。王族であるあなたが厨房に通うなどと……。菓子ならば部屋へ運ばせればいいではないですか！』

もっともな指摘にアルベールはこう返したという。

『一人で食べても味気ないんだ。それとも君が私と一緒にお菓子を食べておしゃべりに興じてくれるかい？』

レイズは甘いものが嫌いで、匂いだけで気分が悪くなる体質だった。当然、アルベールの言葉に頷けるはずもない。

『気心の知れたテオを私の自室に招ければいいが、贔屓《ひいき》になるから呼ぶのはダメだと主張したのは君だ、レイズ。ならば、私が厨房に行けばテオだけを贔屓にしていることにはならないだろう？』

爽やかに笑いながらアルベールはさらに畳み掛けた。

『テオはステラの孫だから、祖母に会いに厨房を訪ねてきてもおかしくない。私たちはたまたま厨房で一緒になっただけ。そうだろう？　何か問題はあるかい、レイズ？』

国王たちが容認していることもあって、結局レイズは引き下がるしかなかったらしいが、納得していないし、不満に思っているというのは分かる。

——分かるけど……まるでお前のせいだとばかりに睨むのはやめてほしいもんだわ。

クロエがこの状況を望んだわけではなく、アルベールが望んだがためにお菓子を作っているだけなのだから。

「待たせたね、レイズ」

手にしていたスコーンを食べ終えたアルベールは、椅子から立ち上がるとクロエに向けてキラキラの笑顔を向けた。

「ありがとう、クロエ。今日も美味しかったよ」

「あ、ありがとうございます」

ジロリと睨んでくるレイズの視線を意識しながらクロエは慌てて頭を下げる。

——まったく、何だって言うのよ、もう。

「テオ、後でまた。ステラ、作業の邪魔をしてすまなかったね」

律儀なアルベールは毎回クロエやステラ、それにテオルダートにきちんと声をかけていく。テオルダートはスコーンを掴んでいるのとは反対の手をヒラヒラと振った。

「行ってらっしゃい、殿下。残りのスコーンは僕がもらっておくから心配しないでね」

「またいらしてくださいな、殿下。お待ちしております」

「ありがとう。また寄らせてもらうよ。さぁ、三人とも、部屋に戻ろう」

「はい」

護衛兵たちはクロエたちに目礼すると、アルベールに付き従って厨房を出ていく。一番最後についたレイズは、クロエたちの存在を完全に無視したまま扉の外に消えていった。

「……はぁ……」

四人がいなくなったと同時にクロエは肩の力を抜いた。どうやら知らず知らずのうちに力が入っていたらしい。

「あいかわらずいけ好かない奴だよね」

テオルダートが面白くなさそうな口調で呟いた。名指しはしなかったが、誰のことを指しているかは明白だ。

「クロエお姉ちゃんのことすごい目で睨んじゃってさ。文句があるなら殿下の前で言えばいいのに。まぁ、言い負かされるのがオチだけど」

どうやらテオルダートはレイズのあの視線に気づいていたらしい。

「なんであの人、あんなに私のことを睨むのかしら？」

「甘いものが嫌いだからじゃない？　……というのは冗談で、クロエお姉ちゃんを睨むのは、殿下がお姉ちゃんを気に入っているからだと思う。あの人、殿下のやることなすこと気に入らないんだよ」

「殿下の従者なのに、殿下のやることを気に入らないってこと？」

それはかなり従者のイメージからかけ離れていると言わざるを得ない。

クロエの知っている従者は、衣類の着付けや給仕といった主《あるじ》の身の回りの世話をする役職のことだ。常に傍にいて、どこに行くにも付き従う。

一番長く時を共に過ごすことから、主とは親密な、気心の知れた相手。そんなイメージだ。

ところがレイズからはそんな親しげな雰囲気はあまり感じられなかった。

それどころか、いつも眉間に皺を寄せながらアルベールを見ていて、堅苦しい言葉か苦言しか口にしない。

「殿下は陛下の教育方針のおかげで自分の世話は自分でできるからね。レイズの主な仕事は殿下の公務スケジュールの管理や各所への連絡、それに身辺警護だ。性格はともかく、そっちの仕事の方はかなり優秀なようで、侍従長の信頼も厚いみたい」

「つまり、従者の仕事の中でも主に秘書のような役割を果たしているわけね」

それならば納得できる。あの頑固なまでに几帳面で真面目な様子ならば、仕事もきっちりやり遂げているであろうことは想像に難くない。

テオルダートは口の中で咀嚼していたスコーンを呑み込むと、頷いた。

「そういうことだね。確かに仕事はできるから上の人間には重宝がられているけど、殿下の周囲や使用人たちには評判が悪い。融通は利かないし、殿下に対する態度もアレだから」

「まぁ、そうよね」

護衛兵の二人が、厨房に現れたレイズを見て顔を顰めていたのをクロエは知っている。

あの二人だけでなく、交替でアルベールの護衛をしている兵士のほとんどがレイズを煙たがっているようだ。彼らがその態度を表に出すことはなかったが、何となく雰囲気で分かる。

「仕事ができるからといって、職場の雰囲気を悪くしているんじゃどうしようもないと思うけど……。どうして殿下は彼を傍に置いて使っているのかしら。交替させればいいのに」

それがクロエには不思議だった。レイズと同じくらい仕事ができる人材は他にもいるはずだ。それなのに、どうしていつまでも従者として雇っているのだろうか。

「殿下自身はレイズの態度をあまり気にしていないからね。でももちろん、レイズが周囲の使用人たちとうまくやっていけてないのは気づいてる。それでもクビにしないのは、たぶん、レイズの境遇に同情しているからなんじゃないかと思う」

「レイズさんの境遇？」

「うーん、僕も詳しくは知らないけれど、あいつは大貴族の庶子なんだって。優秀だったから、実父と懇意にしていた伯爵家に養子として引き取られたんだけど……もろもろの事情で養子先でも微妙な立場だったらしい。んで、兵士見習いとして入隊できる歳になると、家から追い出されるように軍に入れられた。でも何年か経って、ようやく正規の兵士になれるって時に、今度はまた家の意向で軍を辞めさせられて、侍従見習いとして城に出仕することになったって話だ」

「そ、それはまた気の毒に……」

庶子というだけでも大変だろうに、引き取られた先でもそんな扱いをされては、性格が歪むのも無理はない。クロエはほんのちょっぴりレイズに同情した。

一方、テオルダートは同情する気はないらしい。口を尖らせて言った。

「そういう立場の人間はあいつだけじゃないし、その鬱憤《うっぷん》を他人にぶつける理由にはならないけどね！　でも、まぁ、気の毒なのは確かだ。だから殿下は同情したんだろうね。自分ではどうにもできない生まれや、他人の思惑で人生を歪められてしまった彼に。それに、クビにしないのも、もう後がないレイズのことを慮《おもんぱか》ってのことだと思う」

「もう後がないって？」

「考えてもみてよ、クロエお姉ちゃん。あいつの養父が軍を辞めさせてまで侍従にしたのは、あいつを王族や要人たちに付けて、権力の足掛かりにしたいからだ。あいつが気に入られて信用されれば、自分たちの利になると思ったんだろうよ。なのに殿下の不興を買って従者を降ろされたなんて養家が知ったらどうなるか、火を見るより明らかでしょ？」

クロエは納得したように頷いた。

「後がないという理由が分かったわ。殿下の従者をクビになったら、養家から縁を切られてしまうわけね」

「そう。だから殿下はあいつを従者として傍に置いておくんだと思う。あいつの無礼な言葉を軽くいなすのも、これ以上周囲とレイズとの間に軋轢《あつれき》を生じさせないようにするためだ。殿下がまともに受け取ってしまったら、殿下が何もしなくても周囲が何としてもあいつを排除しようとするだろうからね。なのにレイズはそんな殿下の気も知らないでさぁ！」

「ああ、だから殿下は……」

──だからなんだわ、殿下が飄々とした態度でレイズさんの厳しい言葉をかわすのは。気にしていないからでも、真剣に受け止めていないからでもなくて、レイズさん自身のためだったのね。

ようやく腑に落ちて、クロエは感嘆すると同時に少し心配になった。

──殿下って王子なのに周囲に気を使いすぎじゃないかしら？

一ヶ月近く、クロエは彼のおやつ係としてお菓子を提供し続け、少なくない時間を一緒に過ごしているが、その間、アルベールがレイズの悪口を言ったことは一度もない。それどころかこれ以上彼が反感を買わないように気を配っている節さえある。きっと彼に対して我が儘を言ったり、弱音を吐いたこともないのだろう。

一番身近にいる従者相手にさえ素顔や本音を見せず気を使うだけというなら、アルベールはどこで『素の自分』を出せるのだろう。弱音を吐けるのだろう。

クロエから見ても、アルベールは完璧な王子だ。人当たりもよく、使用人に対しても上級下級区別することなく接してくれる。怒ることもないし、めったに声を荒らげることもない。皆が求めている『理想の王子』そのものだ。

けれど、その『理想の王子』の中にいる『アルベール』という一人の人間に触れられる人はどれだけいるのだろうか？

……ふとそんなことを考えてしまう。

——ううん。こんなふうに考えてしまうこと自体失礼なのかも。

クロエなど、出会って一ヶ月しか経っていない、ただのおやつ係だ。まだまだアルベールのことなど何にも理解していないくせに。

……けれど、どうしても気になってしまう。

クロエの目には、アルベールがピンと張りつめた弦のように映る時がある。厨房に来ておやつを食べている時の彼はそうではないのに、時折見かける『理想の王子』の時の彼はそう見えてしまうのだ。

たとえば文官や護衛兵に囲まれて、何かを話しながら移動する時の彼の姿に。

要人と談笑しながら庭を歩く彼の姿に。

その弦はキリキリと引き絞られ過ぎて、いつか切れてしまうのではないかと思えて仕方がないのだ。

「いなくなればせいせいするのに。だってあいつ、人の顔を見るなり嫌な顔するし、殿下のいない時は顔を合わせるたびに『お前は殿下に相応しくない』とか『魔術師ふぜいが殿下に近づくな』とか言ってくるんだもんな」

「嫌味を言われるのは、あんたが殿下に失礼な口をきいているからじゃないのかい」

今まで黙ってクロエたちの話を聞いていたステラが口を挟んだ。

「殿下が許しているからってあんな口のきき方があるかい。礼儀知らずにもほどがある。あの従者じゃなくても、あんたの言葉づかいを聞いたら顔を顰めるだろうよ」

確かにテオルダートはアルベール相手でもほとんど敬語を使わない。たまに思い出したように敬語を使うが、すぐに普段通りの口調に戻ってしまう。警備兵も慣れているのかテオルダートに対して何も注意しない。むしろ、二人の会話を微笑ましげに見ているほどだ。

「僕と殿下は友だちだからいいの。殿下もいつも通りでいいって言ってくれてるもん」

「あんたに礼儀を説いても無意味だから諦めただけじゃないのかい」

「違いますー」

孫と祖母の軽妙なやり取りに、クロエはつい口元を緩める。

――そうよ。ここにいるじゃない。殿下が素を見せられる人間が。

テオを相手にしている時のアルベールは年相応に見えるし、おやつを取り合うなどといった『理想の王子』とはかけ離れた姿を見せている。きっとアルベールにとってテオルダートは特別なのだ。

――だから、心配しなくても大丈夫。テオ君がいればあの弦が切れてしまうことはないもの。

「さて、と。僕もそろそろ戻るね。同僚にキーファって奴がいるんだけど、見つかったらまた嫌味のオンパレードだから」

食べ終えて立ち上がったテオルダートに、クロエは微笑みながら尋ねた。

「テオ君、スコーンはまだあるからお土産に持ち帰らない？」

＊＊＊

同じ頃、元魔術師長であり今は王室顧問を務めているゼファール・ゴルウィンは、国王夫妻を前に困惑していた。

「殿下の花嫁選び……ですか？」

「そうだとも、ゼファール」

国王が力強く頷く。

「アルベールの対になる者は未だ現れていない。あの子ももうじき二十歳になる。もう待ってられんのだ」

王妃も同意を示すように頷いて言った。

「そうです。あの子は私たちに心配かけまいと何も言いませんが、半年前から体調の方もすぐれない様子です。もう身体の方も限界なのかもしれません」

「……そのことなら、孫からも報告を受けております。大地に吸われていく殿下の魔力の量が著しく増えているようで、殿下もかなりきついご様子だと。ただ『対と……いえ、何でもありません」

言いかけたゼファールは、言葉を濁す。

まだ確定しているわけではないのだ。

テオルダートの報告にあった『クロエのおやつを食べると調子がいいみたい』という言葉を思い出して、ゼファールは「さて、どうするべきか」と思案する。

『祝福の子』を回復させるということは、そのクロエとやらが『対となる者』である可能性がある。

――しかし、ここで両陛下に報告して勇み足をされては、まとまる話もまとまらなくなってしまうかもしれない。

何よりゼファールは、『対となる者』かもしれない相手が現れた時の貴族たちの反応を気にしていた。

王太子妃の座を狙う者たちからしたら、王子の対となる者は邪魔でしかない。必ず命を狙ってくるだろう。

『祝福の子』の真実を知っている者はあまりに少ない。王族と一部の高位の貴族、それに代々の魔術師長にしか伝えてこなかったのだ。建国の王たちと大地との関係、そこに国守りの魔女がどう関わっていたのかを。

知らないからこそ、自分の娘を王太子妃にするために、平気でアルベールの対になる者を排除しようとする連中も出てくる。

――これも、『祝福の子』にすべての贖罪を押しつけて、先祖が犯した罪から目を逸らしてきた代々の王族と魔術師たちの怠慢のせいだ。

だが、先達《せんだつ》たちがその事実を闇に葬り去ったのも無理はないという思いもゼファールにはある。『祝福の子』に関する真実は、王族と魔術師たちの罪をまざまざと突きつけてくるものだった。

――いや、真実が知られていない原因は私にもある。殿下が誕生するまで「昔のことで、すでに終わったこと」と気にも留めなかったのだから。

今となってはどうすることもできない。できるのは一刻も早くアルベールの対となる者を見つけることだけだ。

ゼファールは咳払いをすると、国王と王妃に改めて尋ねた。

「それで？　具体的にどうするおつもりなのです？」

アルベールの対になる者を探すため、国王と王妃は自分たちが動くことを決心したのだという。

「国中の若い娘を集めて昼食会か晩餐会を開こうと思うのだ。食事にこっそりと魔法の石を忍ばせ、石入りの料理を引き当てた娘をアルベールの妃候補とする。どうだろうか？」

国王が玉座から身を乗り出して尋ねた。

「どうと言われましても……」

非常に大ざっぱな計画だとしか答えようがなかった。この国に住む若い娘がどれほどいると考えているのだろうか。貴族……いや、平民を合わせれば何千人にも膨れ上がるだろう。

ある程度は年齢で絞れるとはいえ、それでも膨大な人数になるはずだ。どう考えても現実的ではない。そう答えようとしたゼファールは、ふと思いとどまり、開きかけた口を閉じた。

――いや、これは王太子妃の座を狙う貴族を一掃する、いいきっかけになりはしないだろうか。

それに、だ。

大々的に花嫁選びをし、大勢の前で例の石が選んだと証明されたならば、王太子妃の座を狙う貴族たちも認めざるを得ないだろう。

――どうせ今のこの状況で殿下が自分の意志で相手を選んだとしても、あいつらは絶対に認めようとしないに違いない。それならば、陛下の整えた場を利用するのも手だ。

「まぁ、殿下のお相手が都合よく簡単に城に招かれてくれるかはともかく、何かのきっかけにはなるかもしれませんな」

ゼファールはそう答えて、国王と王妃に向かって微笑んでみせた。

「ところで石を入れる料理のことで提案があるのですが、いっそのこと最後に提供されるパイなどのお菓子に混ぜてみてはいかがでしょうか。他の料理やスープに混ぜるより石がどこに入っているのか分かりづらいですし、いっそのこと小さなサイズにして大量に作り、参加者に自分の分を会場で選んでもらえばより公平性も増しましょう」

「まぁ、それは素敵な提案ね！　確かにパイのように上下とも皮で包んでしまえば、石のありかなんて分かりませんものね」

王妃が顔を輝かせる。その隣で国王も納得顔で頷いた。

「うむ。それはいい考えだ。それにその方法なら、給仕を買収して石入りの菓子を手に入れるのはほぼ不可能になる。欲の皮が張った連中もどうすることもできまい」

「はい。ですが、念には念を入れて、魔術師たちに監視をさせましょう。殿下の命がかかっていることですから、不正を許すわけにはいきません」

「うむ。監視体制についてはゼファールに一任する」

「承知いたしました」

長きにわたり魔術師長を務めた男は、深く頭を下げた。

アルベール王子の花嫁選びの晩餐会が行われる――。

その知らせは瞬く間に貴族たちの間に広がった。ある者はお祭り気分で参加を決め、ある者は絶好の機会と喜んだ。

「これはチャンスだぞ。石を引き当てればお前は王太子妃になれる！」

「ええ、ええ、お父様。王太子妃になるのは身分も美貌も兼ね備えたわたくしよ！」

「さっそく根回しをせねば。金ならいくらかかってもかまわん！」


そして、遠く離れた地でも、動き始める影があった。

「ねぇ、聞いた、リザ？　フローティアのアルベール王子が花嫁選びを行うそうよ。『魔法の石』に選ばれた女性は、無条件で花嫁候補になれるんですって。私こそ王子に相応しいと思わない？」

リザと呼びかけられたメイド姿の女性は微笑みながら、歌うように語られる主の言葉を黙って聞いていた。

「私ならあの方のことを分かってあげられる。私だけが苦しみを共有できる。だって私は――だもの」

＊　＊　＊

クロエがアルベールの花嫁選びの晩餐会のことを知ったのは、それから二日後のことだった。

「は？　晩餐会用にお菓子を二百人分作るんですか？　そしてその中に石を入れる？　それが殿下の花嫁選びに必要になるって？」

概要をステラから聞いたクロエは、まったく理解できなかった。

晩餐会用にお菓子を作る。これは分かる。

でもそのお菓子の中に石を混ぜるのは理解できない。石を入れることが花嫁選びに必要だというのはさらに不可解だった。

首を傾げるクロエの様子に、ステラが苦笑を浮かべる。

「説明が悪かったね。要するにアレだ。ガレット・デ・ロワのようなものだと言えば、あんたには分かりやすいだろう」

「ガレット・デ・ロワ？　王様のお菓子？」

ガレット・デ・ロワは『王様のお菓子』と呼ばれている、フランス発祥の伝統菓子だ。前世で生きていた頃には日本でも知られるようになっていて、ケーキ屋の店頭に並ぶことも増えてきていた。作ったことはなかったが、前世のクロエ——美鈴も数回買って食べたことがある。

このお菓子の特徴は、なんといってもアーモンドクリームたっぷりのパイに入れられた、フェーブと呼ばれる陶器でできた小さな飾りや人形だ。切り分けられたガレット・デ・ロワからこのフェーブが出てきた人は『王様』として祝福され、一年間幸運が続くと言われている。

——つまり、お菓子に入れる石がフェーブのようなもので、その石入りのお菓子を引き当てた人が殿下の花嫁に選ばれるってことかしら？

「え？　で、でも、そんなくじ引きのような方法で王太子妃を決めるのってどうなんでしょうか。そんなことをしなくても、殿下が気に入った相手を選べばいいんじゃ……あれ？　そもそも殿下は『祝福の子』で、運命の相手がいるんじゃなかったかしら？」

――確かリザヴェーダさんがそんなことを言っていたような？

「その運命の相手がなかなか見つからないから、石を使って無理やり選ばせようっていうんだろうさ。偉い人たちの考えていることはよく分からないけれど、人数分のお菓子を作れっていうんだから、従わないわけにはいかないだろうさ」

ステラは肩を竦めると、手にしている紙に目を落とした。

「とにかく、晩餐会の第一回目の開催は一ヶ月後だそうだ。招待客の人数は二百人を予定しているそうだけど、陛下たちや重臣たちの分も作ることを考えると、余裕を見て二百五十個ほど作る必要があるだろうね。で、作るお菓子だけど、あんた、何か希望はあるかい？」

「え？　そのままずばりガレット・デ・ロワを作ればいいのでは？」

てっきりガレット・デ・ロワを作るものと考えていたのだが、ステラが言うにはそれではダメらしい。

「いや、切り口が見えてしまうものはだめだと言われた。中に仕込んだ石が偶然に見えてしまうと困るから。外からだと中身がまったく見えないタイプのお菓子がいいそうだ。切り分けるタイプじゃなくて、一人用が好ましいということだね」

「一人用……」

ふと頭の中に浮かんだのは、初めてステラの店を訪れた時に食べたミンスパイだった。

――あれなら一口用だし、上から星形の生地で蓋をしてしまうから中身が見える心配はない。

その他にもミンスパイには大きな利点があった。

「師匠、ミンスパイはいかがでしょうか！　あれならフィリングであるミンズミートの作り置きができますから、当日はパイを焼くだけで済みます！」

ミンスパイの中身は約一ヶ月かけて熟成させる。今から大量に作って仕込んでおけば、晩餐会当日はかなり楽になるはずだ。

「なるほど、ミンスパイか。うん、いいんじゃないか？」

納得したようにステラも頷く。

「よし、ミンスパイでいこう。あたしは料理長と侍従長にミンスパイを提案してくるから、あんたは二百五十人分の材料を試算して、食料貯蔵庫の在庫を確認してきておくれ。手に入りにくい材料はないはずだけど、ドライフルーツの種類は多ければ多いほどいいわけだからね」

「はい！　師匠、分かりました」

クロエは自分の提案が通ったことが嬉しくて、元気よく返事をした。

さっそく必要なものと分量をメモし、食料貯蔵庫へ行くために厨房の外に出る。

足取りも軽く廊下を進むこと、十歩。

そこでクロエの足はピタッと止まった。あることを思い出したからだ。

「王様のお菓子《ガレット・デ・ロワ》……。師匠はどうしてあのお菓子のことを知っているの？」

ガレット・デ・ロワはフランスのお菓子だ。この世界にはない。ステラの店で売っているのはアーモンドクリームパイであって、ガレット・デ・ロワという名称ではないのだ。

――だったらどうして師匠は私が生きていた前世のお菓子を知っているの？　それともこの世界にもそっくり同じ『王様のお菓子』と呼ばれるものがあるのかしら？

実は同じような疑問を抱いたのは初めてではない。ミンスパイのことだってそうだ。

イギリスのお菓子であるミンスパイが、この世界でも同じ名前で呼ばれていることにびっくりしたものだ。

――偶然？　それとも……。

もしかしたら過去にクロエと同じように前世の……いや、異なる世界で生きた記憶を持っている者がいたのかもしれない。その人たちがこの世界でお菓子を広めたのなら、同じ名前を付けてもおかしくないではないか。

「ガレット・デ・ロワのことも、私と同じ世界の記憶を持っている人がいた証《あかし》なのかもしれない」

実はクロエは、ステラの師匠だという人が怪しいのではないかと考えている。

先代の王室専属菓子職人は、革新的な調理法や新たなお菓子をたくさん発明した人だったそうだ。

それまで甘いものといえば砂糖漬けなどがせいぜいで、お菓子を作る専門の職人もいなかった。料理人たちが片手間に作っていたものだったのだ。

それを変えたのがステラの師匠だ。彼女はこの国で最初の菓子職人として認められた人だった。

その技術はステラとその兄弟子に受け継がれて今に至る。

ステラはきっと先代の菓子職人からガレット・デ・ロワのことを聞いたに違いない。

――いつか、尋ねてみたいな……師匠の師匠だった人のことを。

「とにかく今はミンスパイのことが先決だわ」

クロエはパン、と気合いを入れるように両頬を叩くと、食料貯蔵庫に向かって歩き始めた。

＊＊＊

テオルダートと元気のないアルベールが連れ立って厨房にやってきたのは、その日の午後のことだった。ステラはまだ打ち合わせから戻っておらず、中にいるのはクロエ一人だ。

アルベールは目に見えて沈んでいた。いつも微笑みを絶やさない人なのに、クロエの作ったマフィンを口に運ぶその表情は暗い。

「……一体、どうしたんですか、殿下？」

「花嫁選びの晩餐会のことを聞いたからだね。殿下は乗り気じゃないんだよ」

答えたのはテオルダートだった。

「あら、まぁ」

「王様も焦ってるんだろうけど、こんなくじ引きのような方法で選ばれた令嬢が花嫁候補だといきなり言われても殿下も困るだろうさ」

「自分の相手だってのに、それを見つけられない私がこんなことを言えた義理ではないんだが……」

端整なアルベールの顔に苦笑いが浮かぶ。

「こんな方法で見つかるとは思えないんだ。無駄になるだけだとそう何度も父上に言ったんだけど、引いてくださらなくてね。ゼファールも父上たちの味方をするし、どうにもできずに自分の無力さを噛みしめているところだ」

「おじいちゃんもこんな方法では見つからないって分かっているはずなんだけど。今回はやけに乗り気なんだよねぇ」

マフィンを頬張りながらテオルダートが不満を零す。

「王様たちのことを止めてくれればよかったのに。お金も労力もかけて見つかりませんでしたなんてことになったら、ますます殿下に負担がかかるだけじゃん」

「それもこれも私が不甲斐ないからだな」

アルベールの水色の瞳がふっと陰った。

「一番の問題は、私自身が自分の対になる者を探す意義を見いだせないことだ」

「殿下？」

テオルダートと護衛兵たちの驚いたような視線がアルベールに注がれる。

「父上たちに急かされないのをいいことに今まで私が対になる者を積極的に探さなかったのは、たとえ見つかっても、私に与えられた『祝福の子』としての運命は変わることはないと分かっているからだ。対になる者を探すのはゴールじゃない。ゴールまで走るための手段だ。そう思うと、無理に探さなくてもと考えてしまうんだ」

「殿下……」

「でも、このまま運命に身を任せるのも手かもしれないね。本音を言えば……少し疲れたよ」

ずっと黙って二人の会話を聞いていたクロエはハッとなった。アルベールの引き絞られた弦が今にも切れそうになっているような気がしたのだ。

「あ、あのっ」

クロエは思わず声を出していた。二人がハッとしたようにクロエを見つめる。話に夢中になっていて、今の今までクロエの存在を忘れていたのだろう。

「ど、どんな石をお菓子に入れるんでしょうか?」

唐突すぎる質問だったが、今すぐ話題を変える必要がある気がして、なりふり構っていられなかった。

二人は虚を突かれたように目を丸くし、それから顔を見合わせる。

「し、師匠もどういう石を入れるか教えてくれなかったので。その、気になりまして……」

「そうか。この城に長く勤めている者は皆知っているからつい失念していたけれど、君はまだ勤め始めて一ヶ月しか経っていないよね」

アルベールが微笑んだ。その様子はいつもの『理想の王子』で、陰りを帯びた目も今は元通りだ。

「クロエは私が『祝福の子』と呼ばれていることは知ってるかい?」

「えっと、大地に実りをもたらす存在で、運命の相手がいるということは、お城に上がる前にお店の常連の方から聞いていています」

「そう、それなら話は早い」

言うなりアルベールは胸元に手を入れ、首にかけていた細い鎖を取り出した。輪になった鎖の先で楕円形の石が揺れている。

大きさはアルベールの小指の先ほどだろうか。落ちないように四つの爪を持つ金具でしっかりと固定されていた。

石の色は不純物のない無色透明だ。石の種類にはまったく詳しくないが、水晶かガラス玉のように見える。

「私は生まれた時、この石を左手に握りしめていたそうだ。お披露目の宴の場に現れた国守りの魔女は、私と石を見て『大地の祝福』を受けた『祝福の子』であると告げた。そして私には対になる者が存在する、この石が私をその者のところに導いてくれるだろうと予言したんだ」

アルベールは鎖から石を外し、手のひらに載せた。

「この石が何なのか私にも不明だ。ただ、普通の石ではないのは確かだな。おいで、クロエ。面白いものを見せてあげよう」

クロエが連れていかれたのは、普段は埃《ほこり》が入らないように閉め切っているガラス窓の前だった。

アルベールは窓を開け放ちながら、石を軽く握りしめてにっこり笑う。

「いいかい。よく見ておくんだよ。それっ」

掛け声とともに、彼は窓の外に向かって思い切り石を放り投げた。

「なっ……！」

目を剝くクロエの視界の中、石は放物線を描いて、窓の外に広がる、庭とは名ばかりの雑草だらけの地面に落ちていく。

「ちょ、ちょっと、殿下！　あれ、どうするんですか！」

もうすでにどこに落ちたのか分からない。茂った雑草が全部覆い隠してしまった。あの中から探すのは非常に骨が折れることだろう。

あわわわと慌てるクロエに、アルベールが軽い口調で笑った。

「アハハハ。慌てなくて大丈夫」

「笑い事じゃないですよ！　あれ、一ヶ月後の晩餐会で使う予定なんですよね？　あれをお菓子に混ぜるはずだったんですよね!?」

見つからなかったら一体どうするつもりなのだろうか。

「慌てなくて大丈夫だよ、クロエお姉ちゃん。ちゃんと殿下のところに戻ってくるから」

テオルダートがクロエたちの後ろでマフィンにかぶりつきながら言った。テオルダートだけでなく、護衛の二人も笑って立っているだけで、慌てるそぶりもなかった。

くっ、この部屋にいる人は誰も役に立たない――とクロエは地団駄を踏む。

「とにかく、落ちた場所にあたりをつけて、外に出て手分けして探して……」

ぐいっと窓の外に顔を出した次の瞬間、クロエは庭の方から何かがこちらに向かって飛んでくるのを見た。

それは窓に向かって綺麗な放物線を描いたまま突っ込んできて、クロエの頭にこつんとぶつかった。

「痛っ！」

小さくはない衝撃と痛みに反射的に頭を抱えたクロエは、彼女がぶつかって軌道が逸れたそれがアルベールの手の中にポトンと落ちていくのを唖然として見つめた。

それはさっき窓の外に投げたばかりの石だった。

――え？　誰か外にいて投げ返した……？

だが、窓の外に人の気配はない。当然だ。雑草だらけとはいえ、身を隠す場所などない空間なのだ。人がいたらとうに気づいている。

「ね？　面白いものが見れただろう？」

石を見せびらかしながらアルベールはにやりと笑う。

「こ、こ、これは、一体……今、それ、ひとりでに戻って……」

見たものが信じられず、クロエは石を凝視した。

「その石は『魔法の石』と呼ばれているんだ」

テオルダートが身を乗り出し、アルベールの手の中にある石をツンツンと触りながら言った。

「魔法の……石？」

「正体不明って意味さ。ガラス玉でも水晶でもない。魔術で解析したけど、答えは出なかった。少なくともこの世界には存在しないものっぽいんだ」

「この世界に存在しないはずのものって……」

「組成が謎なんだよね。だから何の石かと聞かれても答えられない。確かなことは、この石は魔術を以ってしても砕けないってこと。そして放り投げようと、勝手に殿下のところに戻ってくるってこと。その原理は説明できない。魔術でもない。だから『魔法の石』と呼ばれているんだ」

口をあんぐり開けてクロエは石を見つめた。

勝手に戻ってくるなんてにわかには信じられなかったが、実際にこの目でアルベールのもとへひとりでに飛び込んでくるのを目撃してしまったので、信じないわけにはいかないだろう。

「そ、そんな『魔法の石』をお菓子に混ぜようっていうんですね……」

もしかしたら、とクロエは考える。

——もしかしたら、本当にこの石は殿下を運命の相手のもとへ導くのかもしれない。

そう思わせる何かが石にはあった。

「だからね、クロエ。一ヶ月後に開催される晩餐会は茶番に終わるだろう。だって一回目の晩餐会に招かれるのは高位の貴族令嬢ばかりだ。私とは少なからず面識がある。その彼女たちに対して今までまるで反応しなかったのに、今さら石が選ぶとは思えないんだ」

——茶番に終わる。

アルベールの予言じみた言葉はその後、晩餐会の準備を進めている間もずっとクロエの頭の片隅から消えることはなかった。

＊＊＊

それから一ヶ月後、晩餐会の日を迎えたクロエは、朝早くから厨房に詰めていた。

三週間熟成させたミンスミートが詰まった瓶を、床下の貯蔵庫から一つ取り出し、蓋を開ける。

とたんにあたりに芳醇な香りが充満し、クロエはうっとりとした顔で笑った。

「いい香り。ドライフルーツとスパイスが瓶の中で熟成されて一つのハーモニーを奏でる。まるで味の宝石箱のよう」

「クロエ。気味の悪い笑いを浮かべていないで、味見させせな」

お盆で軽く頭を叩かれたクロエは「ふあい」と情けない声を出して、瓶をステラに渡した。

ステラはミンスミートの詰まった瓶を受け取ると、スプーンで飴色の物体を掬って口に運ぶ。

「うん、上出来だ。店のものよりドライフルーツの種類を増やしてみたけれど、うまく味が熟成されて美味しくなってる。これはいいミンスパイが焼けそうだ」

「はい。楽しみです」

実際に作り始めるのは今回の調理に立ち会う監察員がやってきた後になるが、準備を始める分には構わないということで、貯蔵庫からすべての瓶を取り出したステラは、中身をすべて大きなボウルに移し替えた。

その間にクロエは小さな丸い型を取り出し、天板の上に並べていく。一口サイズのパイを焼く時に使う型は、この日のために『ステラの店』から借りてきたものだ。

並べた型にバターを薄く塗っておく。今日は何度も同じ型を使って焼くので、この作業を繰り返すことになるだろう。

パイの生地は数日前から暇を見つけては作り、冷凍庫にストックを保管してある。それでも足りないので追加で作ることになりそうだが、ある程度はストック分で賄えるだろう。

「監察員が来るのは十時からだっけ？」

時計を見ながらステラが呟く。

「はい。十時からだと聞いています」

今日のパイ作りには監察員が付けられる。『監察』とは言うが、要するに『監視』だ。文官と魔術師の二人一組で、厨房に入ってクロエたちが怪しい行動をしないか見張るのである。

ちなみに怪しい行動というのは石入りのパイに目印を付けたり、厨房に出来上がったパイを取りに来る運搬係に妙な合図をしたり、はたまた石を入れたことにして実は入れていなかったりといった不正のことだ。

監視されるのはクロエたちだけではない。厨房から所定の場所までパイを運ぶ運搬係、料理用の控えの間で運ばれてきたパイを並べる係、さらに並べたものを晩餐会の会場まで運ぶ係と、完全に分業になっているため、それぞれに監察員が付けられるのである。

——すごいわよね。そこまで徹底する必要があるほど不正を警戒しなくちゃならないなんて。

けれど王太子妃に選ばれるか選ばれないかの瀬戸際だ。必死になる貴族がいてもおかしくない。

「まだ監察員が来るまで時間があるね。少し晩餐会の会場を見てくるよ。照明の色を確認してきたいんだ。パイがまずく見えるなんて最悪だからね。十時までには戻ってくるよ」

エプロンを外しながらステラが言う。

「はい。分かりました。行ってらっしゃい。私はこのまま準備を進めてますね」

クロエは快くステラを送り出すと、作業に戻った。

しばらくすると、文官らしい若い男性と黒いローブ姿の年配の魔術師が厨房に現れる。彼らが監察員らしい。

「師匠は今、会場の照明の確認に行っております。もう少ししたら帰ってくると思いますので、しばらくお待ちください」

……けれど、しばらく待ってみてもステラが戻ってくる気配はなかった。

――変だな。何かあったのかしら？

時計に何度も目をやりながら、クロエは嫌な予感を覚えていた。

「ミセス・ステラはまだですか。そろそろ作り始めないと、晩餐会までに間に合いませんが？」

「もう少し待ってください。もう少し……」

監察員の視線が厳しくなる中、いよいよ探しに行かなければならないかと覚悟したその時だった。

慌てて厨房に駆け込んでくる人影があった。料理専門の厨房に所属する助手のメリルだ。

「クロエさん、大変です！　ステラさんが運搬係のワゴンに衝突されて、下敷きになってしまったそうです！」

「ええ!?　そ、それで師匠は？」

「大丈夫です。助け出されて今は医務室にいます。でも、どうやら右腕の骨が折れているようで……」

くらりと、一瞬だけクロエを眩暈《めまい》が襲う。けれど足を踏ん張り、なんとか気力を保つ。

――右腕？　師匠は利き腕を骨折してしまったの？

「それでステラさんから、クロエさんに伝言です。自分のことは構わず今は為すべきことをやれ、だそうです」

「為すべきことを……」

クロエがやるべきことは一つだ。晩餐会用のお菓子を作る。

監察員の若い文官が強張った面持ちでクロエに声をかけてきた。

「どうするのですか？　晩餐会用のお菓子はどんなことがあっても時間までに完成させなければなりません。今日のメインなのですから、それが欠けるということはあってはなりません」

エプロンをぎゅっと握りしめながら、クロエは答える。

「……大丈夫です。仕込みは終わってますから、私が一人で作ります」

前日ならともかく、この時間ではステラの店から応援を呼ぶのはもう無理だ。こうなったら自分一人で作るしかない。

――大丈夫。フィリングの仕込みは済んでいるのだから、後はパイ生地に包んで焼くだけ。急げば十分間に合う。

「分かりました。それではこれを」

年配の魔術師がベルベットに包まれた箱を取り出す。箱の中から現れたのは、アルベールの石だった。金具は外され、今は剝き出しになっている。

箱を受け取ると、クロエは監察員によく見えるように、ボウルに移し替えたミンスミートの中に石を投入した。すばやくヘラで混ぜ合わせる。もうこれで石がどこに入っているのか分からないだろう。

それからクロエはオーブンのスイッチをオンにして、冷蔵庫に移しておいたパイ生地を取り出し、小さな型に敷き詰めていく。余分な分を切り取り、中にミンスミートを詰めたら、星形に型抜きした生地で蓋をする。あとは焼くだけだ。

問題なのは、拙《つたな》いクロエの技術では時間までに二百五十個作れるか怪しい、という点だ。先輩職人たちならもっと早く作れるのに。

もどかしさがさらに動作をぎこちなくさせる。

それでも何とか二十個ほど作り上げた時、ステラと、いつの間にか厨房からいなくなっていたメリルが駆け込んできた。

「師匠！」

ステラの右腕には包帯がぐるぐる巻かれ、三角巾で吊った痛々しい姿を晒していた。

「クロエ、心配かけてすまないね。ワゴンに衝突されて右腕がバキバキに折れたけど、幸いなことに旦那の姿を見かけたから、魔術で応急手当してもらった。痛みはないよ。あと、回復術で折れた骨もくっつけてもらったけど、そこまでだった。どうせなら全部治してくれりゃいいのに」

「それは仕方ないんです、ミセス・ゴルウィン」

答えたのは監察員の一人である年配の魔術師だった。

「副作用も反動もなく一瞬で怪我を治せるのは魔法だけです。魔術師にできるのは、患者の自然治癒力を高めることだけ。それも反動が起こらない程度にです。軽い切り傷ならともかく、骨折ともなると完全には治せないのですよ。無理に治したら、揺り戻しでおそらくもっと酷いことになる」

「おや、そうなのかい？」

「ええ、自然治癒力を高めるといっても、ほんの少し未来の分の力を前借りしているだけなんです。使い過ぎれば当然減りますし、減った時の反動も大きくなりますよ」

「はぁ、そういうもんなのかい。あたしは魔術のことはチンプンカンプンだからね。ともかく、痛みがないようにしてもらったし、左腕は使えるから手伝いくらいはできるだろう。メリルも手伝ってくれるそうだ」

メリルが眼鏡を押し上げ、にっこり笑う。

「料理長の許可は取ってきました。困った時はお互い様だそうです。さぁ、クロエさん、雑用は私が、そして火の加減と焼き上がりのタイミングはステラさんが見てくださるそうです。パパッとやっちゃいましょう！」

それからはもう無我夢中だった。

型にパイ生地を広げ、形を整えてミンスミートを詰め込んでいく。星形の型押しは、左腕は問題ないステラが担当し、パイに蓋をしていく。それをオーブンに並べて、焼き上がった順から取り出していくのはメリルの役目だ。

型から取り出したミンスパイをワゴンに載せたトレイに並べておくと、運搬係が厨房の外へ運んでいく。その繰り返しだ。

正直クロエには、アルベールの石がどのパイに入ったのかさっぱり分からないままだ。気にしていられないというのが正しい。とにかく必要な数を一心不乱に作り続けた。

作り始めてから、五時間後。すべてのミンスミートをパイに詰め、空になったボウルの前でクロエは心地よい虚脱感を覚えていた。

「ご苦労様です。正直間に合わないかと思いましたが、よく頑張りました！」

「ああ、見事だ。おかげで晩餐会が始まる時間に間に合った」

監察員の二人もホッとしたような表情になった。

「はい、これが最後の焼き上がった分のパイですわ！」

メリルがオーブンから取り出したパイを型から外して、ワゴンのトレイに並べていく。これを運搬係に運んでもらえば、すべて完了だ。

ところが、しばらく待っても最後のワゴンを取りに来る気配はなかった。

「困りましたね。ちょっと催促してきましょう」

若い方の監察員が厨房の外に出ていく。すべてを運び終えて作業を完了させないうちは、彼らも厨房を離れることができないのだ。

だが、出ていった監察員はしぶい顔になってすぐ戻ってきた。

「どうやら数が多くてこれ以上は晩餐会の会場にも並べ切らないようです。考えていた以上に出席を取りやめた令嬢が多かったみたいですね。万が一、数が足りなくなったら取りに来るので、ひとまず厨房に置いたままにしてくれとのことです」

「はい。分かりました」

「晩餐会が終わっても取りに来ない分は廃棄しても構わないかと。もちろん、食べてしまっても結構です」

作った身としては廃棄は切ないので、食べられるのであればそれに越したことはない。

「今日はお疲れ様でした。また次回があればよろしくお願いします」

朝来た時よりだいぶ態度が軟化した監察員たちは、軽く会釈して厨房を出ていった。残されたのは立ちっぱなしで作業をしていた女三人のみだ。

ステラが椅子に腰をかけながら呟く。

「やれやれ、もしこの中に石が入っていたらどうするつもりなんだろうね」

「本当ですわね。私なら万が一のことを考えて、せめて会場内に運びますわ」

二人の会話を聞きながら、椅子を持ってきて、クロエも腰を下ろす。晩餐会の会場で今どうなっているか気になるところではあるが、見に行く気力がなかった。

——殿下はどうしているかしら？　テオ君も。石はどうなった？　誰か選んだ？　それとも殿下のもとへ戻っているのかしら。

そんなことを考えていると眠気が襲ってきてうつらうつらしてくる。つい目を閉じると、すっと意識が闇の中に沈みこんでいった。

「クロエ、クロエ。起きな。作業台の上によだれ垂らすんじゃないよ、まったく」

どのくらい眠っていたのか、ステラの声が聞こえて、クロエは目を覚ました。どうやらいつの間にか作業台の上に突っ伏して眠っていたようだ。

「すみません……」

よだれを袖で拭って顔を上げると、ステラの黒い瞳が呆れたようにクロエを見ていた。

「あんたねぇ、十歳の子どもかい。ほら、作業台を拭きな。その作業服も洗濯に出しておくんだよ」

「ふぁーい。あ、そういえば晩餐会はどうなったんですか？　殿下の石は？」

「晩餐会はもう終わってる頃合いだ。石の方は今メリルが確認しに行っているよ。ここにはまったく情報が届かないからね」

「あー、終わったんですか。ならば残りのパイは食べちゃっても構わないってことですよね。へへ」

五時間に及ぶ激闘の中、水くらいしか口にしていなかったクロエはさすがに空腹を覚えてしまい、作業台に移してあったミンスパイに意識が向いた。

椅子から立ち上がり、机の上のミンスパイを一つ手に取る。

「味見すら満足にできなかったんですよね。あー、美味しそう。いただきます！」

あーんと口を開けて、パイの半分を口の中に収めたクロエは咀嚼しようとした瞬間、歯にガリッと何か硬いものが当たるのを感じて、目を剝いた。

もちろん、ミンスミートにこんな硬いドライフルーツが残っているわけがない。三週間の熟成期間中にすっかり柔らかくなっているはずである。

――ってことは、これは…………。

歯に当たるものが何であるか思い至った瞬間、クロエの顔からさぁっと血の気が引いた。

――な、なんでこれがここに入ってるの⁉　嘘でしょう？

よりにもよって会場に運ばれなかったパイの中にアルベールの石が入っていたなどと、一体誰が予想しただろう。だがこの感触はまさしく石だ。

――まずい、まずいわ。わざと出さなかったと勘ぐられてしまう……！

「クロエ、どうしたんだい？」

不思議そうにステラが尋ねる。けれどクロエは答えることができず固まったままだ。

そこへ会場の様子を見に行ったメリルが厨房に飛び込んでくる。

「大変です！　殿下の石は誰のパイの中にも入ってなかったそうです！　殿下のパイにも入ってなかったそうですわ。今、監察員たちが石がどこに行ってしまったのか検分して……クロエさん？　どうかなさったの？」

「…………やばい、です」

ようやく口を開いたクロエは、口の中に指を突っ込んで石を取り出す。

「本当に、やばい……」

呟くクロエの耳に、廊下を走ってくる何人もの足音が聞こえていた。

第四章　おやつ係、因縁をつけられる

花嫁選びの晩餐会が開かれた翌日の午後、厨房に現れたアルベールはどこか疲れたような表情をしていた。

一方、テオルダートはアルベールとは対照的にご機嫌な様子だ。ニコニコと嬉しそうに笑っているし、足取りも軽い。

「昨日はお疲れ様、クロエ」

疲れた顔をしていても、他人への気遣いを忘れないのがアルベールという人物だ。開口一番、クロエに労《ねぎら》いの言葉をかける。

「聞いたよ。厨房の方でも大変だったんだってね。ステラは怪我をするし、さらに厨房に残っていたパイから石が見つかったとかで」

「あはは……まぁ、そうですね。でも何とかなりました」

結果から言えば、クロエはミンスパイをつまみ食いしてしまったことを厳重注意されはしたが、咎められることはなかった。

残りのパイが会場に運ばれなかったのはクロエたちのせいではなく、運搬係の不手際だ。さらに言えば、並べきれないから残りは食べてもいいと判断した監察員の責任でもあった。

「そう。君が巻き込まれなくてよかった。晩餐会の会場は石がないというので大騒ぎだったよ。該当者がいなければ、てっきり私に配られたパイの中に入っているものと思っていたからね。まさか、会場に運ばれなかったものの中にあったなんて、夢にも思わなかった」

「す、すみません」

自分のせいじゃないと分かっていても、なんとなく申し訳なく思ってしまうクロエだった。

「いや、君のせいじゃない。ただ、私のパイの中に入っていれば事は簡単だったのにって思ってね」

アルベールは力なく笑った。

「あの石の特異性を知るゼファールは、昨晩の招待客に石に選ばれた者はいなかったと結論づけた。けれど、会場に石入りのパイがなかったのなら無効だと主張する貴族がいてね。結構面倒なことになってる」

「す、すみません〜」

「だから君のせいじゃないって」

「そうそう。クロエお姉ちゃんのせいじゃないから気にしなくて大丈夫」

クロエの用意したクルミ入りのパウンドケーキを食べながら、テオルダートが朗らかに笑った。

「ベルベルド侯爵とその子飼いの貴族たちは、たとえ殿下のパイに石が入っていたとしても異を唱えてやり直せって主張してたと思うよ。なにせあの狸親父、自分の娘を王太子妃にしたくてたまらないんだから」

「ベルベルド侯爵……というと、侯爵家の中でも序列が低い方の家よね」

いくら田舎貴族とはいえ、さすがにクロエだって侯爵家の名前くらいは記憶している。

ベルベルド家は近年伯爵家から侯爵家に陞爵《しょうしゃく》されたばかりの家だ。……もっとも近年といっても百五十年前の王位継承をめぐるいざこざの折なのでだいぶ経っているのだが、千年近い歴史を持つこの国の基準では近年という範疇に入る。

そのせいでベルベルド家には未だに新興の侯爵家という印象がついて回り、十ある侯爵家の中でも序列は低いままだ。

「そうそう。序列は低いし、今まで一度も王族と姻戚関係になったことがないから、今度こそ娘を王太子妃にしたくて裏で色々とやってるみたい」

「裏で色々とやってる？」

「買収とか恐喝とかね。もっとも、おじいちゃんは全部把握してて、あえて泳がせているみたい。……って、これは内緒だからね、クロエお姉ちゃん。ベルベルド家の奴らの耳に入ったら大変だから」

そう言ってテオルダートは口元に人差し指をあてる。クロエはため息交じりに頷いた。

「分かったわ。そもそも政治的なことなんて分からないし、その話は聞かなかったことにするから」

外でうっかり口にして貴族の権力闘争などに巻き込まれても正直困るのだ。

「さすが、クロエお姉ちゃん、分かってるぅ」

テオルダートは上機嫌で笑うと、再び切り分けたパウンドケーキを手で摘んでかぶりついた。

「……テオ君、やっぱり今日は妙に機嫌がいいわね。何かいいことあったの？」

尋ねると、テオルダートはパァッと顔を輝かせた。

「それが聞いてよ、クロエお姉ちゃん！　昨日、例のパイを独断で全部運ばせなかったからって、僕の大嫌いな奴がおじいちゃんや宰相にしこたま怒られててさ。あの時のあいつの屈辱に満ちた顔は本当に傑作だった！」

「昨日からずっとテオはこれで機嫌がいいんだ。まったく、他人の失敗を喜ぶなんて、いつか手痛いしっぺ返しを食らうぞ」

アルベールはやれやれと大げさにため息をつくと、テオルダートの額を軽く小突く。テオルダートは反省するどころか自信満々に胸を張った。

「やだなぁ、殿下ってば。僕は天才だよ？　そんなヘマするもんか」

それを見てクロエはつい苦笑してしまった。

——まったく、テオ君ったら、本当にしょうがないんだから。

数ヶ月も一緒にいればさすがにクロエもテオルダートの性格をほぼ正確に把握できている。

まだ子どもという点を差し引いても、テオルダートは妙に自信家だ。アルベールによれば言うだけの実力があるそうだが、過剰なまでのこの自信に満ちた言動が鼻につくという人も多いだろう。

実際、テオルダートは貴族や若い魔術師たちからは相当嫌われているようだ。一方で、年配の魔術師や、下級の使用人たちからは可愛がられている。人懐っこい性格で、あちこちに出没しては気さくに声をかけていくからだろう。

もちろんクロエも後者の部類だ。

——小生意気だけど、この自信満々の言動も妙に許せちゃうのよね。

「ただいま〜」

扉が開き、厨房にステラが入ってくる。彼女は改めて傷を診《み》てもらうために医務室に行っていたのだ。

「おや、殿下にテオ。いらっしゃい」

「こんにちはステラ。今日もお邪魔しているよ。昨日は大変だったそうだね。骨折だって聞いているよ」

アルベールがステラに労りに満ちた言葉をかける。それを聞いてステラは顔を綻ばせた。

「ありがとうございます、殿下。夫が回復術をかけてくれたので、骨はもうくっついている状態です。痛みもそれほどひどくはありません。ただ……全治に一ヶ月はかかりそうです」

右腕をギプスで固定され、布で吊った状態のステラがため息をつく。

それでも一ヶ月で完治というのはかなり速い方なのだ。怪我をした時は折れた骨がズレていたそうなので、そのままだったらもっと時間がかかっていただろう。

「治るまでは動かすなと言われているので、しばらく菓子作りはクロエ頼りですね」

「わ、私がんばります、師匠！」

見習い職人のクロエでもステラの指導があればお菓子は問題なく作れる。

さすがに繊細な飾りつけは無理だが、パイやタルトならば焼いてそのまま出すだけでも十分美味しそうに見えるから、なんとかなるだろうと見込んでいる。

「ありがとよ。クロエ。ただ問題は、ちょうど三週間後にあるらしい第二回目の晩餐会だね。それまで動かせるようになっていればいいが……」

「え？　また花嫁選びの晩餐会をやるんですか？」

クロエはびっくりしてステラを見返す。何となくもう終わりのような気がしていたのだ。

「そりゃあ、そうさ。この国の娘っ子がたった二百人しかいないわけないだろう？　二回目もあるし、石に選ばれる娘がいなかったら三回目も開かれるだろうさ」

「そ、それもそうですね」

つい視線をアルベールに向けると、目が合った彼は苦笑いを浮かべた。

「ああ、ステラの言う通りだ。昨夜は主に高位の……伯爵家以上の貴族令嬢が招待されていた。二回目は昨夜招き切れなかった伯爵家、子爵家の令嬢が招かれることだろう。三回目は男爵や準男爵以上だな。それでも見つかなければ……」

その先を想像したのだろう。げんなりした表情がアルベールの顔に浮かんだ。

「王様たちはこの際、平民も招くつもりでいるらしいよ」

こっそりテオルダートが耳打ちする。

平民も招くとなったら数回では終わらないだろう。クロエたちは一体何回、晩餐会用のお菓子を作ることになるやら、だ。

「まぁ、先のことはまだ分からない。ひとまずは目先の三週間後の晩餐会のことだ。何しろこの腕だからね。店から助っ人を呼ぶことになるだろう。これもいい修業だから、その時はあんたが中心になって作るんだよ、クロエ」

ステラが吊った右腕に触れながら言った。クロエは背筋を伸ばす。

「は、はい。頑張ります！」

「腹が減ったからって、今度はパイにかじりつくんじゃないよ。たまたま偶然、あんたが口に入れたパイから石が出てきたけど、一歩間違えれば妨害行為に取られかねないんだからね」

「……も、猛省します」

その通りだ。昨日はあまりの空腹につい手が出てしまったが、下手をすればアルベールの花嫁選びを邪魔したことになってしまっていたかもしれないのだ。

「ちょっと待って」

テオルダートがクロエをまじまじと見つめた。

「運ばれなかったパイを調べたら石が出たわけじゃなくて、クロエお姉ちゃんが食べたパイから石が出たってわけ？」

「まさか……いや、でも……」

アルベールが目を見開き、クロエを凝視する。クロエはその様子に気づかず、テオルダートにパタパタと手を振った。

「偶然よ。たまたま手に取ったパイの中に入っていたの。食べてびっくりだったわ」

クロエの中では『たまたま偶然に』石が入っているパイを食べてしまっただけという認識だ。それに意味があるなどとは夢にも思っていない。

「……本当に偶然、なんだろうか」

眉間に皺を寄せてアルベールが小さく呟く。その呟きを耳にしたテオルダートはにんまりと笑った。

「これはちょっと面白いことになってるかも。次の花嫁選びの晩餐会が楽しみだよね」


時計が三時半を示したとたん、例によってレイズが厨房にやってきて、アルベールは護衛兵たちとともに帰っていった。

「なんか、今日の殿下は食欲がなかったみたいね。お口に合わなかったのかしら……」

いつもよりおやつを食べる量が少なかったことが気にかかって、クロエはアルベールが出ていったばかりの扉を見つめる。

「昨日の疲れが残っているんだよ、きっと」

テオルダートはシレッとして答えた。そこにステラの声がかかる。

「クロエ、悪いけど、手が空いたら食料貯蔵庫に行ってアーモンドをもらってきておくれ。たくさんじゃなくていい。ただ、種類がいくつかあったら、全種類持ってきてもらいたいんだよ」

ステラの言葉を聞いたとたん、テオルダートは手にしていたパウンドケーキの欠片を口の中に放り込むと、椅子からぴょんと飛び下りた。

「僕も行く。美味しいおやつのお礼に運ぶの手伝うよ」

「ありがとう、テオ君」

——小生意気なところはあるけど、やっぱり優しい子なんだわ。

素直に感激するクロエは、テオルダートの狙いを察したステラがやれやれと天井を見上げていたことに気づかなかった。

それから二十分後、廊下を歩きながらクロエは隣にいるテオルダートに胡乱《うろん》げな視線を向けていた。

——もう。手伝ってくれるなんて言うから感激したのに。

テオルダートはアーモンドの小袋を小脇に抱えながら、真っ赤なリンゴを片手で握りしめて満面の笑みを浮かべている。

食料貯蔵庫の管理人からもらった戦利品だ。

突然手伝うなんて言い出したのも、どうやらこの戦利品が目当てだったらしい。

『お手伝いかい。偉いな、テオは。ほら、これ持っていきな。少し古くしちまったんだが、まだまだ十分食べられるだろう』

皺だらけの顔を綻ばせながら食料貯蔵庫の管理人が差し出したのは、つやつや光る、どう見ても新鮮なリンゴだった。

——おじさんってば、私が行ってもおまけなんてくれないのに……！　若さ？　若さなの？

女性として何やら激しく負けた気分になるクロエだった。

「どうしたの、クロエお姉ちゃん？」

クロエの視線に気づいたテオルダートが首を傾げる。絶対にこちらの気持ちを分かっていて尋ねているに違いない。

「……別に。なんでもないわ」

つい口を尖らせて答えたが、クロエも別に本気で怒ったりしているわけではない。勤め始めたばかりのクロエよりずっと前から城にいるのだから、テオルダートが周囲の人と親密なのは当たり前だ。

「ちゃんとリンゴの半分はお姉ちゃんにあげるからさ……っと」

慰めるように言ったテオルダートは、角を回ったところで急に足を止めた。

「キーファだ。なんであいつこんなところにいるんだろう？」

どうやらクロエ越しに知っている顔を見つけたらしい。それも口調から察するに嫌いな相手のようだ。

テオルダートの視線を辿ったクロエの目に、こちら側に歩いてくるこげ茶色の髪の男性の姿が映る。身に着けているのは魔術師の黒いローブだ。

雰囲気からしてかなり若いようだ。ただし、テオルダートのような少年ではなく、体つきは青年のそれだ。遠目なので顔までは判断できないが、おそらく二十歳前後だろう。

「うへぇ、職人棟まで来てあいつの顔なんて見たくないってゆーのに！」

嫌そうにテオルダートは顔を顰める。

けれど、それは相手も同じのようだ。魔術師の男性は二人の姿に気づくと一瞬だけ足を止め、すごい目でテオルダートを睨みつけている。すぐに歩き始めたものの、その足の運びは乱暴なものに変わっていた。

一発触発の気配を感じ、足音も荒く近づいてくる魔術師の男性の様子にクロエは身構える。

男性は二人の前で足を止めると、テオルダートに向かってバカにしたようにフンと鼻で笑った。

「ふん、誇り高くあるべき魔術師が平民の女に媚びているのか。所詮、平民は平民と一緒にいるのがお似合いだということだな」

――わーお！　なんてテンプレな選民意識と嫌味に溢れた言葉！

思わず感心するクロエの横で、テオルダートもわざとらしく笑顔を作って言った。

「そういうキーファこそ、謹慎中だというのに平民だらけの職人棟に足を踏み入れるなんて、どうしちゃったんだい？　だっていつも『貴族である俺がわざわざ足を運ぶ必要などない、用があれば人を遣《や》ればいいだけ』なんて言っていたのに」

「ぐっ……」

痛いところを突かれたのだろう。男が歯を食いしばる。だが、軽くやり込めるだけで満足するテオルダートではない。畳み掛けるように続ける。

「そういえば、君、独断でパイの運搬を中止させたとかで、宰相様と王室顧問にさんざん怒られたそうだね？　運ばなかったパイの中から石が見つかるなんて、不運だったね。もっとも、取り決め通りに最初から全部のパイを晩餐会の会場に並べておけばいいだけのことだったのにね」

どうやらテオルダートが朝から上機嫌だった理由の人物であるらしい。

「くっ、このっ……」

キーファと呼ばれた男性は頭に血がのぼったのか、顔を真っ赤に染めながら叫んだ。

「あ、あれは僕のせいじゃない！　そもそも厨房の奴がさっさと全部のパイを運ばせないのが悪いんだろ！」

――何だろう、この言い草。石が入っているパイが厨房に残されたままだったのは私と師匠のせいだとでも？

「あれれ、誇り高いはずの魔術師が人のせいにするんだ？　ペアを組んだ文官が止めるのも聞かずに、君が強引に押し切ったという話なのに？」

「た、確かにもう皿はいっぱいで入らないと言ったが、持ってくるなとは言ってない！」

「ところが君が『もうこれ以上持ってくるな』と言ったと証言する人はたくさんいるんだよね」

「言ってない！　これは僕を陥れようとする陰謀だ！　不愉快極まりない。失敬する！」

廊下中に響き渡るような声で怒鳴ると、キーファは踵を返して来た道を行ってしまった。ドスドスという擬音がつきそうな足取りだった。

「……なあに、あれは？」

遠ざかっていく背中を見送りながら、クロエはやや唖然として尋ねる。テオルダートは肩を竦めた。

「僕の同僚。ほぼ同じ時期に王立魔術師団に入ったけど、僕の方が優秀だからって目の敵にされているんだ」

「あー。何となく理解できたわ」

あの若さで王立魔術師団に入れるくらいだ。キーファという青年もかなり優秀な魔術師なのだろう。ところが周囲から天才と持てはやされ、自信満々で入団した彼は年下のテオルダートに負けてプライドをへし折られ、逆恨みをするようになった。こんなところだろう。

「言動から分かるだろうけど、あいつは貴族出身でさ。なんと例のベルベルド侯爵家の次男だよ。ま、僕ら魔術師は実力主義だから、身分はまったく関係ないけどね。ただ、あいつ自身は三流の魔術師に過ぎないけど、父親が財務副大臣をやっているから城内での影響力は多少なりともある」

昨日、厨房にある残りのパイがいつまで経っても運ばれなかったのも、監察員だった彼がこれ以上必要ないと押し切ったからだ。あの場にいた中で一番身分が高かったのがキーファで、使用人たちや文官たちは彼の意見に異を唱えることができなかったのだろう。

「結果的に殿下の花嫁選びを邪魔したのだから致命的なヘマだったと思う。でも三日間の謹慎処分で済んだのは、納得できないよなぁ」

テオルダートはむぅと口を尖らせると、キーファが消えた方角を見つめた。

「でもあいつ、謹慎中で山のように課題を言い渡されたはずだったのに、こんなところに一体何しに来たんだろうか？」

＊　＊　＊

「くそっ、くそっ、くそっ」

待ち合わせの場所まで迂回しながら、キーファ・ベルベルドは悪態をつく。

他の侯爵家に比べて何かにつけて低く見られがちなベルベルド侯爵家をもり立てるため、キーファは魔術師の道を選んだ。彼には魔術の才能があり、自分に絶対の自信を持っていたためだ。

だが魔術師の頂点に立つことを夢見て城にやってきて以来、何もかもうまくいかない。

「それもこれも、すべてテオルダート、あのくそ生意気な子どものせいだ！」

伝説的な前魔術師長ゼファールの孫であるテオルダート。最初キーファは祖父の口利きで魔術師団に入れてもらっただけの能無しだとバカにしていたのだ。ところがそのテオルダートに、入団早々キーファは完膚なきまでに敗北を喫した。

魔力の熟成度、術の正確性、速さ、威力、どれをとってもキーファはテオルダートに敵わなかったのだ。王立魔術師団の中での評判も。

そこからすべておかしくなった。

ベルベルド侯爵家をもり立てるどころか名前を汚したと、父親や長兄に失望された。

それでも敗北から立ち直って自分の力不足を自覚し、日々精進と修業を怠らなければ、テオルダートを追い越すことは無理でも追いつくことはできたかもしれない。努力をしていけば、いつか実を結んだかもしれない。

だがキーファはどうしても自分がテオルダートより劣っていることを認めることができなかった。

自分が努力して高みを目指すことより、どんな手を使ってでもテオルダートを引きずり下ろすことしか考えられなかったのだ。

そんな彼にとってアルベールの花嫁選びの晩餐会は大きなチャンスだった。もし自分の妹が王太子妃になれたならば、彼の魔術師団内での発言力も上がる。それによってテオルダートを追い落とすことができるし、王太子妃――いや、ひいては次期王妃としての権力を使ってキーファが魔術師長の座に就くことも夢ではないのだ。

だからこそ実家と共謀し、妹のイザベラの手に石入りのパイが渡るように画策した。監察員としての立場を利用し、監視するフリをして魔術を使ったのだ。

運ばれてきたパイの中から石入りのものを魔術で確認すると、それを父親の使いから指定された場所のものと入れ替えた。もちろん、直接キーファが手をつけるわけにはいかなかったため、これも魔術でやった。

キーファにとって幸運だったのが、偶然にも控えの間でパイを並べる作業の監察員に選ばれたことだ。晩餐会の会場に回されていたら警備と監視役の魔術師も何人かいたので、絶対に魔術を使うことは無理だっただろう。

だが、控えの間には他の魔術師はおらず、身分の低い文官と自分だけ。キーファは誰かにバレる恐れもなく目的を遂げることができた。あとは晩餐会でイザベラがそのパイを選び、自分のパイの中に石があったと宣言するだけでいい。

最後に運ばれてくるはずだったパイのワゴンを拒否したのは、無理やり並べることで自分がせっかく入れ替えた石入りのパイの位置がズレてしまうと困るからだ。たとえ運ばせなくても、残りのパイの中に石はないのだから問題にはなるまいと考えた。

それなのに、結局イザベラが選んで取ったパイの中に石は入っておらず、キーファが運ばせなかった残りにあった。そのことで、彼は窮地に立たされることになってしまった。

——くそっ、僕のせいじゃない！　ちゃんと魔術で石入りだと確かめたんだし、場所も言われた通りのところに置いた！　僕の魔術は完ぺきだったはずだ！

だが現に石はなく、パイを運ばせなかったことでキーファは謹慎処分になってしまった。このままだと父親に切り捨てられてしまうだろう。

その焦りと怒りを、キーファは自分を職人棟の一室に呼び出した使用人姿の背の高い男にぶつけた。

「僕をこんなところに呼び出すとはな、この無能！　そもそも父上に推薦されて今の地位につけたくせに、お前はまったく何の役にも立っていないじゃないか！」

だが相手はキーファの八つ当たりに一切動じることなく、淡々と答える。

「申し訳ありません。確かに私はキーファ様のお父上のお力添えで今の仕事についております。ですが、お気に召さないとあれば今すぐにでも辞退いたしますが？」

「チッ」

キーファは舌打ちをする。何かと気にくわない男だが、父親がまだ利用価値ありと見ている相手だ。キーファの一存でどうにかするわけにはいかなかった。

「まぁ、いい。それで、こんなところに呼び出して何の用だ」

「あなたのお父上からの伝言を伝えにまいりました。私が遣わされたのは、今のベルベルド家はあなたと距離を置き、花嫁選びの晩餐会を邪魔する意図はなかったと示さねばならないからです」

「あ、あれは僕のせいじゃない！　僕は確かに石入りのパイを指定の位置に置いたんだ！」

「ですが、イザベラ様のパイに石はありませんでした。あなたは失敗したのです。しかも、会場に石入りのパイがなかった原因がキーファ様だったことでベルベルド家の名が汚されました。侯爵様はせっかくの計画を台無しにされて、とてもご立腹です。キーファ様を勘当するとまで仰っておりますよ？」

「なっ……」

キーファの顔から血の気が引く。ベルベルド家から遣わされた使者は、自分の言葉がキーファに与えた衝撃を十分堪能した後、もったいぶった口調で続けた。

「……ですが、私がお止めしました。キーファ様の魔術は他家にないベルベルド家の有利な点ですからね」

「そ、そうか。僕は魔術の天才だからな！　家にとっては必要な存在だ！」

そう嘯《うそぶ》いたものの、キーファの顔には明らかに安堵が浮かんでいた。

「侯爵様はもう一度あなたに機会を与えるそうです。必ず遂行なさってください。そこで改めてお父上のお言葉をお伝えいたします」

「お、おう、なんだ」

「イザベラ様が石入りのパイを引き当てることができなかったのは残念ですが、まだ王太子妃になるチャンスはあります。殿下の運命の相手とやらが現れなかったら……いえ、たとえ現れたとしても、その女性の身に何かが起こって結婚できなくなれば、王太子妃は従来の方法で選ばれるでしょう」

使者が暗に言っていることに気づき、キーファは息を呑んだ。

「おい、まさか僕に……」

「そのまさかです。石に選ばれる女性が現れなければよし。でももし万が一、花嫁選びの晩餐会で石を引き当てた女性がいたならば——侯爵様はキーファ様が魔術の腕を発揮なさることを期待しております。嫌なら断っても構いません。でもその場合は……」

「やるさ。やってやる」

キーファは使者に皆まで言わせなかった。もう彼には後がない。承諾するしかないのだ。

魔術師でいるために貴族の身分は必要ないが、キーファは貴族でない自分など想像もできなかった。

「父上にその件、了承したと伝えろ」

「はい。ところで言うまでもありませんが、他の魔術師に気づかれるような真似はやめてくださいね。もし王太子妃候補を傷つけたのがあなただと知られれば……」

「分かってるさ。バレるようなヘマはしない。魔術師団の奴らを出し抜いてやる」

自分を認めようとしない魔術師団の連中を出し抜く。そう考えるだけで、キーファは愉悦がこみ上げてくるのを感じた。

――見てろよ、テオルダートめ。お前より僕の方が優れているのだと証明してやる……！

拳を握り挑戦的な笑みを浮かべるキーファを、ベルベルド侯爵家の使者が冷ややかに見つめていた。

けれど、キーファは最後まで気づくことはなかった。

＊　＊　＊

二回目の花嫁選びの晩餐会の日がやってきた。

「すごいわ！　これ、最新式の魔道具を使ったオーブンじゃない？」

「冷蔵庫も大きいし、冷凍室はついているし！　店長とクロエはいつもこんな素晴らしい道具を使えるのね、羨ましいわ！」

菓子専門の厨房は朝から賑やかだ。今日までにステラの骨折が完治するか怪しかったので、店から二人の職人を手伝いとして呼び寄せたためだ。

二人は城の厨房に設置された魔道具を見ては歓喜している。

「ほらほら、いい加減にしな」

両手をパンパンと打ち鳴らし、ステラが二人の興味を引き付ける。

「あんたたちを呼んだのは別に城の厨房を披露するためじゃないんだよ。監察員が来る前にフィリングを作り終えなきゃいけないんだ。遊んでいる暇はないよ」

「はーい、店長。さてさて、では始めますか！」

「クロエ、今日はあなたがリーダーよ。ここを使い慣れているのはあなたなんだから。大丈夫、大船に乗った気分でいなさい。知ってるでしょう？　ステラの店の職人は二百個くらいのパイ、毎日店で焼いているんだから！」

先輩職人二人の頼もしい言葉に、クロエも元気よく返事をした。

「はい。よろしくお願いします、先輩方！　焼くのはアーモンドクリームパイです。材料は昨日のうちに運び込んでありますので、どんどん作っていきましょう！」

今日の晩餐会のためにステラとクロエが考えたメニューが、アーモンドクリームパイだ。一回目と同じくミンスパイという手も考えたが、前回と同じものを出すわけにはいかないし、そもそもミンスミートの仕込みが間に合うか分からなかったので、別のものを選んだのだ。

それがガレット・デ・ロワから構想したアーモンドクリームパイだ。ミンスミートと違って中身のフィリングを作り置きできないという欠点はあったが、今回は助っ人の先輩たちがいるので当日に作り上げることも可能だ。

作業台にでんと置かれた二百人分のパイの材料を見た先輩の一人が目ざとく気づく。

「アーモンドプードルが三種類ありますね、店長。これを使うのですか？」

「ああ、せっかく城では産地の違うアーモンドを三種類も取り揃えているんだ。どれか一種類でもいいが、三つ合わせたら風味も変わって面白いものができるかもしれないと思ってね」

もちろんステラとクロエはこの日のために、前もって作って試してある。

店で使っているアーモンドと違って、城に置かれていたアーモンドはステラが菓子作りに最適だと厳選して取り寄せた食材ではないため、どうしても風味が劣ってしまう。そのための苦肉の策だったが、合わせたおかげで意外な美味しさのパイができた。

「面白い試みですね。風味を消し合う場合もあるでしょうけど、うまく行けば香りやコクなど足りない要素を補えるかもしれません」

「ああ、季節や産地によって変えるのも面白そうだろう？」

ステラはにやりと笑う。断然、やる気になった先輩職人二人を加えて、アーモンドクリームパイのフィリングの製作が始まった。

煉《ね》ったバターに粉砂糖、それに卵を少しずつ加え、アーモンドプードルを混ぜ合わせていく。しばらくして大きなボウルに二百人分のアーモンドクリームを作り終えたクロエたちは、それを冷蔵庫に入れて休ませた。

今日の監察員がやってくる前にパイの中身を作り終えなければならなかったが、三人がかりでやっている上に、二人ともクロエなどよりよっぽど手際がいいので、予定以上に早く出来上がった。

さらに手伝ってもらい、パイ生地も作ってこれも冷蔵庫に入れて冷やしておく。

そうこうしているうちに二人の監察員が厨房にやってきた。あいかわらず文官と魔術師の二人一組だが、先月の晩餐会の時とは違う人たちだ。聞けば組み合わせも入れ替わるし、担当する場所も毎回変わるのだという。

今度の魔術師は妙齢の女性で、文官は年配の男性だった。

「殿下の『魔法の石』だ。よろしく頼む」

文官の手にあったのは前回と同じベルベットの箱だ。その中に透明な石が入っている。

クロエは小分けされているアーモンドクリームを冷蔵庫から取り出すと、大きな銅製のボウルに移し替えていった。最後にほんの少しだけアーモンドクリームを別のボウルに取り分けたのは、味見用のパイを焼くためだ。

準備を終えたクロエは大きなボウルに『魔法の石』を落とすと、全員が見ている前でヘラを使って混ぜ合わせていく。透明の摩訶不思議な石は、たちまちクリーム色のアーモンドクリームの中に沈んで見えなくなった。

あとはこれをパイ生地を敷いた焼き型に入れて焼くだけだ。

前回と同じように流れ作業で一人用のパイの型に生地を敷き、アーモンドクリームを入れていく。さらに中身が分からないようにパイ生地ですっぽり上を覆えば、あとは焼くのみだ。

パイを焼くのを担当したのは今回もステラだった。腕はほぼ完治しているため、オーブンから鉄板を取り出す作業にも支障はない。

オーブンでは次から次へとアーモンドクリームパイが焼き上がっていく。型から取り出し、冷ましている間にまた次のを焼いていく。

こうして三時間後にはほぼすべてのパイが完成し、冷めるのを待つばかりになっていた。

夕方近くになり、完成したパイが運搬係の手で運ばれていく。今度は置く場所がもうないからと残されることはなく、取り分けてあった試食用のパイ以外は全部運ばれていった。

「あとは結果が出るのを待つだけだね」

ステラがエプロンを脱ぎながら満足げに笑った。

晩餐会の結果が出るまで、クロエたちはその場を離れることができない。石入りパイの製作や運搬、飾りつけなどに関わった者全員がその場で待機となる。監察員も例外ではない。

それは前回のようなことが起きた時、すぐに原因と責任の所在を明らかにするためだった。

前回、うっかりそのことを失念していた……というより、考える余裕がまったくなかったクロエたちは、飲まず食わずの状態で待機を余儀なくされた。そのため、今回は試食用のパイを多めに用意し、さらにアルベールとテオルダートのために昨日作ったディニッシュパンを残しておいたのだ。

「このアーモンドプードルの組み合わせ、思った以上にいいですね、店長」

「ああ、原価は上がるが、店で出すことを考えてみるか」

「クロエ。あなた、前より腕が上がったんじゃない？　このディニッシュ、店に出せる味よ」

「ありがとうございます、先輩。毎日おやつ作りしてたからだと思います」

「お世辞抜きで本当に美味しいですわよ、クロエさん。これを毎日食べられるテオルダートが羨ましくなるわね」

「いや、まったくだ。ステラ殿が城の菓子職人に就くと知って陛下があれほどお喜びになったのも、分かるというものだ」

晩餐会の結果を待つ間、お菓子の厨房では監察員を巻き込んでの大試食会が行われ、大いに盛り上がっていた。

だがそろそろ晩餐会も終わろうという時間になって、和気藹々《わきあいあい》とした雰囲気をぶち壊すような出来事が起こった。

突然、厨房の扉が開き、一人の青年がワゴンを押して入ってきたのだ。

クロエはその青年を見て「あっ」と声をあげる。以前テオルダートと一緒にいた時に会ったキーファという名前の魔術師だったからだ。

だがクロエの意識はすぐにまた別のことに捕らわれることとなった。

「余って先に検分した分を戻すぞ」

キーファが押してきたワゴンの上には、パイ生地が剝がされ、中のアーモンドクリームがグチャグチャになったパイがいくつも置かれていたのだ。

「どういうことなの、キーファ！　検分は晩餐会が終わった後に前魔術師長のゼファール様立ち会いのもとで行うって決めてあったでしょう!?　何をまた勝手に検分しているの、あなたは！」

魔術師の女性が眦《まなじり》を吊り上げて叱り飛ばした。しかし、キーファは反省どころかうっとうしそうに手を振った。

「煩《うるさ》いな。もう全員選び終えていたし、この残り物の中に石はなかったんだからいいだろう？」

「いいわけないでしょう！　このことは魔術師長やゼファール様にも報告しますからね！」

「勝手にすればいいさ」

まったく意に介さずキーファは肩を竦めると、厨房をぐるりと見回し、クロエの姿を見つけるとあざけるように笑った。

「ほら、平民。残り物だ。前回と同じように食べてもいいんだぜ？」

その瞬間、クロエにはキーファが前回のことを根に持っていて、わざとパイをグチャグチャにしたのだということが分かった。

「なんてひどい……」

先輩職人がワゴンの上を見て悲しそうに呟く。

「ハハハ、じゃあな」

してやったりという顔で笑うと、キーファはワゴンを残したまま厨房を出ていった。

「まったく、食べ物を粗末にするなんて。親はどういうしつけをしてるんだろうね」

ステラが腕を組んで唸るように言った。女性の魔術師が申し訳なさそうに頭を下げる。

「申し訳ありません、皆様。私たちの教育不足のせいです。本人も前回のことを深く反省している様子だったので、監察員に復帰させたというのに……」

「あんたらのせいだけじゃないさ。テオのような特別な例を除いて、王立魔術師団に入団できるのは成人後がほとんどだ。ありゃあ、親の教育が悪い。性格もねじ曲がっているようだから、矯正は無理だろう」

「魔術師長も折を見て注意はしているのですが……」

文官の男性も口を挟む。

「親も何かと権力や身分をひけらかす人物でして。まさにあの親ありてといった感じです」

三人の会話を聞きながらクロエはワゴンに近づいて、無残な様子のパイをじっと見つめる。下のパイ生地は無事だが、上にかぶせたパイ生地は乱暴に破かれ、皿のあちこちに捨て置かれている。中のアーモンドクリームもグチャグチャに掻き回した跡があった。

「せっかく皆で作ったのに……」

クロエは検分という名目で壊されたパイの一つをそっと持ち上げた。

――このパイだって、誰かの口に入って「美味しい」って喜んでもらえるはずだったのに。

「クロエ……」

先輩職人の一人が慰めるように彼女の肩をポンポンと叩いた。

「先輩。もうこんなにされたんじゃ、食べられませんよね……ん？」

手のひらに載せたパイの、ほんの少ししか残っていないアーモンドクリームの中に、何かきらりと光るものが埋まっているのが見えた。

「これって、まさか……！」

「クロエ？　どうしたんだい？」

突然、持っていたパイを作業台に置いてスプーンを取るクロエを、監察員やステラたちが不思議そうに見つめる。

「……やっぱりそうだ！」

スプーンで上のパイ生地を完全に取り除く。すると残っていたアーモンドクリームの中から『魔法の石』の一部が覗いているのがはっきり見て取れた。

監察員の二人が息を呑む。

「まさか、石が……この中から⁉　おいおい、何と言うことだ……！」

「検分したとか言っていたのに……あの間抜けが！」

「と、とにかく！　今すぐ知らせに行ってくる！」

文官の男性が慌てて厨房を出ていく。その背中を見送りながらステラがため息交じりに呟いた。

「またか、って言うべきかねぇ……」

クロエは石の出たパイの残骸を見つめながら、新たな騒動の予感に不安を募らせるのだった。

第五章　二度あることは三度ある

結果から言えば、二回目の花嫁選びの晩餐会は滞りなく終了した。

というのも、キーファが検分したのは招待客がそれぞれ選んだ後に残った分だったからだ。

石は誰も選ばなかったという結論に落ち着いた。……表向きは。

もちろん、勝手に検分を行ったキーファは散々怒られて、前より長期間の謹慎処分を言い渡された。

「それでもクビにならないとは、いい身分だね」

とはステラの談だ。クロエも激しく同意したが、何やら政治的な力関係や思惑が働いたようで、二度連続の失態にもかかわらず、キーファが魔術師団を辞めさせられることはなかった。

「まぁ、この先、王立魔術師団の中で出世する可能性はゼロになったけどね」

テオルダートがチュロスを食べながら上機嫌に言った。

辞めさせられはしなかったが、キーファは今まで得ていた魔術師としての位や称号はすべて返上させられ、今現在、王立魔術師団の中で一番下の地位にまで転落している。

「でも意外だったな。あいつが、そんな地位に甘んじてまで王立魔術師団に留まるとは思わなかった。てっきり自分から辞めると思ったんだけど」

「王立魔術師団にいるということはそれだけで実力があるという証明だからね」

言いながらアルベールも手を伸ばし、チュロスを口に放り込む。

「ベルベルド侯爵家からもこれ以上文句を言えば辞めさせられると思ったのか、キーファの降格について抗議の声はなかったそうだよ。王立魔術師団所属の魔術師というステータスを取ったということだろう」

「……もうあの鼻持ちならない男の話はいいです」

ぶすっとした口調でクロエは二人の会話に口を挟んだ。

「あいつのせいで、私は今窮地に立ってるんですから！」

二回目の花嫁選びの晩餐会が終わり、城では一ヶ月後に開催される三回目の晩餐会の準備に取りかかっている。その中で一つの噂が駆け巡り、城勤めの人々の間で有名になっていた。

その噂とは、クロエが花嫁選びの晩餐会を邪魔しようとして『魔法の石』をパイに混ぜずに隠し持っていたというものだった。

――そんなわけないでしょ！

二回目の花嫁選びの晩餐会があのような結果で終わったのは、キーファのせいであってクロエのせいではない。一回目も、石入りのパイがたまたま運ばれずに残っていただけだ。

――なのに、あの男ときたら……！

噂の出どころは事情聴取された時に、キーファが放った言葉にある。

『確かに検分した時には石なんてなかったんだ！　だいたい、二回とも偶然厨房で見つかるなんておかしいだろ⁉　きっとあのクロエって女が隠し持っていたんだ。バレそうになって残りのパイに素早く入れて誤魔化したに違いない。僕は嵌められたんだ！』

――そんなわけあるか！

もちろん、クロエがきちんとパイの中身に石を入れたことは一回目と二回目の監察員がきちんと証言してくれている。隠し持つことなどできないし、ましてあの状況ですばやくパイに石を仕込むことは不可能であると。

「そんなの単なる噂だって。本気にしてる人なんてほとんどいないよ。皆、キーファの奴が責任逃れしようとクロエお姉ちゃんに罪をなすりつけようとしているだけだって分かってるもん」

テオルダートが取り成すように言った。

確かにクロエをよく知る人たちや、キーファの性格を知る者たちは噂を信じたりしなかった。むしろ非常に同情的だ。

「でも信じている人たちがいるのが問題よ！」

クロエという人物を知らない人間には判断しようがない。特に接触のない貴族や上級使用人たちは同じ貴族出身であるキーファの意見を信じているようだ。

いや、まだ接触のない貴族や上級使用人たちのことはいい。

問題はもともとクロエがアルベールのおやつ係になったことを快く思っていなかった者たちだ。

彼らはここぞとばかりに言いふらし始めたのだ。

『きっとクロエは殿下に懸想《けそう》しているんだ。それで花嫁選びの晩餐会を台無しにしようとしたに違いない』

――だからそんなわけあるか！

「そんなのほんの一部だって。気にすることはないさ」

アルベールが慰めるように言った。クロエはむぅと口を尖らせる。

「殿下の従者であるレイズさんも前にも増して鋭い目で私を睨んでくるんですが？」

「彼は私ですら睨んでくるから、いつものことだよ」

……いや、それって従者としてどうなの？

自分の従者が睨んでくるのをまったく気にしないで笑っていられるアルベールという人物が、時々よく分からなくなるクロエだった。

「ところで、このチュロスというのは初めて食べるけど、美味しいね。ドーナツに近いけど、少し違ってて美味しい」

褒め言葉にクロエの気分は一気に浮上した。

「ありがとうございます。前世……じゃなかった、昔に食べたことがあって再現してみたんです」

チュロスはスペインやポルトガルをはじめ、ラテンアメリカでよく食べられているお菓子だ。クロエ……いや、美鈴は某テーマパークに行った時に初めて食べて以来、その味に魅せられた。ネットでレシピを検索し、時折家でも作っていたのだ。

「ドーナツとは材料が一緒ですし、油で揚げるのも同じですけど、作り方は少し違うんですよね。

温めた牛乳やバターの中に粉を入れて弱火にかけながら生地をまとめるんです。だからドーナッとは少し食感が違うんですよね」

にこにこと説明をするクロエを、アルベールは優しい笑みを浮かべて見守る。

「クロエは本当にお菓子作りが好きなんだね」

「はい。作るのも大好きですが、食べてもらった相手に美味しいと喜んでもらえるのがもう、最高に楽しみなんです」

「いつも最高に美味しいと思う。毎日ありがとう、クロエ」

「ど、どういたしまして」

温かな水色の瞳に見つめられ、クロエの頬がほんのり赤く染まった。

——美形に笑顔で「ありがとう」とか言われるのに慣れていないせいだわ。

正確に言えば、クロエは割と日常的にアルベールから感謝の言葉をもらい、褒めてもらっているのだが、なぜかこの時は恥ずかしくて胸がドキドキして仕方なかった。

「ところで、話を元に戻すけど、石が毎回厨房に来ることに関しては僕も不思議に思ってるんだよね」

突然、空気を読まずにテオルダートが口を挟んだ。いや、本人は十分に空気を読んで発言しているのだが、如何《いかん》せんそうは見えないのが実情だ。現に厨房の隅で話を聞いていたステラが暗にやめるように合図を送っているのだが、テオルダートは気づいていなかった。

「え……テオ君まで私が石を隠しているとか、そう思ってるの？」

ショックを受けたような表情がクロエの顔に浮かぶ。アルベールのおかげで浮上した気分は再び一気に落ち込んでいった。

慌ててテオルダートは手を振る。

「違うよ！　そんなこと思ってないよ。だってあの石はたとえ隠したとしても必ず殿下のもとに戻るもの。前に盗まれたことがあったけど、すぐに戻ってきたもんね、殿下？」

「ああ、そうだな。前に目を離した隙に部屋からなくなっていたことがあったけど、すぐに私の頭の上に落ちてきたよ。盗んだ者もびっくり仰天しただろうな。手にしたはずの石がいつの間にかなくなっているわけだし」

アルベールが朗らかに笑いながら言った。

「盗まれた石が頭の上に落ちてきたって……いや、それよりも王子のものが盗まれるって、大問題じゃ……！」

突っ込みどころがありすぎる発言に、クロエは思わず叫んでいた。けれど、その返答はさらに酷いものだった。

「あの石が私の対となる者に導く、という話は貴族の中では有名だからね。どうにかして自分の娘を王太子妃にしたい貴族の中には、使用人を買収して石を持ち出させ、複製させようとする不届き者もいるんだ。まぁ、すぐに石が私のところへ戻ってきてしまうため、盗まれたことを立証できないし、その貴族を罰することもできないわけだが」

「……いや、もう、どこから突っ込んでいいやら……」

クロエの口から乾いた笑いが漏れる。

「だからね、あの石の特性を考えると、今回の花嫁選びの晩餐会では殿下のところに石が戻ってこないとおかしいんだよねー。でも、石は殿下のパイには入っていなくて、二回とも厨房に戻ってきた。それどころか一回目は最初から最後まで厨房を離れなかった。これって、ねぇ、石の意味が十分に発揮されているんじゃない？」

テオルダートがアルベールに意味ありげに告げる。クロエにはよく理解できなかったが、アルベールはハッとしたようにクロエを見つめた。

「え？　な、なに？」

水色の瞳にじっと見つめられ、クロエは狼狽《うろた》える。けれどすぐにためらいの表情が浮かんで、逸らされてしまった。

「石は導いてくれるけど、その先は殿下次第だと思うよ。そもそも、殿下の『対となる者』が誰なのかは殿下自身にしか判断できないんだ。もしかしたら国守りの魔女なら分かるかもしれないけど、彼女は絶対に教えてくれないと思う。殿下は自分で見つけるしかないんだよ」

アルベールをじっと見ながらテオルダートが言い聞かせるように語る。その様子は本来の十四という年齢より大人びて見えた。

「殿下は誰も自分の運命に巻き込みたくないと思って目を逸らしているようだけど、もう大勢の人が巻き込まれているんだよ。それを忘れないでほしいな」

「テオ、私は……」

「失礼します、殿下。そろそろ次の公務のお時間です」

言いかけたアルベールの言葉は、時計の針がきっちり三時半を指したと同時に厨房にやってきたレイズの登場によってかき消されてしまった。

「……分かった」

ため息をついてアルベールは椅子から立ち上がる。その際、ふと彼の視線がクロエの顔に向いた。

――殿下……？

なぜか、向けられる視線が今までとは違っているような気がしたが、それが具体的に何なのかクロエには理解できなかった。

＊　＊　＊

それから一ヶ月後、三回目の花嫁選びの晩餐会が開催された。

この日のためにクロエとステラが選んだパイは、オーソドックスで、だが店でも一番人気のあるアップルパイだ。

「店長、ステラの店と同じようにカスタードクリームは入れますか？」

今回も手伝いに来てくれた先輩職人がステラに尋ねる。ステラは大きく頷いた。

「もちろんさ。ステラの店のアップルパイとくればアップルカスタードパイだと決まっている。城でもそれは変わらないさ」

アップルカスタードパイだと、今まで一種類だったフィリングが二種類に増えることになる。当然、作業も増えることになるので、ステラはすっかり骨折が治っている今回も店から二人を助っ人として呼んだのだ。

「まず最初は二手に分かれてリンゴフィリングとカスタードクリームを作る。時間との勝負だ。力入れてやりな」

「はい！」

三人は元気よく返事をすると、いっせいに作業に取り掛かった。クロエも先輩職人が鍋に砂糖煮の準備をしている傍らで、リンゴを薄く切って変色しないように塩水に漬けていく。作業台では携帯式のコンロを持ち込んで、ステラともう一人の職人がカスタードクリームの製作に取りかかっていた。

クロエたちが作っているリンゴフィリングは比較的速く作れるため、終わったら次はパイの生地作りだ。今回も監察員が来る予定のため、彼らがやってくるまでにフィリングと生地の用意は終わらせて、いつでも焼けるようにしなくてはならない。

リンゴを切り終えたクロエはさっそくめん棒を取り出し、小麦粉にバターを混ぜ込んで何度も折りたたんでは伸ばしていく。

いくら頼もしい戦力がついているとはいえ、今回ばかりはクロエも力が入っていた。何しろ自分の身の潔白を証明しなくてはいけないのだ。

もう城のほとんどの人間はそんな噂があったことも忘れているが、一部の者たちは未だにクロエを疑いの目で見ている。どうあっても今回は、厨房に残されたパイから石が見つかったり、検分済みのはずのものから石が出てきたりしては困るのだ。

──前回までのようなことは二度と起きないと思うけど……でも二度あることは三度あるって言うし……。

もし今回もこの厨房から出てきたら、キーファの言う通りだったということにされてしまうだろう。それだけはなんとしても避けないといけない。

「師匠、提案があるんですけど」

最後のパイ生地を作り終え、冷蔵庫にしまったクロエは、ステラに声をかけた。

それから一時間後、十時きっかりに監察員が厨房にやってきた。メンバーは前回と同じ女性の魔術師と、年配の文官の男性だ。そして、今回は加えて三人目の監察員がついていた。

クロエは最後に入ってきたその男を見てギョッと目を剝く。

「あ、あなた、なんでこんなところにいるのよ⁉」

三人目の監察員はなんとキーファ・ベルベルドだった。

「貴様が再びズルをしないか監視するために決まっている。今度こそその証拠を摑んでやるからな」

偉そうに言ったとたん、キーファは女性魔術師にどやされていた。

「あなたがどうしてもと言うから今回は特別に許可しただけ！　監視対象なのはあなたもですからね、キーファ・ベルベルド！　少しでも無礼なことや脅迫めいたことを言ってごらんなさい。ただちにあなたを捕縛してここから追い出します！　基本的に魔術の行使は禁止されているけれど、あなたを捕縛して反省室に放り込むための魔術を使う許可は魔術師長からもらってありますから」

「チッ」

キーファは舌打ちをしてそっぽを向く。女性の魔術師はステラとクロエたちの方を見て、すまなそうに笑った。

「というわけで、余計な者がおりますが、気にしないで頑張ってください。前回と同じようにしていれば大丈夫です」

「ええと、確か、毎回違うところを担当するのでは？」

一ヶ月前に彼女自身がそう言っていたことを思い出しながら尋ねると、文官の男性が答えた。

「確かにそう決まっているが、今回は特別だ。彼が私らの判断した結果を真っ向から疑っているのでな。その彼が自らここを監視したいと申し出ていると聞き、ならば私たちも彼の監視役を兼任すべく宰相様に頼んだのさ」

前回『監察員の目を盗んでクロエが石を隠した』とのキーファの言葉によって、彼らの見たもの、判断したものが疑われた。それは二人のプライドをいたく傷つけたようだ。

「彼のことは我々に任せて、ステラ殿たちはいつものように仕事をしてくだされ。そのために私たちはここにいるのだから」

男性の灰色の瞳には温かな光が浮かんでいた。どうやら二人は完全にクロエたちの味方のようだ。

「はい。頑張ります！」

クロエは拳を握りしめ、力強く頷いた。

＊＊＊

彼らの会話を聞いてキーファは再び舌打ちをする。

後がないのはクロエではなく、本当はキーファの方なのだ。前回、余計なことをしたばかりに、ますます自分を追い込む形になってしまった。

——でも絶対に検分した中に石はなかったはずなんだ！　きっとあの女が何かトリックを使ったに決まっている。もしくは見えないようにテオルダートが魔術で手を貸しているか、そのどちらかだ。

そう思い込んでクロエのせいだと言い放ったが、かえってそれがキーファを窮地に立たせていた。もしクロエは完全にシロで、厨房から石が出なかったら、次に絞まるのはキーファの首だ。

——いや、絶対に見つけてやる。たとえねつ造してでも。

そう考えて監視を願い出たが、同じく監察員になったのは、ベルベルド侯爵家の権力を恐れもしない、キーファより実力も地位も高いスネフェルという女性魔術師だった。キーファが魔術を使おうものなら一発でバレてしまう。

また、文官の男性も序列の高い名門侯爵家当主の実弟だ。キーファがどうにかできる相手ではなかった。

――くそ、くそっ。なんでこんなことになった！　……いや、この女のせいだ。僕に二度も恥をかかせやがって！

ギリッと歯を食いしばり、キーファはクロエを睨みつけた。

もはや彼にとってクロエは、テオルダート同様に排除しなければならない相手となっていた。

＊＊＊

キーファという敵に監視されての作業は、クロエだけではなく他の誰にとっても苦痛だった。何しろこの男、クロエが何かするたびにそれは何だ、何をしているんだと詰問してくるからだ。そのたびに女性魔術師にどやされるが、懲りるということを知らないようだ。

「おい、それは何だ！」

クロエがオーブンから取り出したアップルパイを見て、キーファが問いただしてくる。うんざりしたように答えたのはステラだった。

「それは味見用ですよ。最初にオーブンの調子を確かめるために味見用のパイをあらかじめ用意して焼いてみたんですよ。魔法の石は絶対に混じってないです。なぜならあなた方が厨房に来る前に包んでオーブンに入れたものですから」

「そ、そんなことは言われなくても分かってる！」

――どうだか。

どうやらこのキーファという男は監視するためだけではなく、どうにかしてクロエのあらを探し、今までの責任をなすりつけたくてやってきたようだ。

――見本用のパイ。先に焼いておいてよかった。

徹底的に可能性を排除したくて、先ほどクロエ自身がステラに頼んで先に焼いてもらったのだ。

前回のように監察員がやってきた後に焼いたら、自分たちで食べるパイに石を隠していたのだと疑われる可能性もあったからだ。

さすがにこの男でも、この状況で味見用のパイに石を隠したなどとは言わないだろう。

文官の男性が持ってきた石は、ステラがカスタードクリームに混ぜた。それだけでなく、ステラの機転でクロエはもっとも混入の可能性が少ないパイ生地を型に敷き、最後に網目の模様を入れる役目を担当することになった。

カスタードクリームを型に入れていく役目はステラが受け持ち、先輩職人の一人がリンゴフィリングをカスタードクリームの上に並べる。そしてもう一人の先輩職人がオーブンを担当した。

キーファは周囲がクロエに対し、パイの中身に極力触れさせないようにしてくれているのを分かっているのだろう。悔しそうにクロエたちを睨みつけている。

こうして焼く作業が始まって四時間後。二百人分のアップルパイは問題なく出来上がっていた。

それらはすべて運び出され、厨房に残っているパイは見本用にあらかじめ焼いたものだけ。

「さて、これですべての作業は終わったわね。何か問題あったかしら、キーファ？」

女魔術師が勝ち誇ったように尋ねる。キーファはグッと歯を食いしばると何も言わずにそっぽを向いた。

「じゃあ、晩餐会の結果が出るまで味見でもさせてもらおうかね」

ステラが取り分けておいた味見用のアップルパイを出してきて、作業台に置いた。彼女はその中の一つを取り出すと、にっこり笑ってキーファに差し出す。

「あんたも食べるかい？　半日にわたってあんたが監視してきたものだ」

「ふん、甘いものは嫌いだ」

キーファは鼻で笑ってはねつける。そうなると予想していたのだろう、これ見よがしにステラは言った。

「そうかい。じゃあ、他の皆で食べようじゃないか。クロエへの疑いが晴れたお祝いにね」

「ま、まだ、疑いが晴れたと決まったわけじゃ……！」

慌ててキーファは言ったが、ステラの次の言葉で黙らざるを得なかった。

「じゃあ、クロエが石を隠し持ってると言うのかい？　ここにいる全員の目を盗んで？　あんたの目も盗んでかい？」

「ぐっ……」

「クロエに盗む機会なんてありはしなかった。それはあの子の一挙一動を監視してたあんたが一番分かってるはずだ。無駄なことに労力を費やすのはやめるんだね」

言い捨てると、ステラは何事もなかったかのように一同を見回してにやりと笑った。

「さぁ、一仕事終えたね。おやつの時間にするとしよう」

監察員二人も交じって作業台に集まり、盛られたアップルパイに手を伸ばす。

「ああ、美味しい！　私、実を言うと先月味見させてもらって以来、ステラの店のファンになってよく通っているのよ」

女性魔術師が言うと、先輩職人の一人がくすっと笑った。

「スネフェルさんのお気に入りはマロンタルトですよね。私、この間、ケースにあった分を全部買い占めるスネフェルさんを見てしまいました」

「だって期間限定だっていうんですもの。来年まで食い溜めしておかないと！」

「おやおや、この前マロンタルトがなかったのは君のせいだったのか、スネフェル嬢。うちの妻が嘆いていたよ」

男性の文官が女魔術師に向かってウィンクしながら、意外なことを暴露する。

「実は我が家はステラの店が出来た時から常連でね。君にはぜひとも春限定に売られる生のラズベリーパイをおススメするよ。絶品なんだ。ただ、買い占めだけは勘弁してほしい」

どっと厨房に笑いが起こった。ただ一人、キーファを除いて。

クロエは二人の意外な素顔に驚き、そして次に笑いながらアップルパイに手を伸ばした。

口を開けてパイにかぶりつく。パイ生地の香ばしさに、リンゴの酸味とカスタードクリームの甘みがほどよく混じり合い、口の中で一つになった。

――美味しい！　頑張った甲斐があったわ！

顔を綻ばせ、クロエはさらにもう一口パイに歯を立て――次の瞬間、ぎょっとなった。

歯に明らかに石と思われるものがぶつかったのだ。

この感触には覚えがある。だから否応なく分かってしまう。パイにかぶりついたまま、クロエは自分の顔がさぁっと青ざめていくのが分かった。

——う、嘘よ！　なんでこれが味見用のパイに紛れ込んでいるわけ⁉

夢だと思いたいが、今歯に当たっているものは現実だった。絶対混入はありえないのに、どういうわけか『魔法の石』はクロエの食べているパイの中にあった。

——ど、どうしよう。どうしたらいいの？

これこそ絶体絶命の危機だ。もし今ここでクロエのパイの中に石があることが分かったら、キーファの言っている通り、彼女が隠していたことになってしまう。そんなことになったら、ステラだけでなく、味方をしてくれた監察員二人の立場もなくなる。

迷ったのはほんの一瞬だけだった。知られないうちに何とかしなければという思いに突き動かされ、クロエは『魔法の石』ごと口の中にあったアップルカスタードパイを喉の奥に押し込んだ。

「んっ、くっ……」

慌ててそれなりに大きさのあるものを呑み込んだせいか、喉につっかえた。それでも無理矢理奥へ押し込んでいると、クロエの様子に気づいたステラがやれやれといった様子で立ち上がる。

「この子ったら慌てて呑み込むから。ほら、水でも飲みな」

「ず、ずみまぜん……」

渡された水と一緒に何とか胃の奥まで石を流し込んだクロエだったが、ホッとできたのも一瞬だけだった。

――ど、どうしよう！　ついとっさに呑み込んじゃったけど、これこそ絶体絶命の危機だわ！　石がどこにもないことは遠くないうちに必ず発覚する。もし調べられて、クロエが呑み込んだのが分かったら、一体どうなってしまうのだろう。

――牢屋行き？　でも果たしてそれだけで済むかしら？　処刑になったりしないかしら。私だけでなく、師匠や家族まで連帯責任を取らされたりしたら……。

考えるほどに悪い想像が頭をよぎる。

「どうしたんだい、クロエ？」

コップを握り締めたまま固まっているクロエに、ステラが声をかけた。

「あ、な、何でもないです！」

そう答えてしまったものの、問題ありまくりである。だが、キーファもいるここで、どうしてステラにそれを伝えられようか。

――あああ！　一体どうすればいいの！

内心頭を抱えながら、クロエは笑みを浮かべて他の人の話を聞いているフリをし続けた。

やがて晩餐会もそろそろ終了という時間になり、文官の男性が椅子から立ち上がる。

「さて、もうそろそろ終わる頃だろう。確認してくるので、もうしばらく待っていてくれ。もちろん君もだ、キーファ・ベルベルド」

「わ、分かってますよ！」

厨房の隅で独りぶすっと立っているキーファに声をかけると、彼は相手が自分より身分が高いこともあっていつもよりやや丁寧な口調で言い返してきた。その返答を聞き、男性は厨房を出ていく。

クロエは気が気ではなかった。幸いキーファはクロエへの興味を失くしたようで、彼女の様子にはまったく気づいていないが、それも時間の問題だろう。

――ああ、きっと今頃晩餐会の会場では石が行方不明だと探しているに違いないわ。

いずれここにも踏み込んでくるだろう。魔術を使えばすぐに石がクロエの胃にあることは明らかになるだろう。そうなったらもうおしまいである。

作業台に視線を落とし、クロエはその時を待つ。

――こういうのってなんて言うんだろう。断頭台へ上がるような気分っていうのかしら。

本当に断頭台に上がる可能性があることを考えると笑えないが、まさにそういう気分だった。

やがて、男性の文官が戻ってきた。一回目の時にそうだったように、大勢の兵や文官を連れてではなく、一人で。

そして、扉を開けたと同時に興奮したように叫んだ。

「見つかった！　殿下の石を引き当てた令嬢が見つかったんだ！」

「な……んだって！」

一番に反応を見せたのはキーファだった。彼はなぜか驚愕の表情を浮かべている。一方、肝心のクロエは何も反応できなかった。

――石を引き当てた令嬢が見つかった？　うそ、だって石は……私が……。

無意識のうちに胃がある部分をさする。

「まぁ、それはなんておめでたい！　どこの令嬢が引き当てたか分かる？」

女魔術師が笑顔で椅子から立ち上がった。

「セラ・ラインエルト子爵令嬢だ。もとは平民で養女らしいが、とても美しい女性だったよ」

――子爵令嬢。美しい女性。

その言葉がぐるぐると頭を駆け巡る。

信じられないが、文官が嘘を言う必要はない。それに、晩餐会が開かれている大広間からはだいぶ離れているはずの厨房にまで、万歳という声が微かに聞こえてきていた。

――助かった、ということ？　でも、一体どうなっているの？

混乱したまま、クロエは作業台をじっと見つめていた。

＊＊＊

クロエたちの所にその一報が届くほんの少し前。

アルベールは自分の所に配られたアップルパイにフォークを入れ、自分にとってなじみのある『魔法の石』がないか確かめていた。だが、そこに石はなかった。

――やっぱりない。もし、今回も石が厨房に――クロエのもとに戻っていたら。

「……間違いなく、彼女だということだろうな」

思わず呟いた言葉を耳にした王妃が不思議そうに首を傾げる。

「何か言いましたか、アルベール？」

「いいえ、なんでもありません。このアップルパイ、美味しいですね」

誤魔化すように微笑みながら答えると、王妃はにっこり笑って頷いた。

「ええ、本当に。この酸味がまた甘味とよく合うこと！　そしてこのサクサクしたパイ生地ときたら！」

「そうですね」

言いながらアルベールはアップルパイを掬い、口に入れる。優しい甘さと酸味が口の中いっぱいに広がった。

「美味しい上に優しい味がします」

クロエが作ってくれるおやつも、いつも優しい味がした。甘味とか食感とはまったく関係なく、食べた相手が喜んでくれることを願う心のこもった味だ。おやつに含まれている、ほんのわずかな魔力の残滓《ざんし》がそれをアルベールに伝えてくれる。

『二人が笑顔になれるように、美味しくなーれ』

そう唱えながら厨房に立つクロエをありありと思い浮かべることができる。目元と口元が自然と緩んでいた。

あの優しい味は彼女の心そのものだ。

でも、だからこそ、アルベールはこの問題にクロエを巻き込みたくなかった。

テオルダートが言っていたように、アルベールは『対となる者』のことから目を逸らし続けてきた。だからこそ今まで積極的に探そうとしてこなかった。

『大地の祝福』のせいで、アルベールからは常に魔力が……いや、命そのものが削られ続けている。もう自分に残された時間は少ないことも悟っている。

　それをすべて解消できる存在が『対となる者』だ。

『彼女』がいれば、アルベールはその女性の魔力を吸って生き永らえることができる。けれどそれは、今度は自分が他者の命を吸い取り生き続ける存在になるのと同義なのだ。

　――私は自分の対となる者をそんな運命に巻き込みたくないんだ。そうまでして生き残る意味はない。

『祝福の子』として大地に命を捧げるのが運命だというのなら、それに従ってアルベールだけが命を散らせばいいのだと考えて生きてきた。

　でもテオルダートの存在が、そして自分に向けられるクロエの笑顔が少しずつアルベールに欲を植えつけていく。

　もっと生きたい、この先もずっと彼らとともにいたいという願い《欲》が。

　そして今、別の問題が浮上しつつある。クロエがもしそうであったら、一体自分はどうすればいいのだろうか。

　――傍にいてほしいけれど、彼女を巻き込みたくないという矛盾。一方で、そうであればと願ってしまう。

「……本当は、私は欲張りだったんだなぁ」

「何か言ったかしら、アルベール？」

またしても王妃には聞こえたらしい。アルベールはにこっと笑った。

「もっとこのアップルパイを食べたいと言ったんですよ、母上」

「ならば今度ステラに頼んでまた作ってもらいましょう。前回食べたアーモンドクリームパイも美味しかったし、その前のミンスパイも美味しかったもの」

「そうですね」

そうこうしているうちに、晩餐会が終わった。参加者が全員アップルパイを食べたことを確認すると、国王が厳かな声で尋ねる。

「虚偽報告は厳罰と心得よ。それでは確認する。王太子アルベールが持っている石がパイの中に入っていた者はおるか？」

一回目の晩餐会の時、ここで一人の令嬢が手を上げた。彼女は伯爵家の娘だった。父親は外務副大臣の地位にあり、たくさんいる伯爵の中でも序列は上の方だ。

だからこそ、偽物の石を用意して名乗りを上げれば、あとは何とかなると思ったのだろう。

ところが王室顧問のゼファールの手によって、令嬢がパイの中にあったと主張した石は単なる水晶だったことが明らかになり、結果、伯爵家は没落した。令嬢は投獄され、王家を騙そうとした罪で父親は伯爵位と副大臣の地位を失ったのだ。

これら一連のことを目の前でまざまざと見せつけられて、さすがの高位の貴族たちも震え上がった。その話が広く伝わったのか、二回目の晩餐会の時に手を上げる令嬢はいなかった。

だから、国王も王妃も、そしてアルベールですら、三回目の晩餐会でも『対となる者』は見つからずに終わるだろうと考えていたのだ。ところが、一人の女性の手が上がった。

「わたくしのパイの中から石が出ました。ですが、王太子殿下の石ではない可能性もあります。どうか調べてくださいませ」

手を上げたのは、腰までまっすぐに伸びた艶やかな黒髪と、宝石のような鮮やかな青色の瞳を持つ、とても美しい女性だった。

歳は十八くらいだろうか。ラベンダー色のドレスに包まれた体つきは成人女性には違いないが、さりとて完全に大人という感じでもなく、どこか少女の面影も残している。

愛らしく、美しい。そんな表現がよく似合う令嬢だった。

「そなたは？」

国王は期待を込めて令嬢に尋ねる。一方、当のアルベールは令嬢の姿を見ても困惑するだけだった。

――パイの中に石が入っていたって？　そんなバカな。

確かに手を上げた令嬢はとても美しい。王太子として、日頃から容姿に自信のある令嬢を見てきたアルベールですらそう感じてしまう容貌の女性だった。

けれど、どこか違和感を覚えて仕方なかった。

――違う。彼女は違う、と。

「お初にお目にかかります、陛下。わたくしはセラ・ラインエルトと申します。縁あって少し前、ラインエルト子爵家の養女になりました」

椅子から立ち上がった令嬢は、完璧な作法で淑女の礼《カーテシー》を取ってみせた。子爵家の養女だと言うが、その所作は堂々としていて、高位の令嬢だと思われてもおかしくないものだった。

「ではセラよ。そなたのパイに入っていた石を検分したい。構わないか？」

「もちろん構いません。存分にお調べください」

国王は傍にいたゼファールに合図をした。それを受けてゼファールがセラのもとへやってくる。

「セラ様、石を拝借してもよろしいでしょうか？」

「はい。こちらです」

受け取ったゼファールは目を見張った。てっきりガラス玉か水晶の偽物だと思っていたが、魔術を通した反応があまりにアルベールの持つ『魔法の石』と似通っていたからだ。

「どうでしょうか、その石は殿下のものでしょうか？」

セラが柔らかな口調で尋ねる。ゼファールは大きく深呼吸をすると慎重な様子で答えた。

「殿下の石と即断言はできませんが、一つ確かなことは、これが『魔法の石』であることは間違いないということです」

それは意味深な発言だった。

『魔法の石』であることは確か。けれど、それがアルベールの石であることは断定できない。

ところが大勢の者たちは、彼が『魔法の石』だと断言したことで、アルベールの花嫁候補が誕生したのだと勘違いをした。国王や王妃でさえそうだった。

「なんとめでたい！　皆、聞いたか？　ようやく王太子妃候補が見つかったぞ！」

国王の宣言で、周囲からは一斉に驚嘆や嘆き、それに純粋な祝いの声が上がった。

「おめでとうございます、陛下！　王太子殿下！」

「これで我が国は安泰ですな！」

「あの女性が殿下の『対となる者』か。なんと可憐な女性だろう！」

晩餐会の会場となった大広間に、それらの言葉がさざ波のように広がっていった。

「ああ、よかった。本当によかった。これでアルベールは助かるのですね」

王妃がそっと涙を拭う。彼女はようやくアルベールの『対となる者』が見つかったと信じて疑わなかった。

怒濤のように押し寄せてくる祝いと歓喜の嵐の中にあって、ただ一人だけ冷静に事態を見つめている者がいた。当のアルベールだ。

彼はますます違和感を強め、探るようにセラを見つめる。視線に気づいたセラはアルベールを見て、にっこりと笑いかけた。

それは見る者を惹きつける魅力にあふれた笑顔だった。習い性で反射的に笑顔を返したものの、アルベールの脳裏に過ぎったのは、まったく別の面影を持つ女性の笑顔だった。

『美味しいですか？　わぁ、よかったです！　嬉しい！』

自分が作ったお菓子を美味しいと言ってもらえるのが嬉しくて仕方ないという女性。

見ていると和むし、彼女の手によって作られた優しい味の菓子を食するだけで、命を削られていくことの苦しみが緩和されていくような気がしていた。

喧騒の中、アルベールはぎゅっと目を閉じ、いつか友人《テオ》の言っていたことを思い出していた。

『石は導いてくれるけど、その先は殿下次第だと思うよ。そもそも、殿下の「対となる者」が誰なのかは殿下自身にしか判断できないんだ』

『殿下は自分で見つけるしかないんだよ』

——ああ、テオ、君の言った通りだった。答えはいつだって私自身の中にあった。最初からあったんだ。

いつの間にかゼファールが近くにいて、アルベールに石を差し出しながら尋ねた。

「私より殿下の方が分かるでしょう。これは殿下の石ですか？」

石を受け取り、しげしげと見つめた後、アルベールは小さく首を横に振った。

色も大きさも形もほぼ彼のものと同じだった。けれど、赤子の時から常に身につけていたアルベールだからこそ分かる。

——違う。似ているけれど、これは私の石じゃない。別の石だ。

何度も壊そうとした。何度も投げ捨てようとした。けれど常に彼の傍にあり続けた石を、アルベールが見間違うわけがない。

その返事を聞いてゼファールはため息をついた。

「それは面倒くさいことになりましたな。皆はすっかり殿下の花嫁候補が現れたと思い込んでいる。

これを覆すのは容易ではありませんぞ」

「……分かっている。すべては私自身が招いたことだ」

心のどこかでは分かっていたくせに、認めようとしなかった己の責任だ。アルベールははっきり自覚した。

――あの娘《セラ》は私の『対となる者』じゃない。私の運命の相手は――。

「ゼファール。テオ」

「はい。何でございましょう、殿下」

「はーい、殿下。皆まで言わなくていいよ。僕には分かっているから」

魔術で姿を消してアルベールの護衛にあたっていたテオルダートが、ふっと横に姿を現す。友人の言葉を頼もしく思いながら、アルベールは宣言するように告げた。

「力を貸してくれ。私の石の行方、それにこの石の正体とセラの目的が知りたい」

「殿下の石なら十中八九、彼女のところだと思うけどね？　だとしても証明が難しいか。あの女性の正体を探る方が先かな？」

テオルダートが眉を寄せる。その隣でゼファールが口を開いた。

「そのことですが、殿下。私に心当たりがあります。調べるのは私にお任せ願えますか？　ただ問題はテオの言う通り、証明が難しいことですな」

「でもやんなきゃ、おじいちゃん。あの得体の知れない女が殿下の花嫁なんて、僕は嫌だよ。だってよく分かんないけど、あれたぶん、本当の姿じゃないもん」

アルベールはテオルダートの率直な意見に思わず笑った。

「そうだな。私もそう感じている。だからどこかで違和感があるんだろうな」

「ふむ。よくぞ気づきましたな、殿下もテオも」

どこか嬉しそうにゼファールは微笑んだ。

「ご褒美にひとつ助言を。証明する手立てが難しいと言いましたが、方法はあります。殿下、国守りの魔女フローティア殿を頼りなさい。かの魔女でしか証明は成しえないでしょう。なぜなら、セラという娘の本当の姿を覆い隠しているのは魔術ではなく、おそらく『魔法』だからです」


アルベールの花嫁候補が現れたことに沸く大広間のとある場所で、表向きは祝杯をあげながら野心を燃やしている男がいた。要職についているその男――ベルベルド侯爵は、他の大臣とともに晩餐会に出席していたのだ。

「とうとう現れてしまったか。だが、まだ勝機はある。あのセラとかいう娘さえ始末すれば、イザベラに王太子妃の座が転がり込んでくるのだから」

ベルベルド侯爵は、音もなく現れたもう一人の男を一瞥することなく、命令を伝えた。

「キーファに伝えよ。いよいよお前の出番だとな。おおっと、その前にあの愚息を我がベルベルド侯爵家の籍から抜いておかないとな。これであやつがどんな罪を犯そうと、侯爵家は無関係だ」

「承知いたしました。キーファ様にお伝えしておきます。……もちろん、貴族籍のことは除いて」

「ふふ、お前は相変わらず無駄に頭が回るのだな。だが、それこそベルベルド家の血を引く証拠というもの。今思えばスフェール伯爵家などという小物からお前を取り戻してよかったということか。のう。そうは思わぬか、息子よ」

「はい。今はその運命に感謝しております。……父上」

「そうだろう、そうだろう。お前は母親に似て出しゃばらない賢い男だ。いつかは正式な息子としてベルベルド侯爵家に迎えるのもやぶさかではない。だからこれからも私の役に立つのだぞ？」

「はい。承知いたしました。ベルベルド家のお役に立てて光栄です」

「そうだろう、そうだろうとも」

悦に入るベルベルド侯爵は、頭を下げたまま顔を決して上げない男が、憎悪に満ちた目をしていることに、ついぞ気づくことはなかった。

第六章　国守りの魔女

三回目の晩餐会から半月。王太子アルベールの『対となる者』が見つかったことでお祭り騒ぎだった城内は、ようやく落ち着きを取り戻していた。

「あ、クロエさん、見て。殿下とセラ様だわ。なんてお似合いなんでしょう」

メリルと一緒に宿舎から職人棟へ行く途中の渡り廊下を歩いていたクロエは、その言葉に足を止めた。

メリルの視線を追って窓の外を覗いたクロエの目に映ったのは、美しい中庭で肩を並べて散策している一組の男女の姿だった。

白の礼装も眩しい金髪の男性と、水色のドレス姿の黒髪の女性。アルベールと王太子妃候補となったセラ・ラインエルト子爵令嬢だ。

「……そうね。お似合いよね」

ここからは遠くて、二人がどんな表情をしているのか判別することはできない。

けれど先日、お妃教育を受けるために侍女をともなって入城するセラの姿を大勢の使用人と一緒に見守ったクロエは、彼女がどれほど美しい女性か分かっている。

まっすぐ伸びた艶やかな黒髪。晴れ渡った空のような澄んだ青い瞳。まるで精巧な人形のように整った顔立ち。

けれどまっすぐ前を見つめる横顔は凛としていて、セラ・ラインエルト子爵令嬢は誰もが目を向けずにはいられないほど愛らしく、魅力に溢れた女性だったのだ。

――確かに殿下と並べばお似合いよね。

クロエだって何も知らなければ、メリルのように美男美女カップルの誕生を大いに喜んだことだろう。

「せっかく殿下とセラ様がお二人で中庭を散策しているというのに、ぞろぞろと人がついて回っているのね。少し二人きりにしてさしあげてもいいんじゃないかしら」

窓の外を眺めながらメリルが口を尖らせる。

当然だが庭を歩くアルベールとセラは二人きりではない。少し離れたところには何人もの護衛兵や女官、それに魔術師たちの姿があった。

――あの一人だけ背の低いローブ姿はテオ君だよね。警備、頑張ってるんだわ。

「でも仕方ないことなのでしょうね。セラ様は命を狙われていらっしゃるんだもの」

ふぅ、とメリルはため息をつく。

「せっかく殿下の『対となる者』が見つかったというのにお命を狙うなんて、なんて不届きな者なんでしょう」

「本当よね」

窓ごしにセラの姿を眺めながらクロエは頷いた。

セラ・ラインエルト子爵令嬢はお妃教育を受けるために城に住むことになったが、それが名目に過ぎないのは城中の誰もが知っていた。

晩餐会の後、セラは一度ラインエルト子爵家の領地へ戻ったのだが、そこで何度も命を狙われたのだという。王家から派遣されていた兵士たちと、前魔術師長で王室顧問のゼファールが同行していたので何事もなく済んだが、それが偶然とは思えなかった。

そこで国王たちはお妃教育の名目でセラを城に住まわせ、彼女の身を守ることにしたのだ。

――お城ならば兵士はたくさんいるし、魔術師たちも大勢いるから守りやすいものね。

だから中庭を散歩するのにもぞろぞろ人がついて回るのは仕方ないことなのだ。

もっとも――中庭の警備があああも物々しくなるのは、何もセラの身を守るためだけではない。素性の知れないセラからアルベールを守るためでもあるのだ。少なくともテオルダートがあの場にいるのはそのためだ。

――本当に、いったいどうなっているのやら。

アルベールの婚約者候補にするりと収まってしまったセラ。

見つからないアルベールの本当の『魔法の石』の行方。

そのことでアルベールたちは今頭を悩ませているのだ。

――……そのうちの一つははっきりしているけれど……。

クロエは無意識のうちにお腹をさすりながら、三回目の晩餐会が終わった時のことを思い出していた。

監察員だった文官の男性が「殿下の石を引き当てた令嬢が見つかった」と言って戻ってきた後、いつの間にかキーファの姿は厨房からなくなっていた。

もっともクロエがキーファのことを思い出したのはそれからだいぶ経ってからのことだ。とっさに呑み込んでしまった石のことや、それなのに『石入りのパイ』を引き当てた令嬢がいたことで混乱していたからだ。

気がついた時にはキーファはもとより、監察員たちも、手伝いに来てくれた先輩職人の二人も帰っていた。厨房にいたのはステラとクロエの二人だけだった。

『やれやれ、いつにも増して慌ただしい夜だったね。……クロエ？　あんたさっきからボーッとしているけど、熱でもあるのかい？　いや、熱というより顔が青いけど、いったいどうしたんだい？』

クロエが石のことをステラに言おうか言うまいか迷っているうちに、疲れた顔をしたアルベールとテオルダートが厨房にやってきた。

二人は、石の行方を探していた。

――師匠が『石はここにはない』って答えると、殿下たちは奇妙な顔をしていたっけ……。

『これはちょっと予想外かもー』

『本物の石がないとなると、アレが偽物だという証明ができないぞ……』

理由を聞いてクロエはますます青ざめた。

セラのアップルパイから出てきた『魔法の石』は、アルベールのものではなかったのだ。

――やっぱり私が呑み込んだものが本物の殿下の石だったんだわ。

けれど、それをクロエが告白する間もなかった。

『やっぱりあのセラって子が何らかの方法で殿下の石を隠しているのかもね、殿下。でなければあんなに堂々と石を出せないよ。だって本物が出たらすぐに偽物ってバレるもの。おじいちゃんの言うようにやっぱりこれは魔女が関わっているのかも』

――魔女。え？　魔女？

思いもかけない単語が飛び出してきて動揺し、クロエはついぞ自分が石を呑み込んでしまったことを言い出せなかった。

その後も言えないまま、今に至る。


――最初の頃はさ、石が出れば何食わぬ顔をして戻せばいいかなんて、まだ気楽に考えていたのよね。

ところが石はクロエの体内からまったく出ないままだ。これにはほとほと参ってしまった。

「……後から考えるとあの夜に素直に言えばよかったのよね。キーファもいなかったんだから。でも言えないでいたら、ますます言いづらく……」

「え？　クロエさん、何か言った？」

晩餐会の夜のことを思い出し口の中でブツブツ呟いていると、怪訝そうにメリルが振り返った。

「あ、いえ。いえ、何でもないわ。そろそろ厨房に戻りましょうか」

メリルを促し、歩き出そうとした時だった。

「あの、お菓子の厨房で働いているクロエさんでしょうか？」

突然後ろから声をかけられ、クロエはびっくりして振り返った。

するとそこにいたのは、茶色の髪にこげ茶色の瞳をした小柄な若い女性だった。お仕着せを身に着けているが、城に所属する侍女のものではなく、一人だけ異なっている。

クロエは彼女を見知っていた。セラが城で生活するにあたって、実家のラインエルト子爵家から唯一連れてきた侍女だ。

「は、はい。そうですけれど」

ドギマギしながらクロエは答えた。なぜならアルベールから『あの二人には気をつけて。なるべく近づかないように』と言われているからだ。

一人はもちろんセラ本人で、もう一人はこのセラの侍女のリサだ。

——殿下は近づかないようにと言われたけど、向こうが近づいてきた場合はどうすればいいんだろう……。

リサはクロエににっこりと笑いかけた。

「初めまして。私はセラ様の侍女のリサと申します」

「は、初めまして。クロエです。……あ、あの、リサさんはセラ様のお傍にいなくていいんですか？」

思わず窓越しに中庭にいるセラの方を窺ってしまう。侍女ならば主人の傍についていて当たり前なのに、どうしてリサはこんなところにいるのだろうか。

「はい。セラ様には他に侍女や女官たちがついてますので、私がいなくても大丈夫なんです。ところで、実はクロエさんにお願いがありまして……」

「お願い、ですか？」

「クロエさんはアルベール殿下のおやつを毎日作られているとお聞きしました。そのおやつをセラ様の分も作っていただけないかと思いまして」

「セラ様の分も？」

予想外のことを言われてクロエは目を見開く。リサは頷きながらほんの少し恥ずかしそうに続けた。

「はい。実を言いますと、セラ様のご実家のラインエルト子爵家では一日三食だったのです。ですが、城では二食なので、その、どうしても……」

「あ、分かります」

思わず言ってしまったのは、クロエの実家のマーシュ家も基本的に一日三食だったからだ。

それが王都に来て、こちらの人の大半が一日二食が基本だと知り驚いたものだ。

さすがに二年近くいれば一日二食のリズムに身体が慣れたが、最初の頃は食事と食事の間に空腹を覚えて仕方なかった。セラもその状態なのだろう。

「よろしければ料理の厨房でセラ様の軽食をご用意しますけれど？」

メリルが口を挟む。けれどリサは首を横に振った。

「その、申し訳ありません。セラ様は殿下の食べている物と同じものを食べたいと仰っていまして……」

「それで私にセラ様の分のおやつを？」

「はい。お願いできませんか？」

もちろん、城勤めの身では嫌だと言えるわけがない。

「私などの作るおやつがセラ様のお口に合うかは分かりませんが、それでもよければ……」

答えながらも、クロエは妙に気が乗らなかった。

どうせ二人分作っているのだ。それが三人分に増えようがたいした手間ではない。それなのに、セラのためにおやつを作ることにどうしても抵抗があった。

「まぁ！　セラ様がどれほどお喜びになるか。ありがとうございます、クロエさん！　どうか、よろしく頼みますね！」

「は、はい」

リサの笑顔にぎこちない笑みを浮かべて応じながら、クロエは無意識のうちに胸に手を当てていた。

――変なの。胸がもやもやする。

後から思うに、それはアルベールとの唯一の接点だった時間を奪われることへの予感だったのかもしれない。

＊　＊　＊

クロエたちと別れたリサはセラの部屋に戻り、そこで主人の帰りを待って報告した。

「お帰りなさい、セラ様。うまく手配いたしましたよ。明日からセラ様の分のおやつを作って届けてくださるそうです」

セラはリサの話を聞いてパァッと笑顔になった。

「まぁ、よかったわ！　ありがとう、リザ……じゃなくて、リサ。これで殿下との共通の話題も増えるわ。うまく誘導できれば一緒におやつの時間を過ごせるかも」

「今だって我が儘言って会う時間を取ってもらっているじゃありませんか」

「それとこれとは違うわ。だって殿下が私と会うのは公務だもの。そのせいか、とてもよそよそしくていらっしゃるし……むぅ」

不満そうにセラは頬を膨らませる。

「よそよそしいのはセラ様のことを疑っているからでしょう。本人にはあの石が自分のものではないと感覚的に分かりますからね。当然の結果です」

「でも、本物の石が手元にないのだから、私の石を偽物扱いできない。殿下は私を王太子妃候補として扱うしかないんだわ」

セラは含み笑いを漏らすと、リサの淹れたお茶のカップを優雅な手つきで持ち上げた。

「魔法って改めてすごいのね。この国の魔術師たちは優秀だと聞くけれど、みんな騙されてくれるもの。このまま殿下の石が出なければ……。そういえば、本物の殿下の石はリサがうまく隠しているのよね？」

「ええ。ちゃんと殿下の目から隠していますよ。……ただし、いつまで隠し通せるか分からないけれど」

リサの後半の言葉はあまりに小さく、セラの耳には入らなかった。いや、もし入ってもセラは反応を示すことができなかっただろう。

力の抜けたセラの手からカップが離れ、床の上に落ちる。幸いなことに絨毯の毛が長いせいでカップが割れることはなかったが、零れ落ちたお茶はどんどんシミになっていった。

「セラ様！」

そんなことには目もくれず、リサは力なく椅子にもたれかかったセラに駆け寄った。

「大丈夫ですか？」

「突然、眩暈が……」

「気を張って疲れたのでしょう。しばらくベッドでお休みください」

セラが眠りにつくのを見守ったリサは、ベッドを離れて絨毯の上に転がっているカップを見下ろすと、おもむろにパチッと指を鳴らした。

するとどうだろう。カップが浮き上がり、中では琥珀色《こはくいろ》のお茶が湯気を立てていた。絨毯にできたはずのシミも、最初からなかったかのように綺麗になっている。

リサはカップの取っ手を手に取ると、お茶を美味しそうに飲み干した。

「やっぱりこの国では良いお茶の葉が流通しているわね。我が国でも見習わなくちゃだわ」

ひとりごちるとリサは、ベッドで眠るセラに視線を向ける。

「そろそろ、身体が変調をきたす頃だと思ったけれど、その通りになったわね。あなたはいつまでそれに耐えられるかしら、我が儘姫？」

嫣然《えんぜん》と微笑むリサの顔に、主を心配する色はない。そこにあるのは事態を面白がる表情だけだ。

「それにしても本当、この国はネズミがうるさいこと。私が部屋を離れている間に忍び込んで毒入りのお菓子を置いたり、触れると永遠の眠りについてしまう魔術をベッドに仕込むとかとんでもないネズミだわぁ」

その毒も魔術もすべて、部屋に戻ったリサが無効化した。部屋を窺っているはずのネズミはさぞ仰天していることだろう。もっとも、そんなことはリサの関知するところではない。

「まったく、これもフローティア、あなたの怠慢のせいじゃなくて？」

ぼやく声に応答はなく、またその言葉は部屋を監視している魔術師の耳に届くことはなかった。

＊　＊　＊

クロエの嫌な予感はどうやら当たっていたようだ。次の日からおやつの時間にアルベールが姿を現さなくなった。

「どうせ食べるのなら、ご一緒しましょう、って毎日あのセラって子が押しかけてくるんだよね。

殿下も断れなくて、結局部屋で一緒に食べてる」

テオルダートがぶすっとしながら報告してくれた。

「せっかくの二人の時間だからって、僕も追い出されるし！　ああ、もう。護衛兵とかおじいちゃんが様子を見てくれてるけど、心配だよ！」

厨房に来なくなればクロエがアルベールの姿を見かけることなどほとんどない。この間のように中庭でセラと散策するのを遠目で見るくらいだ。

――本当に私と殿下の接点って、おやつくらいなものだったんだわ。

「おじいちゃんの調査の方もいまいち証拠を握りきれていないみたいだし」

カスタードを織り込んだディニッシュパンをパクつきながらテオルダートがぼやく。

「セラがラインエルト子爵家に入る前の過去もはっきりしていない。調査してもなかなか出てこないんだよね」

――そうよね。そもそも一国の王太子と厨房なんかでおやつを食べながら会話ができるのがおかしかったんだ……。

作ったおやつを届けて、それでおしまい。美味しかったとかいう感想を直接聞くこともない。それが当たり前なのだ。

――最初から分かっていたこと。なのにどうしてこんなに胸が苦しくなるんだろう？　なぜこんなに気がふさぐんだろう？

楽しかったはずのお菓子作りが少しも楽しくない。

「クロエお姉ちゃん、僕の報告、ちゃんと聞いてる？」

テオルダートが身を乗り出してクロエの顔の前で手をひらひらと振っている。ようやく我に返ったクロエは愛想笑いをした。

「あ、う、うん。聞いてるわよ。ちゃんと」

「本当かなぁ……」

「テオ、察してやりな」

リンゴの皮を剝きながらステラが笑った。

「クロエはお年頃なんだよ。色々悩みもあるさ。ところでテオ、殿下が厨房に来れなくなってそろそろ十日経つね。様子はどんなだい？」

急にテオルダートは真面目な顔つきになる。

「ここ数日、やっぱり本調子じゃないみたい。今まで毎日会いに来て無意識のうちに魔力を補充していたからね。それがいきなり断ち切られて反動が来ているみたい」

「そうかい。もし動けなくなるほどなら、無理にでも厨房に連れておいで。そろそろあの子の背中を押してやる時期が来たようだ」

それからステラはちらりとクロエを見て軽くため息をつく。

「この鈍い子のお尻も蹴飛ばさないといけないようだしね。あたしが動くしかないだろう」

その言葉を聞いてテオルダートは満面の笑みを浮かべた。

「了解だよ、おばあちゃん！」

この意味不明なやり取りをクロエが思い出すことになったのは、それからさらに三日後のことだった。

「師匠？　テオ君？」

「おばあちゃん！　クロエお姉ちゃん！」

お昼を過ぎ、クロエがおやつのリングドーナツを揚げている最中、いきなり厨房の扉が開いて、ぐったりしたアルベールが護衛の兵士に抱えられて入ってきた。その後ろにはレイズも続いている。

「殿下⁉」

目を閉じて苦しそうに息をするアルベールの顔は、真っ青だった。

「いつものように軍の視察に行く途中で具合を悪くされて。テオの進言でこちらへ運びました。レイズは散々文句を言いましたが……」

アルベールを抱えた護衛兵が説明する。彼はいつかクロエたちに『殿下を頼みます』と言ってきた兵だった。

「当たり前です！　まずは医者のところへ運ぶべきだ！　それなのにこの子どもと彼らがどうしてもこちらへ運ぶと。まったく、厨房になど来てどうするというんです」

レイズがぶつぶつと文句を言う。けれどいつもの冷静さを欠いているようにクロエには見えた。

「医者になんて治せるもんか。何も知らない奴は黙っててよ！　殿下の体調を治すにはここに連れてくる必要があるんだ！　あんたはいつものように公務のスケジュール調整をしていればいい！」

焦っているのかテオルダートがいつにない様子でレイズに噛みつく。ステラは小さなため息をついてからレイズの前に立った。

「孫の無礼な口調を許しておくれ。だけど、この子の言っていることは本当だ。医者に診てもらっても殿下の症状は治らない。何しろ殿下の不調の原因は低血糖症だからね。つまり甘いものを口に入れて、しばらく安静にしていれば回復する病気だ。だからテオは殿下をここへ連れてきたんだよ」

「殿下が低血糖症などという話は聞いたことがないが……」

案の定、レイズは信じず眉を寄せる。けれどステラは迷うことなく言い切った。

「あんたはずっと殿下の傍にいるわけじゃないだろう。護衛兵の方が殿下の体調に詳しいんじゃないかい？　誰よりも殿下のことを分かっている護衛たちがこの厨房に連れてくればいいと判断したんだ。間違いなんてあるもんかい」

「しかし……」

「しばらく殿下は休ませないといけないから、この後の公務の予定も変わるだろう。あんたの役目はここで殿下の回復の邪魔をすることじゃなくて、殿下が今後きちんと休めるようにスケジュールを調整することだ。違うかい？」

そう告げるステラの言葉は妙な迫力と威厳に満ちていた。それに気圧《けお》されたようにレイズがしぶしぶと折れた。

「分かりました。この後に控えている公務を取りやめて、殿下が休めるように調整いたします」

「そうしておくれ。殿下が動けるようになったら部屋で休んでもらうよ。さすがにこの厨房で横になるのは無理だからね。さぁ、行った、行った」

ステラはレイズを厨房から追い立てると、オロオロするクロエに命じた。

「クロエ、あんたは殿下の肩を支えて椅子に座らせてやりな」

「え？　私がですか？」

仰天して聞き返すとステラは当然とばかりに頷いた。

「そうさ。それともあんた、あたしにやれってのかい？　あたしはか弱いババアだから、殿下を支えるのは無理だ。あんたはあたしより若いし、二センチほど背が高いんだから適任だろう？」

「その横幅でか弱いなんて説得力ないんですけど、師匠！」

思わずクロエはツッコんでいた。ステラは三十キロ近い小麦粉の袋だって軽々と持ち上げることができるのだ。クロエよりよっぽど筋肉もある。

「つべこべ言わず、いいから、支えな！」

「は、はい、分かりました」

怒鳴るように言われて、クロエは未だに護衛兵たちに身体を支えられたままのアルベールのもとへ急いで近づいて、腕を取った。

「殿下、私の肩に寄りかかってください。今椅子をお持ちしますから」

どういうわけか、護衛たちはクロエにアルベールを預けるとすっと一歩下がってしまった。おかげでぐったりした身体をクロエ一人が支えなければならなくなり、とっさに背中に手を回して抱きしめる。

次の瞬間、アルベールが閉じていた目をハッと開け、クロエを至近距離からまじまじと見つめた。

驚いたのはクロエの方だ。間近で見つめられた上、ぐったりした身体がいきなり力を取り戻したのだから。

「……魔力が戻った……？　ああ、やっぱりクロエ、君だったんだ。君が私の『対となる者』だったんだ……！」

そのままアルベールは、クロエをぎゅっと抱きしめて感極まったように呟いた。

「石なんてなくても分かる。ようやく見つけた。私の花嫁」

テオルダートと二人の護衛が喜びの声をあげた。

「やっぱりクロエお姉ちゃんだったんだ！」

「おめでとうございます、殿下！」

「そうに違いないと思っておりました。厨房に来られなくなったとたん、殿下の体調が思わしくなくなりましたからね。今までのことを考えたら、クロエ殿以外にはありえないと思っておりました！」

「え？　え？　え？」

訳が分からないのはクロエだ。完全に混乱して口をパクパク開け閉めすることしかできない。

──はあ？　どういうこと？　何が起こって私は殿下に抱きしめられているの!?　というか、近い、近いです、殿下！

「はわわわ、あわわわわ！」

「晩餐会が開かれるたびに石が君のもとへ戻っていたのは偶然なんかじゃない。石はとっくに君を

選んでいたんだ――私の『対となる者』である君を」

――石が選んでいた？　『対となる者』って、まさか……？

抱きしめられたショックでパニックに陥ったクロエの頭がようやく回転を始める。

――私が？　『対となる者』？　ええええええ？

「ま、待ってください、殿下！　私は違います！　人違いです！」

慌ててクロエはアルベールの胸を押しのけた。

「石が戻ってきたのは偶然なだけで、私は王太子妃ではありませ――ハッ……」

叫んでいる途中、いきなり鼻の奥がむずむずし出してクロエは焦る。

けれど、止める間もなく、もちろん口を押さえる暇もなく、クロエはアルベールの胸に向かって盛大なくしゃみを放った。

「ハッ――クシュン！」

飛沫《しぶき》と同時に喉の奥から何かが飛び出していく。

そしてその何かはアルベールの白い礼服にぶつかり、二人の間の床に落ちていく。コツンと、床に硬い物がぶつかる音が響いた。

シーンと周囲が静まり返る。

誰も何も言わなかった。……言えなかったのかもしれない。

クロエはこんな時にアルベールに向かってくしゃみをしてしまったことを嘆くべきか、それともまったく出てくる気配のなかった石が最悪のタイミングで出てきたことを嘆くべきか、迷った。

沈黙が広がる中、アルベールがゆっくりした動作でクロエから手を離すと、屈んで床に手を伸ばした。おそらくアレを拾おうとしているのだろう。

——何か、何か言わないと！　言い訳とか、言い逃れとか！

けれど、クロエの口から出てきた言葉は自分でも思いもよらないものだった。

「え、えっと、汚《ばっち》いですよ、殿下」

——だってそれ、私の口から出てきたし、床に転がったし！

「わ、私が拾いますから。洗いますから、ね？」

「かまわない」

アルベールはかまわず手を伸ばし、床に落ちたソレを拾い上げて身を起こす。

「さて、これはどういうことか説明してくれるかな、クロエ？」

透明の石を人差し指と親指で摘んでクロエの目前にかざしながら、アルベールはにっこり笑って問う。けれど、その目はまったく笑っていなかった。

「…………も、申し訳ありませんでしたぁ!!」

クロエは叫んでその場で土下座した。


青ざめながら説明を終えると、厨房の中には何とも言えない雰囲気が流れた。

「道理で殿下の石が見つからないはずだよね」

「まったく、この子ときたら……」

ステラなどは完全に呆れている。だが、一番恐ろしいのはにこにこ笑いながらクロエの説明という名の言い訳を聞いているアルベールだろう。

——これ、怒ってますよね。絶対怒ってますよね⁉

王族を謀《たばか》ったのだ。このまま牢屋に連れていかれてもおかしくない。

床に正座したまま震えていると、アルベールが手を伸ばしそっとクロエを立たせた。

「大丈夫、怖がらなくていい、クロエ。未来の妻を牢屋に入れるわけがないだろう？」

「え？　妻？　いえ、あの、私は殿下の妃になる予定は……」

アルベールの身体の不調を触れるだけで治した——。

それがどういう意味を持つか知らないクロエは、自分が口にしたパイに石が入っていたことはあくまで偶然としか思っていなかった。

——最初の晩餐会の時は運搬係が持っていかなかっただけだし、二回目の時は検分の時に見逃したものが厨房に帰ってきただけ。三回目の時はどういうわけか味見用のパイに石が紛れてしまっただけだもの。

たまたま厨房にいたクロエに当たっただけで、これがステラであってもおかしくなかったはずだ。

——偶然なだけなのに、王太子妃なんてありえない。

本気でそう信じて疑わなかった。

アルベールは笑みを消してため息をつくと、自分に言い聞かせるように呟いた。

「まぁ、いい。そのことはおいおい教えるとして、今はそれよりも優先すべきことがある。セラ・

ラインエルトの偽りを暴かなければ」

「そうだね、殿下。まずはそれからだと僕も思うよ」

うんうん、と偉そうにテオルダートが何度も頷く。

「もちろん、君にも協力してもらうよ、クロエ。ここまでこじれたのは君が石を呑み込んで、だんまりを決め込んだことに一因があるんだから」

「協力って、いったい何を……？」

ビクビクしながら尋ねると、アルベールは自分の石をぎゅっと握りしめて言った。

「セラの選んだアップルパイから石が出たのは、大勢の人間が目撃している。その石が本物の『魔法の石』だと認定されたのも、大勢が知るところだ。後から私が『本当は違う』と言っても、覆すのは容易じゃない。ましてや、向こうには魔女がついている。だったら、こちらも魔女を頼るしかないだろう」

「魔女……？」

「国守りの魔女を訪ねて協力を仰ぐ。君の中から見つかった石が本当の私の石だと証明できるのも、セラの石が私のものではないと証明できるのも、国守りの魔女しかいない。……テオ」

呼びかけられたテオルダートは元気よく返事をした。

「はーい、殿下。いつでも行けるように術式は構築してあるよ！」

「ならばこれからすぐに行こう。レイズはしばらく帰ってこないだろうし、こんな機会はめったにない」

「え？　これから、行く？　も、もしかして私も行くんですか？」

「もちろんだ」

にっこりと笑顔を向けられ、クロエの喉から出かかった拒否の声は音にならずに消えた。アルベールは二人の護衛兵に声をかける。

「君たちはすまないが、城に留まって私の留守を誤魔化してほしい。部屋に戻ってベッドで寝てると言えば、レイズは無理に部屋に入ろうとしないだろう。それでもうしばらくは時間を稼げるはずだ」

「しかし、殿下の護衛は……」

「大丈夫だ。テオもいる。それに魔女は願い事を叶えるための条件として、時に試練を与えるという逸話があることは君たちも知っているだろう？　護衛を伴わず自分の力で行くことが必要なんだと思う」

護衛兵たちが仕方ないと言いたげに、ため息をついた。

「分かりました。殿下、どうかお気をつけて」

「ああ。クロエ、おいで」

アルベールはクロエの手を掴むと、自分の傍に引き寄せる。テオルダートがぴょんとクロエの反対隣に立った。おそらくあらかじめこうすると決めてあったのだろう。

一方、護衛たちは心配そうにアルベールたちを見つめながら、後ろに下がっていく。彼らと十分距離が出来たところでテオルダートが言った。

「《開錠《オープン》》」

テオルダートの言葉が終わるか終わらないかのうちに、三人を取り囲むように床に丸い円がいくつも現れ、一斉に光り出した。

「ひゃ――――！」

心の準備もないまま、突然起こった出来事にクロエは悲鳴を上げる。宥めるように肩をアルベールが抱いたと同時に、目もくらむような強烈な光が床下からせり上がってきて、クロエは目を閉じた。

「おばあちゃん、行ってきまーす！」

元気よくテオルダートが手を振った次の瞬間、残光を残して魔法陣が消える。その時にはそこに三人の姿はもうなかった。

ステラは腕を組み、三人が消えた床を見つめながら呟いた。

「さて。ヒントは残しておいたから、自分で見つけるんだよ、クロエ。これは王子にじゃない。あんたへの試練だ」

＊　＊　＊

「着いたよ、クロエ」

まぶしくて目を閉じていたクロエは、アルベールの声で恐る恐る目を開けた。

するとさっきまで城の厨房にいたのに、今はどこかの山道の入り口らしき場所に立っているではないか。鼻腔をくすぐる草木と土の匂いは、これが現実であるとクロエに語りかけている。

「こ、こ、ここは、どこ？　一体、どうなってるの？」

あんぐりと口を開け、クロエは目の前に続く緩やかな上り坂になっている道を見上げる。

「ここは、フローティアの国守りの魔女が住むネビス山。通称、ブロッケン山だ。私たちは今から山に登って、山頂の山小屋に住んでいると言われている魔女に協力を頼みに行くんだ」

「え？　ブロッケン山？」

聞いたことがある名前にクロエは目を丸くする。

——ブロッケン山って、前の世界で魔女が年に一回集まって集会を開くとされている山だったわよね。こっちでも魔女が住む山の名前が『ブロッケン山』なの？

奇妙な一致に、クロエは眉を寄せる。

いや、ブロッケン山のことだけじゃない。この世界は単語や名称が前の世界と似通りすぎていないだろうか。

——偶然の一致だと思っていたけれど、ここまで一緒だと意図的としか……。

考えられる理由としては、クロエ以外にも前世の記憶を持っている人間が過去にいたというものだが、一人や二人転生してきた人間がいたからといって、ここまで名称がかぶることはありえないだろう。

——これは一体……？

降って湧いたような疑問は、けれどアルベールの言葉で霧散した。

「時間がないからって説明せずに突然連れてこられて、君はびっくりしているだろう。道すがら話すよ。ひとまず登っていこう」

「あ、はい」

とはいうものの、会話の断片から何となくクロエにも状況が見えている。

「ええと、では国守りの魔女の協力を得るために、テオ君が城から魔術を使って一気に北部の山岳地帯にあるブロッケン山まで飛んできたってことなのね。北部の山って王都からかなりの距離があるはずなのに、瞬きしている間に到着しちゃうだなんて、魔術ってすごいのね。ううん、それを行えるテオ君がすごいのかしら」

歩きながら褒めると、テオルダートは嬉しそうに振り返った。

「もっと褒めて、クロエお姉ちゃん。自分一人だけじゃなくて、三人もの人間を一気に転移させるのは僕が天才魔術師だからこそできるのであって、普通の魔術師には無理なんだから」

「偉いし、すごいわ、テオ君！　でも魔術で遠距離を飛べるんだったら、どうして一気に魔女のいる山小屋まで行かなかったの？」

尋ねると、急にテオルダートは困ったように笑った。

「うーん、それはこの山には魔女の強力な結界があって、魔術が使えないからなんだよね。魔術と魔法だったら確実に魔法の方が強いから、誰も打ち破れないんだ。山の入り口まで転移するのが精いっぱい。あとは自力で歩くしかないけど、あちこちに罠がはってあって山小屋までたどり着くのも大変なんだ。あ、でも、今は殿下がいるから大丈夫だと思う。国守りの魔女はあれで王家には甘いから、問題なくたどり着けるはず……多分」

テオルダートの言葉を受けて、アルベールが口を挟む。

「そう、甘くはないかもしれないよ。今回もひと月前に手紙を出したけど、反応はナシだから」

それからアルベールはクロエに向かって分かりやすいように説明した。

「魔女によってだいぶ性格も方針も違うらしくて、頻繁に王家の招きに応じて姿を現す魔女もいれば、どれほど請われようが必要な時以外まったく姿を見せない魔女もいる。この国の魔女フローティアは、どちらかと言えば後者の部類に入る。だからこちらから魔女に連絡を取る時は、山まで馬を走らせて、山道の入り口に設置してあるポストに手紙を入れるんだ。魔女が反応をくれることはほとんどないけど、稀に気まぐれに要望に応じて助けてくれる時もある。私が生まれた時がそうだった」

「うちのおじいちゃんが再三にわたって手紙を出してようやくね。もう、出不精にもほどがあるよ」

遠慮のないテオルダートの言葉に、アルベールは慌てて口に指を当てた。

「しっ、ここはもう魔女の領域だ。聞こえているかもしれないから、悪口はやめような、テオ」

「はーい」

「とにかく、応じてくれないなら自分の力で山に登って頼み込む必要があると考えて、テオに準備してもらっていたんだ」

「えへ。実を言うと転移の魔法陣はそう簡単に発動できないんだ。だから前もって術を構築してキーワードだけで発動できるようにしておいたんだ。こんなことをできるのは僕とおじいちゃんくらいなんだよ。おじいちゃんは魔術を無詠唱で構築できる研究をずっと続けていて、僕がそれを受け継いだの。無詠唱はまだ無理だけど、だいぶ簡略化した言葉で発動できるまでになったんだよ」

「へぇ、すごいのね。テオ君」

褒めると嬉しそうにまた笑ったテオルダートだったが、すぐに笑みを消した。

「でもね、魔法ってのは魔力も呪文詠唱なんてのも使わず発動できるんだ。一方、僕たち魔術師は自分の魔力を媒介にして自然の力を借りて、初めて魔術を発動できる。まだまだ魔術は魔法に全然及ばないんだよね。でも、それでいい。魔術は魔法を追い越してはいけないんだ」

テオルダートのいつにない真剣な様子にクロエは目を丸くした。

「テオ君……？」

「クロエお姉ちゃん。良い機会だからお姉ちゃんに教えておくよ。この事実を知っている一般の人は少なくて、貴族でも一握りの人間しか知識を継承していないみたいだけど、この先クロエお姉ちゃんは絶対に知っておくべきだと思うから。殿下もそれでいい？」

「ああ、テオが言わないのなら、私がいつか言おうと思っていた」

どうやらアルベールはテオルダートがこれから話そうとしていることが分かっているようで、静かに頷いた。

「あのね、お姉ちゃん。前にも言ったと思うけど、僕たち魔術師の究極の目的は魔女を超えること。正確に言えば魔女の使う魔法を超える魔術を生み出すことなんだ。魔女は女性しかなれないし、女性だからといって誰でもなれるわけじゃない。厳しい条件があって、ほんの一握りの者しか魔女になれなかった。一方、魔女になれなかった人々が渇望の末に編み出したのが、魔力を使って誰でも使える魔術だ」

実際は誰でも使えるというわけではなく、自分の魔力や周囲の魔力の流れをある程度知覚できる人間に限られていたが、それでも男女関係なく自分の魔力を媒介にして行使できる魔術は爆発的に広がった。

「魔術はどんどん発達し、次々と新しい術が生み出されていった。大陸史においてもっとも魔術が発達した時代が、千年前。……うん、そうだよ、お姉ちゃん。『大災害』を引き起こし、大陸史から名前を消された『大帝国』の時代だ」

『大帝国』時代。魔術は盛んに研究されて、もっとも発展した。その原動力となったのが戦争だ。大帝国の皇帝は大陸を武力で統一するために、魔術に目をつけたのだ。そしてその成果はめざましかった。

「『大帝国』が大きくなればなるほど、皇帝が召し抱える魔術師の数も増えていった。そんな中、魔術師の一人が偶然にも、魔術師同士で魔力の共鳴現象が起こることに気づいた。一千万人に一人だけという極めて稀な形だけど、非常に似通った魔力の持ち主同士が存在していて、彼らが魔力の共鳴現象を起こした時に膨大な魔術を行使できることを発見した。それが今で言う『対となる者』の原型なんだ。もともと『対となる者』は魔術師たちが発見した概念だったんだよ」

「『対となる者』？」

クロエはハッとしてアルベールを見つめた。アルベールはクロエを見返して頷く。

「魔術師は自分の魔力を媒介にして術を行使する。媒介にする魔力が大きければ大きいだけ、強力な術を構築できる。『対となる者』同士は、互いの魔力を抵抗なく混ぜ合わせて使うことができるから――要するに、巨大な魔術を使うことが可能だった。これにより大帝国は戦場において圧倒的な優位に立ち、次々と他の国々を呑み込んでいった。同時に皇帝の庇護のもと、魔術師たちの政治力や権力もどんどん増大していった」

テオルダートはほんの少し言いづらそうに続けた。

「大帝国の魔術師たちはすっかり驕《おご》り、傲慢になった。そして彼らは考えるようになったんだ。自分たちの魔術はとうとう魔法を超えたと。次第に彼らの魔女に対する思いは、羨望や妬みから憎しみへ……そして排斥へと動いていった」

ここまで聞けばさすがにクロエにも分かる。

「もしかして『大帝国』が魔女狩りを行って、『大災害』を引き起こすことになった原因は……」

「魔術師だ。魔術師たちが皇帝を唆《そそのか》して虐殺を行わせたんだよ。でもその報いは受けた。何度も言うようだけど、僕たち魔術師は魔力を媒介にして自然の力を利用して魔術を行使する。でもその自然の力というのはどこから来るものだと思う？　大地が腐食し、風は死に絶え、水は腐り果てた。そんな状態で自然の力なんて使えない。皮肉にも大地と自然の管理者である魔女を排除してしまったことで、魔術師たちは自分たちも弱体化させてしまったんだよ。そうなってからようやく魔術師は自分たちの過ちに気づいた。でももうどうしようもなかった。魔女の数は減り、大地は枯れていく一方だった」

「その魔術師たちはどうなったの？」

クロエの当然の疑問にテオルダートが答えたのは、一拍どころか数拍遅れてからだった。

「……彼らは魔術師ではなくなったよ。魔力があっても自然の力が回復しなければ魔術は使えないわけだからね。只人《ただびと》になった。このことによって『大帝国』の崩壊後、魔術の系譜は一度途絶えているんだ。研究の大半は失われ、知識を継ぐべき者たちも失われた。今ある魔術はかろうじて残っていた記録から数百年を経て再構築されたものさ。その時に戒めとして、各国の魔術師長たちはこの話を代々受け継ぎ、教訓とするようになった」

『奢ることなかれ。魔術は魔法に追いつくことはできても超えられない。なぜなら我らの魔術の源も、また魔女にあるからだ』と。

また国守りの魔女たちは同じ過ちを繰り返させないために、魔術師が『対となる者』を探すことを禁じて、概念そのものを闇に葬り去ろうとした。

「待って、だったらどうして『祝福の子』には『対となる者』が存在するなんて話になるの？」

国守りの魔女が『対となる者』という概念を闇に葬り去ろうとしたなら、今その言葉が存在しているのは変である。

疑問に思って尋ねると、アルベールとテオルダートは一瞬だけ視線を交わした。けれどすぐに外し、テオルダートが何事もなかったかのように答えた。

「それはね、『対となる者』という概念が必要だったからだ。実は『祝福の子』というのは魔力が少なくて、すぐに体調を崩すんだよ。クロエお姉ちゃんだって殿下が具合悪そうにしていたところを見たでしょう？　おばあちゃんの言っていた低血糖症というのは嘘で、魔力が低下したためにあんなふうになったんだ。でも『対となる者』は魔力の共鳴現象を起こして相手の失った魔力を補うことができる。お姉ちゃんに寄りかかった殿下がすぐに元気になったのは……まぁ、そういうこと。ここまで言えばさすがのクロエお姉ちゃんにだって分かるよね？」

テオルダートはきゅるんと擬音がつきそうなほどあざと可愛く首を傾げて、クロエを見上げた。

「う、うう……」

——言っていることは分かるけど、認めたくない現実だ。だって、そうなると私は……。

「私の『対となる者』はクロエで、君が傍にいてくれたから私は魔力切れから回復できたってことだね。おかげではっきり分かったよ」

にこにこ笑いながらアルベールが答える。

「私にとってはクロエ、君はとても必要な存在なんだ。だからこそ両親や臣下たちは皆あれほど熱心に私の『対となる者』を探そうとしていたんだよ」

「そ、そうなんですね。何となく分かった気がします」

——気がするだけだけど！

まだクロエは自分がアルベールの『対となる者』だという実感がないのだ。石に選ばれたという気もしない。それで妻とか王太子妃とか言われても困るのだ。

「と、とにかく、今はセラ様たちの問題を解決しましょう！　話はそれからです」

誤魔化すように言うと、クロエは道の先にある頂上らしき場所を見つめる。

「小屋の屋根が見えてきましたね。そんなに高い山じゃなくてよかったです」

そう言うと、二人はギョッとしたようにクロエを振り返った。

「え？　クロエお姉ちゃんは先が見えるの⁉」

「霧が深くて先がまったく見通せないんだが……」

驚いたのはクロエの方である。

「へ？　霧？　そんなものはありません。すごくよく晴れ渡ってますよ？　緩やかな坂の先、ええと、数百メートルくらい先に、小屋の屋根があんなにはっきり見えているじゃないですか」

アルベールとテオルダートが顔を見合わせる。

「まだ登り始めて三十分くらいしか経ってないよね？　僕、前にこの山に来た時は三倍も四倍も歩いて、ようやく小屋にたどり着いたんだけど？　もちろん、霧の中、さんざん危ない思いをしてさ」

「……もしかして、私たちとクロエでは見えている風景がまったく違うのかも……」

「う、うん。もしかしたらクロエお姉ちゃんには魔法の結界とか幻惑とか素通りして、本当のこの山の姿が目に映っているのかもしれないよ」

二人はボソボソと話をすると、いきなりクロエの方を向いて言った。

「クロエお姉ちゃん、悪いけど先頭を歩いてもらっていい？」

「君が見える山小屋に私たちを連れていってほしいんだ」

「え、ええ。かまわないですよ」

――こんなに晴れ渡っている穏やかな天気なのに、すぐそこにある小屋まで案内してほしいだなんて、変なの。

そんなふうに思いながら、クロエは歩いていく。後ろに続く二人の足運びがやけに慎重なのが気にかかるが、魔術にも魔法にもほとんど触れずに生活してきたクロエにとっては、目の前に見えるものが真実である。確かな足取りで二人を小屋まで連れていくと、木戸の前で停まった。

そこでようやくアルベールとテオルダートの見ているものがクロエと同じものに変わったのだろう。

「うわ、本当に晴れているよ。小屋だよ」

「ああ、そうだね、驚いたよ。魔力の流れも術の発動も感じられない。つくづく魔法とは不思議なものだね」

ひとしきり苦笑していたアルベールだったが、改めて背筋を伸ばすと扉を慎重な手つきで叩いた。

「申し訳ありません。ここは国守りの魔女フローティア殿のお宅でしょうか。私はこの国の第一王子でアルベールという者です。フローティア殿にお願いがあってまいりました。ここを開けて私たちの話を聞いていただけないでしょうか？」

何度か扉を叩いて、声をかける。けれど呼びかけても一向に中から人の気配はしなかった。

「留守なのかもしれないわね。扉に鍵は……え？」

木の取っ手に手を伸ばしかけたクロエは、触れないうちからいきなり軋んだ音を立てて扉が開くのを見て後ずさった。

「あわわ、勝手に開いた！」

「たぶん、入っていいということじゃない？」

魔術に慣れているテオルダートはそう解釈すると、躊躇《ちゅうちょ》せずに小屋に足を踏み入れた。アルベールが続き、クロエも恐る恐る小屋の中に入る。

「お、お邪魔しまーす」

小屋は外見通り、とても小さかった。玄関に直結しているのが居間兼台所のようで、たった一つだけ置かれている木の机にはいくつかのカップが置かれていた。

居間の奥には三畳くらいの部屋が二つあり、小さなベッドが置かれているところを見ると、片方は寝室のようだ。もう一方の部屋には壁一面に棚板を渡しただけの戸棚が設置されていて、たくさんの瓶が並んでいる。

けれど、二つの小部屋のどれにも、人の気配はなかった。

「お留守……なのかな。どこかに出かけちゃっているのかも……」

クロエの呟きに、アルベールが首を振った。

「いや、さっきまでここには人がいたんだと思う。居間のテーブルの上に飲みかけのカップがあった。触ってみたらまだほんのり温かい」

「ついさっきまでここにいた？」

アルベールの言う通り、居間に置いてあったカップの中にはまだ飲みかけのお茶が入っていて、湯気こそ出ていないけれど、触れるとまだ温かさが残っていた。

――どういうこと？　さっきまでいたけど、外に出てしまったということ？

テーブルを前に眉を寄せて考えていると、アルベールが言った。

「ひとまず今日は城に戻ろう」

「え？　もう？　せっかく来たのに会わずに帰ってしまうんですか？　ちょっと外に出てるだけで戻ってくるかもしれないのに？」

「私たちが会いに来たことは気づいていたはずだ。それでも姿を現さないということは、会うつもりはないということなんだと思う」

「そんな……せっかく来たのに……」

割り切れなくて唇を噛むと、アルベールは小さく笑いながらクロエの頭を撫でた。

「落ち込まないで。もとより最初からうまくいくと思っていないよ。魔女は無条件に力を貸してくれる存在ってわけじゃないからね。また日を改めて来るつもりだ」

「殿下……」

「まぁ、魔女が僕たちから姿を隠そうと思ったら、見つけるのはほぼ不可能だもんね。仕方ないか。何度も通えば力を貸してくれる気になるよ、きっと」

言いながらテオルダートは扉に向かう。

クロエはその態度にほんの少しだけ違和感を覚えた。

――テオ君って、こんなに簡単に諦めるような子だったかしら？　もっと粘るかと思ったのに。

もっとも、魔女の結界の中では魔術は使えないそうなので、粘っても無駄だと分かっているだけなのかもしれない。

アルベールは気にならないようで、テオルダートに続いて玄関の扉に向かう。

クロエもテーブルから離れようとした、その時だった。

微かな甘い香りが鼻腔をくすぐった。とても懐かしい、記憶を掻き立てられる匂いだ。

——この香りは、まさか……バニラの香り？

前世でお菓子を作る時に何度もお世話になっていた香りだ。お菓子作りだけではなく、香水や芳香剤としても使われていて、前世ではとても馴染みがあるものだった。

でもまだこの世界に転生してからは、一度も出会ったことのない、匂い。

振り返って匂いの元を探したクロエの目は、テーブルに置かれたコップに差してある黒っぽい木の枝のようなものに吸い寄せられた。

「まさか、これは……バニラビーンズ？」

バニラビーンズとはバニラの木の種子を乾燥させたものだ。取れる量が限られているため、非常に高価なものだが、お菓子作りにはそれから香りを抽出したバニラエッセンスが香りづけとしてよく使われていた。

手に取って嗅いでみると、上品で甘い香りが鼻腔いっぱいに広がる。間違いない。この香りはバニラビーンズだ。

「まさか、この世界にもバニラの木があるなんて……」

「クロエ？」

扉の所でアルベールが怪訝《けげん》そうにクロエを見ている。

「あ、今行きます！」

クロエは慌ててバニラビーンズを元の場所に戻し、後ろ髪を引かれる思いで小屋の外に出た。

魔女には会えなかったけれど、十分収穫はあった。少なくともクロエにとっては。

——どうして魔女の家にバニラビーンズがあるのか知らないけれど、この世界にバニラの木があることは確かだわ……！

「また来ましょうね、殿下、テオ君！」

山を下りながらクロエは鼻息も荒く言った。しぶしぶ同行した往路とはえらく態度が違うので二人が目を丸くしているが、クロエにとっては当然の帰結だ。

——魔女に会ったら、バニラビーンズをどこで手に入れたか尋ねてみよう。うまくいけば、お菓子作りの幅が広がるわ……！

新たな目的ができたクロエの足取りは軽かった。

三人は山道の入り口まで戻ってくると、行きと同じようにテオルダートの魔術で一気に城まで飛んだ。


「おや、お帰り。無事に戻って何よりだ」

お菓子の厨房に戻ってきたクロエたちをステラが出迎える。出かけた時は他に護衛兵たちがいたが、今はステラしか残っていなかった。

「ステラ、私の護衛たちは？」

「あの二人なら、レイズの目を誤魔化すために、さっき殿下の自室に戻っていきましたよ。今現在、殿下はベッドでお休みになっていて、誰も部屋に通すなと命じているそうです」

「そうか。それなら私もこっそり部屋に戻ってベッドにいないといけないな」

苦笑を浮かべると、アルベールは作業台に置かれたドーナツの山に見とれているテオルダートに声をかけた。

「テオ、おやつの後でいいから、私を魔術で部屋まで送ってくれ」

「いいよー。ね、おばあちゃん、これ食べていい？」

生半可に返事をしたテオは、作業台に身を乗り出して尋ねる。洗い物をしていたステラは鷹揚に頷いた。

「もちろんだとも。いっぱい作ったから遠慮なくお食べ。あ、そういえばクロエ。さっき例のセラお嬢さんの侍女のリサって子が来てね。どうやらお嬢さんが体調を崩しているそうで、今日のおやつはなしでいいってさ」

「あ、そうなんですか。すみません、師匠。せっかく作ってくれたのに。あ、残りの洗いものは私が——」

せめて洗い物を引き受けようと、クロエはエプロンを着けながらステラに近づく。

その時、ふとステラから微かに甘い香りが漂っていることに気づき、足が止まった。

——師匠から、バニラの香りが……？

目を大きく見開いてクロエはステラをまじまじと見つめる。

まさか、と思った。そんなバカな、とも。バニラの香りがしただけで決めつけるわけにはいかない、と。

……けれど、クロエには奇妙なほど確信があった。

「おや、どうしたんだい、クロエ？」

クロエの胸の内を知ってか知らずか、ステラが笑みを浮かべて見つめ返してくる。その笑みを見て、クロエはますます確信を深めた。

「……師匠。師匠が『国守りの魔女フローティア』だったんですね？」

「え⁉」

アルベールがぎょっとしてステラを見つめる。一方、テオルダートはまったく驚いておらず、クロエたちのやり取りを興味深げに見守っている。

「おや、どうしてそう思うんだい？」

ステラは否定せず、穏やかな口調で反対に尋ねてきた。クロエはいつの間にかカラカラに渇いていた唇を舐めると、意を決して口にした。

「バニラの香りです。国守りの魔女が住んでいるという小屋にバニラビーンズがありました。でもバニラはこの世界では流通していなくて、それどころかその存在すら知られていません。王都ではもちろん見かけたことはなかったし、ステラの店でも見たことがない。先輩たちも城の食料貯蔵庫のおじさんもバニラの存在すら知らなかった。なのに、今、師匠からバニラの香りがしています。

それはありえないんです——師匠がついさっきまでバニラビーンズのあった魔女の小屋に行ってない限りは」

厨房の中がシーンと静まり返る。クロエは深呼吸をして続けた。

「このことから、私は師匠が国守りの魔女であると確信しました。……違いますか、師匠？」

「違わない。分かりやすいヒントだったとはいえ、魔女を探し出せた。試練に合格したと認定しよう。クロエ」

にやりとステラが笑う。それはいつもの彼女の笑みだったが、どこかほんの少し違っていた。

「あんたの予想通り、あたしが魔女だ。今現在『国守りの魔女フローティア』を受け継いでいる」

「本当に……？」

啞然としたように尋ねたのはアルベールだった。クロエ以上に衝撃を受けている。

彼にしてみたら信じられないのも当然だろう。何しろついさっき訪ねていったばかりの人物が、思いもよらない形で近くにいたのだから……それもずっと前から。

「本当だとも。王子、あんたが誕生した際に『魔女の祝福』を贈ったのもあたしだ」

言うなりステラの姿が変わった。恰幅のいいエプロン姿の老女から、灰色のローブを身に着けた二十代半ばの若い女性へと。

ぎょっとするクロエの前で、またステラの姿が変わる。いつものエプロン姿だ。

「あんたはちょっと座った方がいいね、王子」

パチンとステラが指を鳴らす。そのとたん、アルベールの身体が宙に浮き、いつの間にか現れた椅子にストンとお尻から落ちた。

「……魔力の乱れが全くない。これが、魔法か……」

魔術師が魔術を使う時は必ず魔力の流れが生じるのだ。これは魔術師が自分の魔力を媒介に使っているせいで、大小あれど必ず起こるものだった。

けれど、魔法にはそれがない。言い変えればまったく前兆がないのだ。

「……本当に、あなたが魔女なんですね、ステラ……」

アルベールは呆然と呟いた。

「あっさりバレちゃったね、おばあちゃん」

ただ一人呑気なのが、テオルダートだ。そのテオにアルベールが困惑したような視線を向ける。

「テオ、君は知っていたのか、その、ステラが国守りの魔女だと……」

「うん。家族の中では僕とおじいちゃんだけが知っている。あ、でも他の家族は誰も知らないよ。お母さんですらね！」

「……ゼファールも知っていたのか……道理で国守りの魔女に助力を請えと言うはずだ……」

よほどショックだったのだろう。アルベールは両手で顔を覆ってしばらく黙ってしまった。

「ごめんね、殿下。言う訳にはいかなくて。あ、あと、今回の魔女の小屋のことも。最初からいないのは分かっていたんだけど、おばあちゃんがこれも試練だから言うなって……」

テオルダートが上目づかいでアルベールを見つめながら、ボソボソと言い訳をする。

「……いや、怒ってないよ、テオ。少し衝撃を受けただけで。……うん、王子たるもの、これくらいで驚いてはダメだな。うん」

まるで自分に言い聞かせるように呟くと、アルベールはそっと手を下ろす。それから彼は深呼吸を何度かすると、意を決したようにステラに向き直った。

「ステラ……いや、国守りの魔女フローティア殿。あなたに改めてお願いする。私に力を貸してもらえないだろうか？」

ステラはエプロンを着けた腰に手をやり、クロエのよく知るふてぶてしい笑みを浮かべた。

「あんたたちはあたしの試練に合格した。ならば、あたしが手を貸すのもやぶさかではないね。……さぁ、王子、クロエ、あんたたちは国守りの魔女に何を望むんだい？」

第七章　菓子職人見習いの選択

国守りの魔女ことステラが、協力するためにアルベールに出した条件はただ一つだけだった。

「王と王妃、それに重臣たちを説得して、もう一度花嫁選びの晩餐会を開くこと。そしてこのクロエを参加者として招待することだ」

「もう一度、花嫁選びの晩餐会を？」

「ああ。物事にはふさわしい舞台というものがあるのさ。それに……」

ステラの呆れを含んだ目がクロエを見やる。

「王子、あんたがどれほど言葉を尽くそうとこの子は納得していない。石入りのパイが厨房に戻ってきたことも、自分がそれを引き当てたことも、ただの偶然に過ぎないと思ってる。そうだろう、クロエ？」

「う……」

クロエは否定できない。実際にそう考えているのだから無理もなかった。

――だって石に選ばれたとか、私が殿下の『対となる者』だって言われてもピンとこないし……。

「それに周囲も、いくら国守りの魔女が『クロエが王子の対となる者だ』と言っても納得しないし、この子を認めようとしないだろう。だったら、その他大勢の中から実際に目の前で石に選ばせるのが一番さ。ついでに、一回目の花嫁選びの晩餐会は無効だと主張する貴族たちの娘も招待してやればいい。一石二鳥だ」

アルベールが眉間に皺を寄せる。

「確かにやり直しを主張している貴族の娘たちも参加できるとなれば、晩餐会をもう一度開くのも容易になるでしょうが、高位の貴族たちの中にクロエを放り込むのは……」

「一回目の参加者の全員がもう一度参加したいと希望するわけじゃない。おそらくほんの一部だけだ。それ以外の招待客は、当初の予定通り子爵家や男爵家の令嬢にすればいい。この子だって順当にいけばそろそろ晩餐会の招待客として招かれてもおかしくない頃合いだ。これでも一応、男爵令嬢だからね」

「そういえば、クロエお姉ちゃんは貴族令嬢だったんだよね。そうは見えないけど」

テオルダートがしげしげとクロエを見つめながら言った。

――どうせ、貴族令嬢に見えないですよーだ。

クロエが貴族出身だと言うと、たいていの人が驚く。平民にしか見えないのだそうだ。

確かに前世は正真正銘の庶民だったし、田舎貴族の生活は平民とたいして差がない。

――だけど一応、貴族令嬢としての作法だってちゃんと習っていたのにな……。

「平民に見えるのは格好にも問題があるんだよ。それっぽく着飾ればこの子だって立派な令嬢に見えるはずさ。王子、男爵令嬢なら今度の晩餐会に出席する資格は十分だろう？　旦那にも協力させるから、一ヶ月後にもう一度だけ花嫁選びの晩餐会を開いてほしい」

ステラの言葉にアルベールは頷いた。

「分かりました。私の方は問題ありません。それと、ステラ、あの正体不明のセラという少女のことですが、あなたは何かご存知でしょうか？　この件、あなた以外の魔女も関わっているようなのですが」

「え？」

驚いたのはクロエだ。ステラがこの国の『国守りの魔女』だったことだけでも驚きなのに、他の魔女がこの件に関係しているとは夢にも思っていなかったのだ。

「あのセラって子は、あんたと旦那が思っている通りの素性で間違いない。それに確かにあたし以外の魔女もいる。だけど、心配はいらないよ」

安心させるようにステラは微笑んだ。

「彼女たちはあんたの味方ではないけど、敵でもない。彼女たちなりの事情があってこの国に来ている。こっちにとっても都合がよかったから、黙認しているのさ」

「黙認って……」

「王子にとっちゃ、花嫁選びの晩餐会をひっかき回されたし、素性の分からない女性が王太子妃候補になってるわけだから、心穏やかにしてはいられないわな。でも、セラが王太子妃候補になったことで、宰相たちが探っている件がとんとん拍子でうまく進んだはずだよ」

「そこまでご存知とは……」

アルベールは軽く目を見張り、ステラをまじまじと見つめた。

「殿下、宰相たちが探っている件って？」

知らなかったのだろう、テオルダートが不思議そうに尋ねる。アルベールはどこか言いにくそうに答えた。

「……これはここだけの話なんだが、以前から国庫からの歳出金が横領されていたんだ」

「横領⁉」

クロエとテオルダートの声が重なる。

「ああ。内通者がいて発覚した。前々からそういう疑いはあったんだが、巧みに痕跡が隠されていたこともあり、手口も、誰が首謀者なのかもはっきりしていなかったんだ。内通者のおかげでようやく全貌が分かったんだが、思った以上に根が深くてね。首謀者は大貴族だから、証拠を固めないといけないんだが、なかなか尻尾を摑ませない」

「分かった。その首謀者の大貴族ってベルベルド侯爵でしょ？」

何かピンとくるものがあったのだろう。テオルダートがあっさり言った。

「財務副大臣だもん。その立場を使い、文官たちも抱き込んで横領してるんだね。自分の手は汚さずに、子飼いの貴族にやらせてるから、ベルベルド侯爵が首謀者だという証拠が揃わない。そんな感じ？」

アルベールは苦笑した。

「まったくその通りだ。巧みに痕跡が隠されていて、どうやってもベルベルド侯爵までたどり着けないんだ。そのことで宰相がずっと頭を痛めていたんだよ。それがここ一ヶ月の間に大きく進展した。……ステラの言う通り、間接的にセラのおかげでね」

「セラ様のおかげで横領の証拠が見つかったということですか？」

「そういう感じだな。正確には私の花嫁選びの晩餐会をきっかけにして、と言い直すべきかもしれないが。……知っている通り、ベルベルド侯爵は娘を王太子妃にしたがっている。そのため、花嫁選びの晩餐会が開かれると決定したあたりから、他の有力な候補者の家を買収したり、脅したりして晩餐会を辞退させたりしていた。最初の晩餐会の時に料理やパイがかなり余っただろう？　あれはベルベルド侯爵に脅されて当日に晩餐会を欠席した貴族の分だったんだ」

「そうだったんですね……」

余裕があるように作ったことは確かだが、運ばれなかった分はおろか、晩餐会の会場でもパイが相当数余っていたと聞いて、ちょっと不思議に思っていたのだ。

「貴族たちを買収するのは相当金がかかったと見えて、国庫からの横領額が増大したのがその時期だ。だけどこの時はまだベルベルド侯爵も慎重だった。事態が動いたのはセラが王太子妃候補になったあたりからだな。知っての通り、セラは何者かに襲われて城に入ることになったが、実は城の中でも何度も命を狙われている」

「え？　城の中でもですか？」

てっきり、セラの身は城に来ることで安全になったとばかり思っていたクロエは、目を見開いた。

「表沙汰になってないけど、襲撃されたり、毒を盛られたりしている。何とか事なきを得ているが、いずれも内部の者の犯行だ。そういう連中を人を介して買収したりするのにずいぶんと金が必要のようでね。もちろん横領する回数も増えているが、今まで発覚しなかったからと油断したのか、証拠隠滅の手口がかなり杜撰《ずさん》になってきていたんだ」

「じゃあ、首謀者を逮捕するだけの証拠が？」

「ああ。ようやく揃った。この調子でいけば間もなく捕まえることができるだろう。……だから、直接じゃないけどセラのおかげであることは確かだ」

「そのこと以外でもあんたはセラたちに感謝するべきだと思うね、王子」

アルベールが説明する間、黙っていたステラが口を挟む。

「もしセラがいなければ、奴らの目はクロエに向いていただろう。偶然が重なったとはいえ、さすがに三回もこの子のところに石が戻ったとなれば、不審に思う奴は出てくるからね。セラのおかげでクロエはここにこうしてのほほんと立っていられるんだ」

色々と思い当たる節があるのだろう。アルベールはしぶしぶと頷いた。

「確かに……そうですね。セラがやつらの目を引いてくれていたからクロエは無事だった。もしかしてステラ。あなたはそれが分かっていて、セラたちを自由にさせていたのですか？」

「理由の一つでしかないが、それも含まれてるね。言っただろう？　色々と都合があるって。そもそも『祝福の子』の本当の役目を貴族たちが承知していれば、こんな騒動は起こらなかったんだ。本来、『祝福の子』の対となる者が命を狙われるなんて、あってはならないことなんだよ、王子」

ステラは厳しい口調と目つきでアルベールを見た。

「確かにこの国では、あんたが生まれるまで数百年以上『大地の祝福』を受けた者は現れなかった。この先も現れないと思い、王族や主要な貴族たちが真実を闇に葬り去ろうとした気持ちは分からなくもない。それを見過ごしてきたあたしをはじめ、代々の『国守りの魔女フローティア』も同罪だ。でもね、あんたが生まれて以降も、隠し通そうとしてきたのは看過できないね。王と王妃は恥を忍んでも貴族たちに周知すべきだった。それなのに、せめて魔術師だけには真実を教えようとしたあたしの旦那に待ったをかけたのは、当の王家と高位の貴族たちだ。あの時に周知していれば、今こんな騒動にならずに済んだんじゃないかい？」

アルベールはそっと目を伏せた。

「……その通りです。ステラ。申し訳ありません。それもこれも王家が不甲斐ないからですね」

「あんたが謝ることじゃない。王子。あんたは一番の被害者なんだから」

「それでも私はこの国の王太子ですから」

そう言って悲しそうに微笑むアルベールが、クロエには妙に儚《はかな》く感じた。思わず手を伸ばして彼の腕に触れる。

「殿下……」

「大丈夫だ。……私には君がいるからね」

アルベールはクロエの手に自分の手を重ねた。

二人のやり取りを見て毒気を抜かれたのか、ステラが「はぁ」とため息をつく。

「まったく。あんたも真面目な子だね。どうにもならない人生と運命に対して、もっと我が儘になってもいいだろうに」

「私は十分我が儘だと思いますよ。迷いはあるけど、手放さないものは決めているから」

何を、とは言わない。何のことを——いや、誰のことを指しているのかは、ステラにもテオルダートにもよく分かっているからだ。

一方で、当の本人だけはよく理解できないでいた。

——なんだろう。師匠と殿下の話しぶりだと『祝福の子』というのは、私が思っているものとは違うような……。

「あの、師匠？　殿下？　『祝福の子』の本来の役目というのは一体なんなんですか？　それをみんなが知らないことが問題、なんですよね？」

尋ねると、ステラとアルベールは顔を見合わせた。

「どうするんだい？　遠からずこの子も知ってしまうことになるだろうけど？　今のうちに話しておくかい？」

ステラの問いかけに、アルベールは首を横に振った。

「……もう少し時間をください。言ったらクロエは私の傍にいることを義務だと感じてしまうかもしれない。それは嫌なんです。我が儘でしょうけど、クロエには義務ではなく、望んで私の傍にいてほしいんです。だから……」

「はいはい。分かった、好きにおし。だけど、それは次の晩餐会までだよ。今度の晩餐会では王家と高位の貴族、それに無知で愚かな貴族たちが一堂に会する機会になるだろう。あたしはその場で国守りの魔女として真実を明かすつもりだからね」

クロエとアルベールをじっと見つめ、ステラは厳しい口調に戻って続けた。

「覚悟を決めるんだね、王子。そしてクロエ、あんたはそこですべての真実を知ることになるだろう。それを聞いてあんたがどんな選択をすることになるか、あたしはじっくり見させてもらうからね」


その後、晩餐会の打ち合わせをいくつかすると、アルベールはレイズに見つからないうちに自室に戻っていき、テオルダートは祖父にこのことを報告するために厨房を出ていった。

「さて、夕食用のデザートの仕上げをしなけりゃね」

クロエたちが山に行っている間にステラが夕食用のデザートとして作ったのは、スイートポテトタルトだ。店で出しているように、ステラはそこに仕上げとしてカラメルで作った飴細工をトッピングするつもりらしい。

ステラは小鍋に水飴と砂糖を入れてカラメルを作ると、作業台に出した大理石の上でフォークを使って綺麗な模様を作っていく。まだクロエにはできない繊細な作業だ。

じっとその様子を見つめながら、クロエはふと頭に浮かんだ疑問を口にした。

「ねぇ、師匠。師匠が私を弟子にしたのは、私が殿下の『対となる者』だったからなんですか？」

先輩職人たちの話だと、ステラはなかなか弟子を取らないのだという。彼女たちは何日も通ってようやく弟子になることを認められたクチだ。だからいくら会社の紹介があろうと、クロエのようにすぐに弟子にしてもらえることはほとんどないらしい。

クロエ本人は菓子作りの素質があると見込まれたからだとばかり思っていたが、ステラが魔女だとすると話は違ってくる。

――私が殿下の『対となる者』だったから、いつか殿下に会わせるために弟子にしたなんてこと、あったりするんだろうか。

けれどクロエの考えをステラは一蹴した。

「まさか。あの時点であんたが王子の『対となる者』だったなんて、あたしはまったく知らなかったさ。もしかしてと思ったのは、兄弟子に呼ばれて城に行って王子を偶然見た時だ。王子の持つ石が、あたしが運んできたあんたのわずかな気配に反応していたからさ。これも運命だと思い、城に連れてくる助手としてあんたを選んだのは確かに『対となる者』だったからだけど、二年前、あんたをすぐに弟子として雇ったのはまったく別の理由からだよ」

「別の理由？」

「そうさ。あんたが次代の魔女候補だと分かったから、雇ったんだよ」

フォークを器用に動かしながら、ステラはサラリと告げた。

「は？　え？　魔女候補？　え、えええええ？」

予想もしていなかったことを言われて、クロエは仰天した。

「私が魔女候補？　私、魔力なんて全然分かりませんし、魔法なんて使えませんよ!?」

――知らないうちに殿下の『対となる者』になっていたと思ったら、今度は知らないうちに魔女候補？　私が国守りの魔女になるっていうの？

「安心おし、あたしだって魔力なんてまったく見えないし、魔術だってからきしだ」

ステラはクロエの反応を楽しむように、にやりと笑った。

「魔力の多さも関係ないね。魔女を継げば、自然に魔法だって使えるようになる」

「ま、待ってくださいよ！　そ、そうだ！　テオ君が魔女になるには特別な条件が必要だって言ってました！」

「その条件にあんたが合致していたからこそ、あんたは魔女候補なんだよ」

出来上がったカラメルの飴細工を、冷蔵庫から出してきたスイートポテトタルトの上に載せながら、ステラは答えた。

「よし、上出来だ」

満足そうに笑うと、ステラはあんぐりと口を開けるクロエにまたにやりと笑ってみせた。

「クロエ、あんた前世の記憶があるだろう？　それも、ここではまったく異なる世界の記憶が」

「え……」

クロエの心臓が一瞬だけ動きを止めた。

――ど、どうして師匠がそれを？

「どうして分かるかって？　簡単さ。あたしもだからさ。この世界に生まれ変わる前はイギリスっていう連邦国で主婦やってたよ」

実に楽しそうにステラは爆弾を落とした。前世で聞いたことのある国の名前にクロエは目を剝く。

「え、えええ？　イ、イギリス！」

「魔女になれる条件というのがそれでね。あたしをはじめ、国守りの魔女はみんな異なる世界で生きていた頃の記憶を持ってこの世界に生まれている。言い替えれば、そうでなければ魔女にはなれないんだよ」

「く、国守りの魔女が……全員、他の世界から転生した人……？」

以前から、この世界には自分以外にも異世界から転生してきた人がいたのではないかと思っていた。けれど、こんな身近に、しかも『国守りの魔女』という重要な役目を負っている人がいるとは夢にも思わなかったのだ。

「きょ、今日は本当に色々なことがあったけど、一番驚いたのがこれですよ、師匠……」

——で、殿下の『対となる者』だと言われた時も驚いたけど、こっちの方が私にとって驚きだわ！

「最初に弟子にしてくれって言われた時、あんたにお菓子を作らせただろう？　あんたは気にも留めなかっただろうけど、今使っているお菓子の道具のほとんどが、あたしが前世の記憶をもとにして特注で作らせているものだ。泡だて器なんて、こっちの人はまず何に使うか分からないはずだよ。それをあんたは違和感なく使いこなし、カスタードクリームを作った。カスタードクリーム自体も先代の魔女が初めてこっちの世界に持ち込んだもので、一般には出回っていない。それをレシピも教えないまま作り上げるんだから、あんたがあたしと同じ世界の記憶を持ってるってことはすぐに分かったさ」

「ま、まさかあのカスタードクリームで……」

ステラは歯を見せて笑った。

「そういうことだ。それと同じことで、山の研究室にバニラビーンズを置いておけば、すぐにあんたは気づくだろうと思ってたよ。あのバニラビーンズは旅をしている兄弟子が道中で珍しい香料を見つけたと送ってくれたばかりなんだよ。まだまだ生産の規模は小さいみたいだが、量産できるようになればお菓子の幅が広がる」

「あ、そう！　バニラビーンズ！　バニラがあれば本格的なカスタードクリームが作れるし、バニラアイスだって作れますよ、師匠！」

我を忘れてクロエは力説する。

だって仕方ないのだ。今まで三日に一度は「バニラがあればいいのに」と思ってこの二年間、菓子職人見習いを続けてきたのだから。

「兄弟子にもっと大量のバニラビーンズやオイルを手に入れるように頼んだから、届いたらさっそく作ろうかね。……って、それは今は置いておいて」

クロエにつられて顔を綻ばせたステラだったが、すぐに我に返った。

「話を元に戻すよ。とにかくそんなわけであんたは魔女候補でもあるわけだ。だから王子の『対になる者』だと知った時は、あたしだって驚いたさ。魔女が『祝福の子』の『対となる者』だった前例がないわけじゃないけど、王子はこの国の跡継ぎだろう？　さすがに王太子妃、ひいては王妃と魔女を兼任した例はないからね。他国の魔女も、あんたがこの先どうなるか注視している」

「ちょっと、待ってください。私、王太子妃になるとか、魔女になるとか、まったく考えてませんからね⁉」

知らない間にアルベールの『対となる者』になっていたり、魔女候補になっていたりするが、クロエ自身はまったく関知していない。むしろ今日いきなりそんなことを言われて戸惑うばかりだ。

——王太子妃とか、魔女とか私には無理だって！

「まぁ、あんたには青天の霹靂《へきれき》だろうさ。だけど好むと好まざるとにかかわらず、あんたは特別な星のもとに生まれついている。自分がただ異世界から転生しただけの平凡な人間だと思ったかい？　だけどね、他とは違う生まれなのはそれなりの意味があってのことだ」

「異なる世界から転生してきたことに……意味があったと？」

——まったく考えたことがなかった……とは言わないけど、前世の記憶が残っていることに対して、意味があるとか使命があるとかなんて思ってなかった。

だって私は菓子職人志望の、田舎貴族の娘に過ぎなかったから。

「そうさ。意味のないことなんてないんだ。少なくともこの世界ではね。あんたも魔女として生きるならいつか知るだろう。……この世界の真実を」

「この世界の真実を……？」

意味深なステラの言葉に、クロエは目を丸くする。そんなクロエをどこか慈悲深げに見つめながら、ステラは続けた。

「もちろん、あたしは魔女になることを強要しない。王子もあんたが王太子妃になることを強制はしないだろう。周囲は圧力をかけてくるだろうが、王子はあくまであんたの意思を尊重する。もちろん、魔女にもならず、王太子妃にもならず、普通に菓子職人としての道を歩んでも構わない。この世界が何なのか知る必要もない。選ぶのはあんただよ」

「師匠……」

「それと王子のこともちゃんと見てやりな。彼が何を思って生きていたのか、あんたはそれを知る必要がある」

その言葉は長い間ずっとクロエの心に深く残っていた。


ゆるやかに時が流れる。

ステラの求めた晩餐会は一ヶ月後に開催されることが決定した。

『対となる者はすでに見つかったのに』と国王と王妃は難色を示したものの、王室顧問のゼファールの進言や、自分の娘を王太子妃にしたい貴族たちの後押しもあって、押し切られる形で承諾したようだ。

「この決定に、城の中の意見は真っ二つだな。セラがいるのにまたやるのかという意見と、候補が一人というのは心もとない、当初の予定通りすべての娘を招いてやるべきだという意見に。前者はセラへの同情もあるが、後者は自分たちの都合とセラへの不信感から出ているのが面白いところだ」

いつものように厨房におやつを食べにやってきたアルベールが苦笑交じりに言った。

しばらくの間はセラと一緒におやつを食べていた彼だったが、ここ最近はまた厨房に顔を出すようになっている。セラの体調が思わしくないからだ。

「セラ様は大丈夫なの？　体調が悪いのは、まさか毒を盛られたりして？」

クロエはセラが心配になる。素性のよく分かっていないセラだが、クロエは大いに同情していたし、罪悪感もあった。

セラはクロエの身代わりで命を狙われているも同然だったからだ。

「大丈夫。医者に診てもらったけれど、毒じゃないから心配はいらない。体調が悪いことに関しては……医者は不明だと言ったが、たぶん別の理由だろうな。私も覚えがある」

アルベールの言葉に、ステラも頷いた。

「あの子が自分の国を離れてそろそろ三ヶ月は経つ。体調が思わしくないのはそのせいだろう。これればかりは魔女でもどうすることもできないからね」

ステラもアルベールも、セラの体調が悪い理由は分かっているようだ。もちろん、テオルダートも。知らないのはクロエだけのようだ。

「師匠。それは、一体どういうことですか？」

「この間の王子と一緒さ。セラは魔力不足に陥っているんだ。本来だったら国を出てはいけない身なんだけど、無理をするから。……でも、そのおかげであの子も、今までどれほど恵まれていたかが身に染みて分かっただろう」

くすっと笑った後、ステラはクロエの手元を見て眉を顰めた。

「ちょっと、クロエ。手元がおろそかになってる。オレンジピールを入れすぎじゃないかい？」

「え？　あ、ヤバイ！」

クロエは慌てて大きなボウルからオレンジピールを取り除く。

今二人は一ヶ月後の晩餐会で出すミンスパイの仕込みをしていた。

ミンスパイは一回目の晩餐会の時にすでに出したメニューだが、クロエが当日厨房から外れることを考えると、あらかじめ中身のフィリングを作りおきしておけるミンスパイが一番適している、となったのだ。

——晩餐会かぁ。一体どうなることやら。

そうなのだ。セラのことを心配している場合ではなく、クロエも出席しなければならないのだ。

そのために、実家に届けられたという招待状は転送してもらうように頼んであるし、当日着るドレスはアルベールが張り切って用意している。

——私のドレスなのに殿下に用意してもらうってどういうことなのかしらね。

一番そのことを不思議に思っているのがクロエ本人である。

『今からクロエお姉ちゃんの実家がドレスを用意するのは大変でしょ？　ここは殿下に任せておけば問題ないよ』

テオルダートなんかは気楽に言ってくれるが、他人からドレスを贈られたことがないクロエにしてみたら、容易に受け入れられるものではない。

——社交界デビューした時に一着だけ作ってもらったけど、ドレスってすごくお金かかるんだよね。それを他人に用意させるのってどうなの？　……ああ、でもせっかく実家の事業が軌道に乗り始めているところに、私のために散財させるのもなぁ……。

ぐるぐる考えた挙句、クロエは思考するのをやめて、アルベールに丸ごとゆだねることにした。おかげでクロエは自分が当日どんなドレスを着るのか知らないままである。

そのせいか、晩餐会のこともどこか他人事にしか思えないでいた。

「クロエ、その取り出したオレンジピールで、あとでマフィンでも作ってセラに届けてあげな。体調がいい時に気軽に食べられるだろうから」

大量のリンゴをみじん切りにしながら、ステラが何気なく言う。なんだかんだ厳しいことを言いながらも、どうやらセラのことを気にかけている様子だ。

「そうだね。作って届けてあげればたぶん喜ぶ。私からもお願いするよ、クロエ。魔力が枯渇することの苦しみは私が一番よく分かるからね」

素性不明だった時は警戒していたアルベールも、ステラがセラの身元を保証したこともあってか、気にかけるようになっていた。そのことが多少面白くないクロエだったが、セラを心配する気持ちは二人に負けないくらいある。

「はい。腕によりをかけて作りますね」

甘いマフィンの生地に酸味とほろ苦さのアクセントがあるオレンジマフィンは、クロエの大好物だ。

——多めに作ってリサさんの分も届けてあげよう。甘いお菓子を食べて、少しでもセラ様の具合がよくなりますように。

「そのためには仕込みを早いところ終わらせないと。クロエ、手がまた止まってるよ。ほら、ドライフルーツの用意が終わったら、このリンゴも加えていってくれ」

「は、はい！　すみません、了解です、師匠！」

元気よく答えると、クロエは手を動かして大量のドライフルーツを何種類もボウルに入れて混ぜ合わせていく。

ミンスミートの仕込みに一生懸命なクロエを、アルベールの優しい目が見守っていた。

＊　＊　＊

クロエたちが厨房でミンスミートを作っているのと同じ頃。

城の一室で、毛布を引っ被って苦しそうに喘いでいる女性がいた。女性は涙を流し、ベッドの傍らにいる侍女に助けを求める。

「リザ、ねぇ、身体に力が入らないの。体中が軋みをあげるの。ねぇ、リザ、この痛みを止めて！」

侍女――いや、侍女の服装をした女性は首を横に振った。

「私の名前はリザではないわ。ここではリサよ。間違わないで。それに、その痛みを止めるすべはないわ。それは命が削られる痛みなの。魔力の流出を止めない限り治らないわ」

「そんな……そんなのって……」

「そろそろあなたも理解できてきたんじゃないかしら、お姫様？　今までどれほど彼に依存してきたか。その痛みや苦しさを、この国のアルベール王子は二十年もの間、耐えてきたのよ。甘やかされて育ったあなたとは違うの」

セラに投げかけられたリサの言葉も険しい視線も、主に向けるものではない。けれどそれを指摘する者はここにはいなかった。

「『彼のことを分かってあげられるのは私だけ』。あなたはそう言っていたわね。本当に笑ってしまうわ。生まれた時から『対となる者』が傍にいて、『祝福の子』としての苦しみをまともに味わったことなどないあなたの理解など、アルベール王子は求めてなんていないの。彼が求めているのは王子の『対となる者』よ。あなたじゃない」

厳しい口調でぴしゃりと言ったリサは、急に優しげな声音になった。

「そういえば、フローティアが言っていたわ。今度開かれる晩餐会では、王子の『対となる者』が必ず現れるそうよ。ねぇ、セラフィーナ、私、あなたがこの国に来たいと言った時に教えたわよね？あなたの役割は単なる遅れてやってきた道化師《ジョーカー》にしかならないと。それでもいいと言って聞かなかったのはあなたよ。だから、カーテンコールが終わるまで、きっちり道化師の役割を演じなさいな。それまでは彼とは絶対に会わせませんからね？」

「ううう、分かった。分かったから……！」

ベッドの上掛けにくるまったセラが啜り泣きを漏らす。涙に暮れるセラは愛らしさを保っていたが、クロエが入城の際に見た凛とした美しさは失われていた。

リサはセラの言葉に満足そうに頷く。

「そう、ならば少しお眠りなさいな。起きた時には少しは体調も回復して、美味しそうなオレンジマフィンも食べられるようになっているわ」

言葉が終わるか終わらないかのうちに、啜り泣きがやみ、代わりにセラがくるまっている上掛けからは安らかな寝息が聞こえてきた。

思わず笑みを漏らしながら、リサはベッドを離れる。

「さて、舞台と役者は整いつつあるようね。花嫁選びの晩餐会などという大いなる茶番の幕が上がる。ええ、そうよ。私はとても楽しみよ、フローティア。私たちの可愛いクロエちゃんは『大地の祝福』の真実を知って、どういう選択をするかしら？　私たちのように諦める？　憤る？　それとも、アルベール王子に寄り添って徒《いたずら》に命を消費するのかしら？　まぁ、そうなったら今後も私は邪魔しますけれどね？」

くすくすと鈴が鳴るような笑い声が部屋に響く。

「ああ、どうなるのかしら、とてもワクワクするわ！」

その呟きに応じる声はなかった。

＊　＊　＊

一ヶ月は瞬く間に過ぎ、とうとう晩餐会当日になった。

クロエは朝早くに目を覚ますと、厨房へ向かう。

厨房にはすでにステラや先輩職人がいて、準備を進めていた。

「おはよう、クロエ。昨日はよく眠れたかい？」

「あまりよく眠れませんでした……」

元来能天気なクロエだが、さすがに明日は花嫁選びの晩餐会があると思うと、なかなか寝付けなかった。

「それはいけないわ、クロエ。睡眠不足はお肌の大敵よ。根性で寝ないと」

先輩職人のうちの一人がからかうように言う。クロエは力なく笑った。

「根性より緊張感の方が勝《まさ》ったようで。何しろお城で晩餐会なんて初めてですからね」

「まぁ、そうなるわよね」

ステラが作業台に小麦粉の袋を置きながら、クロエを振り返る。

「ところでクロエ、厨房に来るなんてどうしたんだい？　今日はあんたは何も作業をしなくていいって伝えただろう？」

「部屋にいても落ち着かないだけなので、監察員が来る直前まではお手伝いをしようかなと思いまして」

色々思い悩んではいるけれど、お菓子を作っている間はそういう雑念を全て忘れて一心不乱になれる。緊張が解けない今、その時間が自分には必要なのだとクロエは痛感していた。

「まぁ、あんたがいいと言うならいいけどね」

クロエの気持ちが分かるのか、ステラは肩を竦めて許可した。

「だけど監察員が来るまでだからね。彼らが来れば、この部屋からは出られなくなるんだから。その前に厨房を出ること。いいね？」

「はい、師匠！　ありがとうございます！」

それからは時間ぎりぎりまでクロエは無心でパイ生地を作った。バターを練り込み、生地を何度も伸ばしては折りたたんでいく。

――やっぱりお菓子作りが好きだわ、私。

王太子妃も魔女にも興味がない。その器でもない。クロエは自分という人間がよく分かっている。

前世の記憶はあるけれど、田舎の貧乏貴族の娘で、自分のお菓子を美味しいと言って食べてもらうのが何よりの幸せという、平凡な娘なのだ。

転生したからって、生きた証をこの世界に残したいわけじゃない。平凡で日和見で、地に足をつけて身の丈に合った仕事をすることに意義を感じる、普通の人間だ。

――王太子妃も魔女も、私には似合わない。

けれどその反面、アルベールを放ってはおけないとも思う。魔力の補充に『対となる者』が必要で、それがクロエだというのなら傍にいて支えたいという気持ちがある。

――魔女になれば、王太子妃にならなくてもそれが簡単にできるようになるのかしら？　それとも反対？　王太子妃になれば、魔女にならなくていいの？

分からないことだらけだ。自分の望みも、周囲の期待も。

――私は一体どうしたいのかしら……？

生地を捏ねながら一生懸命考える。

……けれどもちろん、答えが出るはずもなく、そろそろ監察員たちが厨房にやってくる時間になってしまった。

エプロンを外し、三人に頭を下げる。

「それじゃあ、私、行きますね。あとのことはよろしくお願いします」

「しっかりやるのよ、クロエ。庶民のド根性見せておやり」

「緊張感のあまり、ドレスを足にひっかけて転ばないようにね、クロエ」

先輩職人の二人が応援しつつも、妙に不吉な言葉を送ってくる。

「アハハ……頑張ります」

乾いた笑いを浮かべていると、最後にステラがクロエの傍に来て、背中をバンバンと叩いて激励した。

「クロエ、行ってきな。何も気負うことはない。いつものあんたでいいんだからね」

「は、はい！　行ってきます！」

少しだけ痛かったものの、十分に気合いを入れてもらった気分でクロエは厨房を出た。

厨房の外では使用人たちがバタバタと忙しそうに廊下を行き来している。晩餐会を開くためには城に勤める使用人を総動員して、時間をかけて準備をしなければならないのだ。

もちろん、費用も膨大だ。それなのに、一ヶ月間隔で三回も開催したあげくに、今回四回目の晩餐会が開かれることになってしまった。

立て続けの大人数の晩餐会の準備で、使用人たちも疲弊しているし、不満も溜まり始めている。

クロエ自身も、三回目の晩餐会の時は『またか』という気分になったものだ。小走りで廊下を行き来する使用人たちとすれ違うたびに、クロエが申し訳なく感じてしまうのも仕方のないことだった。

——ごめんなさい。たぶん、これが最後だから。

クロエには妙に確信があった。今回が花嫁選びのための最後の晩餐会になるだろう、と。

厨房のある職人棟から出ると、クロエはそのまま宿舎に戻らずに、まっすぐ王族の私室がある主居館に向かった。本来だったらクロエのような一介の下級使用人が近づける場所ではないが、今日は特別だ。

ベルベルド侯爵に悟られないようにするため、クロエの準備はアルベールの部屋で行われることになっているのだ。

——まさか、王族の住む主居館に足を踏み入れることになろうとは夢にも思わなかった。ましてや、殿下の私室に行くことになるとか、半年前に城に来たばかりの頃の自分に言ってもきっと信じなかったに違いないわ。

主居館の手前にある石碑の前で待っていると、ほどなくしてアルベールの護衛兵の一人がクロエを迎えにやってきた。彼と一緒に主居館の出入り口に向かったが、話は通っているのか、そこを警備する兵に呼びとめられることなく、クロエは建物の中に入ることができた。

「いらっしゃい、クロエ殿。殿下が中で待っていますよ」

アルベールの部屋の入り口を警備しているのはクロエもよく知る兵士だ。もちろんすんなり通してもらえた。

――さすが王太子殿下の部屋だわ。広い！　そして調度品も内装も今まで直にお目にかかったことがないほど豪華！

アルベールの部屋に足を踏み入れたクロエの最初の感想がそれだった。

――前世の頃、写真で見たことがあるわ、こういう部屋。ええと、フランスのヴェルサイユ宮殿とかオーストリアのシェーンブルン宮殿とかの、王侯貴族の部屋がこれとそっくりだった！

これを見ると、本当にアルベールは王太子なのだと実感してしまう。

「クロエ、いらっしゃい」

部屋に入ってキョロキョロと辺りを見回すクロエを、にこやかな笑みを浮かべたアルベールが出迎える。アルベールの後ろにはテオルダートがいて、クロエに向かって手を振っていた。

――あ、よかった。テオ君もいてくれるんだ。

いつもと変わらないテオルダートの姿に、クロエはホッと安堵の息をつく。

「今、レイズが君の着替えを手伝ってくれる女性を連れてくるから、もう少し待ってね」

「あ、はい」

物語では貴族男性にも侍女がついていることがあるが、実際には違う。貴族男性には世話をするための男性、つまり従者や侍従が付けられ、貴族女性には侍女が付けられるのが一般的だ。

つまり、男性のアルベールにはレイズのような従者はいるが、侍女はついていないので、クロエの着替えを手伝わせるためにはどこかから連れてくる必要があるのだ。

「お手数おかけしてすみません……」

恐縮して言うと、テオルダートが口を挟んだ。

「殿下が過保護なだけだから、気にしないで、クロエお姉ちゃん。セラが城内であれだけ命を狙われていたから、侍女の人選には慎重になっているんだ。ベルベルド侯爵に買収されない、口が堅い侍女が必要ってね」

「そうなんだ。セラ様は今も狙われているんですか？」

気になって尋ねると、アルベールは苦笑しながら首を横に振った。

「いや、再度晩餐会が行われると決まってからは収まっているよ。もっとも、セラは具合が悪くて部屋からめったに出なくなってしまったから、相手も仕掛けようがないだけなのかもしれないけど。でも、用心するに越したことはないだろう？」

アルベールの言葉が終わるか終わらないかのうちに、レイズが一人の中年女性を連れて戻ってきた。

「お待たせしました、殿下。口が堅くて絶対にベルベルド侯爵に買収されない女性をお連れしました」

レイズの後ろから入ってきたエプロン姿の女性を見て、アルベールが目を丸くする。

「侍女長じゃないか。確かに彼女ならば買収されることはないけれど。母上の支度もあるだろうに、よく連れてこられたね」

侍女長だという中年の女性は、レイズが答える前にコロコロと笑いながら言った。

「王妃様には優秀な侍女たちがついておりますから、私は必要ではありません。それにしても、殿下にこのような女性がいたとは」

クロエにちらりと視線を向け、再び侍女長は楽しげに笑った。

「殿下のおやつを作ってくださっている方ね。やはり特別な方だったのですね。殿下を小さい頃からお世話していた私には分かりますとも。ええ、もちろん、王妃様にも黙っておりますよ、少なくともしばらくは」

「侍女長……」

どうやらこの侍女長という人はアルベールの頭が上がらない人でもあるらしい。いつも落ち着いているアルベールが、珍しく頬をほんのり赤く染めて睨みつけている。

そこに、助けなのか横やりなのか判別つかない言葉を投げかけたのはレイズだった。

「申し訳ありませんが、侍女長様。時間がありませんので、彼女の支度をお願いします。続きの寝室をお使いください。そこに彼女のドレスも用意してありますから。殿下、子どもじゃないのですから、あなたは少し落ち着かれるといいでしょう」

レイズはいつものように淡々とした口調で苦言を口にしながら、クロエと侍女長を隣接したアルベールの寝室へ案内する。

「こちらが殿下の用意したドレスになります。侍女長様、お手数ですがよろしくお願いいたします。殿下の酔狂にも困りますが……この方はあの方にとって、なくてはならない存在のようですので」

「もちろん、任されましてよ」

侍女長はにっこりと笑う。

一方、クロエはレイズのいつもと違う様子にびっくりしていた。

クロエにとってレイズという人物は真面目で有能だけれど、いつも口を引き結んで眉間に皺を寄せていて、自分を見れば睨みつけてくる怖い人、という印象だった。

アルベールに対する態度もぶしつけだし、時には嫌味を言うこともあって、好意などまったく抱けない。そんなふうに感じていた人だった。

けれど、今のレイズはクロエを睨みつけたりしていない。それどころか、クロエを認めるような発言までしている。

——一体、どうしたのかしら?

寝室から出ていくレイズの後ろ姿を見つめながら、クロエは困惑を隠せなかった。けれど、レイズのことに気を取られていたのは、ほんの少しの間だけだった。

サイドテーブルに用意されていたドレスと、その他一式を見て侍女長がこんなことを言ったからだ。

「さて、ドレスを着付けましょう。あら、さすが殿下だわ。抜かりなくドレスだけではなく、下着やコルセットまで用意なさってるのね」

「コルセット……」

かつて社交界デビューの時に一度だけ身に着けたことがあるソレを思い出し、クロエの顔から血の気が引いた。

——忘れてたわ！　ドレスを着る時は体型を綺麗に見せるため、コルセットが必須だった……！

普段からドレスを身に着けている高位の貴族女性や、王都に住む余裕のある下級貴族の娘とは違い、クロエはコルセットというものにまったく慣れていない。

田舎の貴族令嬢など普段はコルセットが必要ないシュミーズドレスばかりだし、王都に来てからは、下着の上にコックコートとスカートを身に着けるだけだった。つまりコルセットとは無縁の生活なのだ。

「お、お手柔らかにお願いします」

コルセットで胸や腰を締め付けられた時の苦しさを思い出しながら、クロエはダラダラと顔に汗をかいていた。

それからしばらくして、アルベールの寝室からクロエの「ぐ、ぐるじい……息が……」といった呻き声が聞こえてくるようになり、アルベールとテオルダートをいたく心配させることになるのだった。

＊　＊　＊

クロエと侍女長に預け寝室から出たレイズは、アルベールに声をかける。

「殿下。それでは私は謁見の間や大広間を見て回ってまいります」

「うん、ご苦労様、レイズ」

レイズは自らお茶を淹れようとしているアルベールの姿にピクリと眉を寄せたが、そのことについて何も口にすることなく続けた。

「くれぐれも私が呼びに来なくとも、晩餐会前の謁見の時間には遅れないようにお願いします」

「分かってる」

それからレイズはソファに座っているテオルダートをじろりと睨みつけた。

「テオルダート、今さら殿下の部屋に来るなとは言わないが、第三者がいる時は礼儀を忘れるな。貴様の態度のせいで殿下が侮られることのないようにな」

「え？　う、うん。もちろんさ」

小言はあるだろうと思っていたテオルダートは、レイズの予想外の言葉に目を丸くした。

「殿下、あなたもですよ。臣下の態度が悪ければ、律せぬあなたが他の者に侮られることになるのです。もっと王太子としての自覚を持ってください。あなたはこの国の顔なのですから」

「うん、分かったよ、ありがとう、レイズ」

アルベールはにこにこと嬉しそうに笑う。大きなため息がレイズの口から零れた。

「まったく、あなたという方は……」

まるで処置なしとでも言いたげに首を横に振ると、レイズは踵を返して退出の挨拶もなく扉から出ていってしまった。

狐につままれたような顔で、テオルダートが呟く。

「なんだか、あいつ、いつもと違ってない？　いつもはもっと顔を顰めているのに、今日はそれもないし、発言も嫌味っぽくなかった。それに、最後にあいつ、微笑んでいたような気がするんだけど？」

その理由が分かっているのだろう。アルベールは訳知り顔で頷いた。

「きっと背負っていたものが、今日ようやく下ろせるからだろうね。テオが言うほど悪い奴ではないんだ。彼は彼なりの事情があってあんな態度を取っていただけだから」

「へ？　どういうこと？」

「……もう今日で全部片がつくはずだから、言っても構わないか。実はベルベルド侯爵の横領について教えてくれたのはレイズなんだ」

二人分のお茶を淹れたアルベールは、テオルダートの前にカップを置きながら言った。

「え!?　あいつが内通者だったの？」

テオルダートは叫んだ後、急に何かを思い出したように声を落とした。

「そういえば、あいつは確かベルベルド侯爵の……庶子だったよね？」

「ああ。認知されていないし、小さい頃にとある伯爵家に養子に入ったから知らない人間も多いけど、侯爵と没落貴族の娘との間にできた子どもだ」

アルベールもソファに腰を下ろしながら、寝室にいるクロエたちに配慮して声を小さくして言った。

「色々事情が重なって伯爵家と疎遠になり、その後は軍に入った。それなのに突然軍を辞めて侍従見習いになったのは、養家ではなくきっとベルベルド侯爵の意向だろう。次期国王の従者に息子を加えておけば、自分が有利になるとでも思ったに違いない」

「そっか。それならあいつがベルベルド侯爵の内情に詳しいのも道理だな」

「ベルベルド侯爵の野望にレイズも深く関わっているからね。……彼とベルベルド侯爵の間で何があったのか、私にも詳しいところは分からない。けれど、さんざん侯爵のせいで人生を振り回されてきたこともあって、彼にも思うところがあったようだ。こちら側の味方について、侯爵たちの情報を流してくれるようになった。まぁ、私というより宰相の味方についた形だね。宰相はレイズの母方の祖父とは友人同士で、幼い頃のレイズに目をかけていた一人だったらしい」

「宰相様っていうと、ベルベルド侯爵と反目し合っている貴族の筆頭だよね？」

「ああ、友人の娘をもてあそんで捨てたベルベルド侯爵を許せなくてね。打倒に燃えている。彼も今日この日を心待ちにしている一人だ」

　横領の証拠も十分集まり、いつでもベルベルド侯爵を捕まえられる状態にある。今日まで待ったのは国守りの魔女の意向があったからだが、大勢の貴族の前でベルベルド侯爵の罪を明らかにして捕縛したいという宰相の思惑と合致していたからでもある。

　ベルベルド侯爵は他の侯爵家に並々ならぬ敵対心を持っている。その侯爵家が居並ぶ中で捕縛されるなど、ベルベルド侯爵にとってもっとも屈辱的なことだろうと。

「うわぁ、屈辱を与える形で捕えたいなんて、宰相様も恨みがすさまじいね」

「それ以上にレイズの方がベルベルド家を憎んでいるよ。宰相はむしろ彼をその憎しみから解放したいという思いが強いようだ。だから侯爵に屈辱を味わわせて捕まえれば、レイズの気も済むだろうと考えている」

「そっかぁ、そんなことになっていたんだね」

テオルダートはしみじみと呟いた。

「僕、てっきり殿下があいつをクビにしないのはマゾだからだと思っていたよ」

とたんにアルベールが苦虫を噛み潰したような顔になる。

「ち・が・う。仲がよくないように見せかけていただけだ。……いや、本当に仲がいいわけじゃないけど、レイズの嫌味な態度も半分は演技だよ。主従の仲がギクシャクしていると見せかければ、レイズが私の傍にいない理由にもなる。実は彼が従者として僕の世話をしないでスケジュール管理だけしていたのも、内偵のためだ。スケジュール調整と称して色々な部署に足を運び、情報を収集していた」

「なるほど。あいつがスケジュール調整しに行くと言ってなかなか帰ってこないのもそのためか！」

納得したようにテオルダートはポンと手を打った。それならレイズがおよそ従者らしくなかったのも合点がいく。

「二年以上にもわたってレイズはよくやってくれたよ。ベルベルド侯爵が逮捕されれば、彼の肩の荷も下りるだろう。ようやくレイズは憎しみを忘れてレイズ自身の道を歩けるようになるんだ」

「……そうかなぁ。そう簡単に憎しみを忘れることができるのかね？」

希望に満ちたアルベールの言葉とは対照的に、テオルダートは懐疑的だった。

けれど、二人がそれ以上レイズについて意見を交換することはなかった。

寝室から「うっ……」とか「く、くるじい……息ができな……」などというクロエの苦しそうな呻き声が聞こえてきたからである。

二人は顔を見合わせた。

「だ、大丈夫かな、クロエお姉ちゃん」

「貴族女性にコルセットはつきものだから……大丈夫なはずなんだけど……」

コルセットを身に着けて普通に過ごせる女性しか周囲にいなかった二人は、慣れないコルセットで腰を締めつけられることがどんなに苦しいか、知る由もなかった。

「で、でもお姉ちゃん、今にも死にそうな声出しているよ?」

「侍女長は百戦錬磨の猛者《もさ》だから、きっと大丈夫だ。きっと」

「百戦錬磨の猛者って、それって何の気休めにもなってないからね⁉」

＊＊＊

「お待たせいたしました、殿下。クロエ様の支度が終わりました。私とクロエ様の苦労の結晶を見てやってくださいまし！」

それから一時間後。ドレスを着付けたクロエがアルベールの寝室から出てきた。

ピンクのドレスを身に着け、恥ずかしそうにしずしずと現れたクロエの姿を見て、アルベールとテオルダートは感嘆の声をあげる。

「とてもよく似合ってるよ、クロエ」

「すごい、クロエお姉ちゃん！　ちゃんと貴族令嬢に見える！」

アルベールがクロエのために用意したのは、レースがふんだんに使われている薄いピンク色のドレスだった。ふんわりとした袖に控えめの襟ぐり。ドレス自体のデザインはシンプルで、オーソドックスだ。昨今の流行からすれば地味と言われてしまうに違いない。

けれど背中から腰を覆う大きなバックリボンがアクセントになっていて、後ろから見ても前から見ても、ハッと目を引くデザインになっていた。

平凡な色合いのクロエの髪は侍女長のおかげで綺麗に編み込まれ、ドレスのバックリボンと同じ、濃いピンク色のリボンで留められている。

テオルダートの言う通り、今のクロエはどこから見ても立派な貴族令嬢だ。ドレスを着たことでかつて叩きこまれた作法を思い出し、足の運びも優雅で迷いがない。

「ど、どうでしょうか？」

クロエは頬を染めながらくるりと一回転してみる。

お菓子作りに夢中になっていたとしても、クロエもやはり年頃の女性らしく綺麗なドレスを着られることを嬉しく感じた。

――コルセットは苦しいけど、我慢できるし！

「すごく、すごく素敵だ」

アルベールはクロエに近づき、その手を取った。白いレースの手袋に覆われたクロエの指は火傷《やけど》の痕や細かい切り傷を見事なまでに覆い隠してくれている。

「あ、ありがとうございます、殿下。こ、こんな素敵なドレス、夢みたい」

頬を染めたままクロエが夢見心地で言うと、アルベールは王子らしく実にさりげなく賛辞を口にした。

「それを着た君の姿こそ夢みたいだ。とても似合ってるし、いつもより何百倍も可憐に見える。……もっとも、いつもの白衣にエプロン姿の君も素敵だけどね」

「あう……」

惜しみない賞賛に、さすがのクロエもくらっときた。

――だめだ、足がふにゃふにゃになる！　今、求婚されたらすぐにでも頷いてしまいそうだ！

「クロエ……」

「殿下……」

ともすれば自分たちの世界に入りかねない二人を、我に返らせたのはテオルダートだった。

「ちょっと、ちょっと、僕たちの存在忘れないでよね！　だいたい、殿下はそろそろ謁見の間に行かないといけない時間でしょうが！」

「そうですわ。殿下、先走りしすぎてますすよ。減点です」

侍女長の言い方はテオルダートより冷淡だった。先ほどクロエがくるりと回ったせいで少しズレてしまったリボンをササッと直しながら、氷のような視線をアルベールに向ける。

「セラ様のことを解決しないうちに他の女性を口説こうとするのは男らしくありませんね、殿下。

さらに減点ですよ。すべて解決してからになさいませ」

「そ、そうだね。ごめん、クロエ」

さすがのアルベールもたじたじだ。テオルダートはアルベールに近づいて小声で問いかけた。

「ねぇ、確か侍女長様って、宰相の娘だったよね？」

「ああ、若い頃夫に先立たれ、その後に出た再婚話を全部蹴って侍女になった人だ。レイズの母親とも親しく付き合っていた。もちろん、レイズとも知己の関係だ」

「その上、殿下も頭が上がらないとか、まさしく最強の人を連れてきたってことだよね、レイズ《あいつ》」

「そ、そういうことだね」

「いいですか、クロエ様。今回は構いませんが、晩餐会の会場で一回転など決してしないでくださいませ。このバックドレスが乱れたら、何もかも台無しですからね」

「は、はい。肝に銘じます」

クロエの身支度の直しとともに始まった侍女長の忠告という名の説教が終わるのを確認して、アルベールは咳払いをしつつ二人の注意を引いた。

「ここでクロエを愛でていたいのはやまやまだけど、残念ながら私はそろそろ行かなくては。後のことはテオに任せてあるから。テオ、頼んだよ。慣れないクロエのためにきちんと招待客用の控えの間まで送り届けてやってくれ」

「もちろん、任せてよ！」

「それでは私もこの辺で失礼させていただきます。王妃様の支度が完璧に終わったか最終確認をしに行かないといけませんので」

「ああ、ありがとう、侍女長。助かったよ」

「とんでもございません。私の方もとても楽しい思いをさせていただきました」

侍女長はアルベールに優雅に礼をすると、クロエの方を見て微笑んだ。

「それではクロエ様。また後でお会いしましょう」

――ドレスを脱ぐのにも手助けが必要だからかしら？

だがもちろん侍女長が言った意味は、王妃の傍に侍《はべ》っている自分と王太子妃候補となったクロエとは、また顔を合わせる機会があるだろう、というものだった。

そんなこととは露知らず、クロエは勝手に着替えのことだと解釈して心から礼を言った。

「はい。色々とありがとうございました、侍女長様！」

「……なんだろう、色々と勘違いが生まれている気がするなぁ……」

テオルダートがポツリと呟いたが、それはクロエの耳に届くことはなかった。


招待客のための控えの間は、大広間のある主塔と呼ばれる城の中心部にある。もちろん、今までクロエは足を踏み入れたことがなかった場所だ。

招待状を手にテオルダートに案内されて控えの間に行くと、そこには大勢の下級貴族の令嬢がいた。

「高位の貴族の令嬢には一人一人に控えの間が用意され、専属の侍女もいるというのに、この差は酷いなぁ……」

テオルダートも呆れるほど、高位の貴族と下位の貴族の扱いは違っていた。

クロエが通された控えの間には十五人ほどの女性がひしめき合っている。いずれも子爵や男爵家の令嬢だ。

——いわゆる大部屋、タコ部屋よね。

部屋に配置されている侍女は三人だけ。一人につき、侍女一人が用意されている高位の貴族令嬢とは雲泥の差だ。

——期待されてないのが丸わかりじゃないの。

「じゃあ、お姉ちゃん。僕は晩餐会の会場の警備に戻るね」

控えの間の前でテオルダートが言った。

「テオ君、ここまで案内してくれてありがとう。忙しいのにごめんね」

「クロエお姉ちゃんのためなら、いつだって参上するよ。僕にとってお姉ちゃんは優先度が高いんだ。殿下の次くらいに」

へらっと笑っていたテオルダートだったが、急に真面目な顔つきになった。

「でもお姉ちゃん、気をつけてね。晩餐会の会場には出入り禁止になっているけど、キーファもこの主塔のどこかに配置されているはずだから。今のあいつはなりふり構わなくなっている。十分気をつけてほしいんだ」

「分かったわ。気をつける」

キーファ。三回目の晩餐会の後で彼を見かけたことはなかったが、未だにクロエに対して悪感情を抱いていることは想像に難くない。

――責任逃れのために私の名前を出したはいいけど、セラ様が石を引き当てたことで立場がますます悪くなっていると風の噂で聞いたわ。

それもきっと、彼の中ではクロエのせいになっていることだろう。

――はぁ、性質《たち》の悪い人だわよね。でもそれももう少しの我慢だわ。

ベルベルド侯爵が横領の罪で逮捕されれば、さすがのキーファも城に居づらくなるだろう。

去っていくテオルダートに手を振りながらクロエは楽観的にそう思った。

油断はしていなかったが、もう二ヶ月以上もキーファの姿を見てないせいで、どこか気が緩んでいたのだろう。

――どこに配置されているかは知らないけど、今のこの、どこから見ても貴族令嬢な私には気づかないに違いないわ。だって我ながら全然違うものね。

……それが大いに間違いであることをクロエは知る由もなかった。

王家主催の晩餐会に招待された者は、晩餐会の前に国王と王妃、それに王太子との謁見が許されている。

花嫁選びの晩餐会であってもそれは例外ではなく、謁見の間では今この時間にも貴族令嬢が国王の前で淑女の礼を取り、王族と言葉を交わしていることだろう。

だが、単独での謁見が許されているのは高位の貴族のみだ。子爵家や男爵家など、下位の貴族令嬢も謁見は可能だが、集団単位となる。

――謁見は十五人いっぺんで、王族と言葉を交わすことはできないとか、ここでも身分格差が激しすぎるわよね。

だが、貴族とは身分社会なのでこれが当たり前なのだ。むしろ特別な許可がないと登城できない子爵家と男爵家の者が王族との謁見を許されるだけでも光栄に思え、ということに違いない。

「はぁ、何時間待たせるんだろう……」

つい口をついて出るのは愚痴だ。もう三時間以上、クロエたちはこの控えの間で待たされ続けている。人数が多い上、高位貴族が一人一人謁見をしているので時間が押しているのだ。

――このままだと晩餐会が始まってしまうんじゃ……？

その予感は当たり、クロエたちの番が来た時はあと少しで晩餐会が始まるという時間になっていた。

クロエたちは集団で謁見の間に通される。

謁見の間は大広間ほど広くはないが、目も眩むほど絢爛豪華だった。黄金に輝く玉座に国王と王妃が、そして少し離れた位置の椅子にアルベールが座っている。

百人以上と謁見を繰り返したせいか、国王と王妃の顔にもやや疲れが出ていたが、クロエたちを迎える表情には歓迎の意が現れていた。

「今日はよく遠いところを城まで来てくれた。感謝する」

淑女の礼《カーテシー》をしたクロエたちに、国王がにこやかに微笑みながら言葉をかける。一人一人言葉を交わすことはないが、国王は慣れた様子で全員に語りかけていた。

「そなたたちもこの晩餐会の主旨は分かっているであろう」

待ち時間が長くて少し疲れていたクロエは、国王の言葉を聞き流しながらちらりとアルベールに視線を向ける。するとクロエに気づいていたのか、彼もまたクロエをじっと見つめていた。

水色の瞳に甘くて優しい光が宿っている。言葉を交わすことはできないものの、彼の視線が語っていることは明白で、クロエの頬がほんのり赤く染まる。

――私、もしかして殿下のこと好きなのかな……。

優しく甘く見つめられることを嬉しく思う。もっともっと見てほしいとさえ思ってしまう。

――王太子妃とかまだ考えられないけど、もし私が本当に『魔法の石』に選ばれた、殿下の『対となる者』だというのであれば、ずっと殿下の傍にいて支えるのも悪くないかな……なんて。

二人はじっと見つめ合う。謁見の間には国王や王妃をはじめ、重臣や侍従、それに護衛兵たちが大勢いたが、クロエとアルベールが交わしている視線に気づいたのは、ほんの一部の人間だけだ。

それも無理からぬことだった。アルベールは令嬢たちを見ているが、令嬢たちも彼をチラチラと見つめているのだから。そのうちの誰と視線が合っているのかを知るのは、クロエを個人的に知っていて、今ここにいることに気づいた者だけに限られた。

そして不運なことに、その『クロエを個人的に知っていて、今ここにいることに気づいた者』の中にキーファがいたのだ。

＊　＊　＊

キーファ・ベルベルドは焦っていた。セラの暗殺がことごとく失敗し、未だに父親との約束を果たせていないからだ。

しかも今回の晩餐会では大広間に出入りすることを禁じられ、監察員にもなれずに謁見の間での警備を命じられた。これでは妹に石入りのパイを渡すことができないではないか。

——このままでは僕はベルベルド家から勘当されてしまう。貴族ではなくなってしまう！

現に監察員から外されると知った時、父親からはレイズを通して『お前には失望した』という伝言があった。

もうキーファには後がないのだ。

——これもすべてあの菓子職人見習いの女とテオルダートのせいだ！　あの女が紛らわしいことをするから、僕が失敗したんだ。全部あいつらのせいだ。

クロエの予想通り、キーファは自分の失敗や不運をすべて他人のせいにしていた。

——なんとか目に見える形で成果をあげないと、僕は破滅する。何とかしないと……！

そんな時に、謁見の間に入ってきた下級貴族の令嬢たちの間に、あの菓子職人見習いの姿があることに気づいた。

着飾っているがキーファには分かる。腹が立つことに、菓子職人見習いの女は他の誰よりも魔力が高いからだ。

「なんで、あの女がここに……」

その疑問は、アルベールと見つめ合っているクロエを見て氷解した。

――そうか！　やっぱり今まであの女が石を見つけていたのは偶然なんかじゃなかったんだな！

アルベールをたぶらかしたクロエが、石がわざと自分のもとに戻ってくるように仕組んだのだ。

きっとテオルダートが魔術で何かしたのだろう。そうに違いない。

今度も下級貴族の令嬢の中にあの女を忍び込ませて、石を引き当てさせるつもりなのだ。それも大勢の前で。

――不正だ！　不正行為だ！

自分がやろうとしたことを棚にあげて、キーファの心の中に激しい怒りが湧き上がった。

――暴いてやる、暴いてやるぞ、お前たちの企みを！

そうすれば父親も自分を褒めてくれるに違いない。奴らの企みを暴いてアルベールを救い出し、テオルダートを城から追い出せば、王家に貸しも作れる。

追いつめられた心はそのことしか考えられなくなった。

謁見の時間が終わると、キーファはその場で待機を命じられていたにもかかわらず、隙を見て謁見の間を抜け出した。……魔術で監視されていることに気づくこともなく。

キーファが目指したのは晩餐会の会場である大広間だった。

＊＊＊

謁見が終わって、控えの間に戻ったクロエたちだったが、それほど時間が経たないうちに晩餐会の会場へ案内された。正面の大きくて重そうな扉から大広間へと踏み込んだクロエはそこで侍女の一人に小さなお皿を渡される。

「席に着く前に、あの中から一つパイをお選びください」

侍女の指し示す方を見ると、大広間の一角に大きなテーブルが置かれ、上には高そうな陶器に品よく並べられた一口大のパイがあった。

——師匠たちの作ったミンスパイだわ！

甘い匂いが入り口付近にまで立ち込めている。けれど、テーブルの前には先に入場していた高位の貴族令嬢たちが大勢集まり、あれでもない、これでもないと真剣な表情でパイを選んでいるので、クロエたちが近づくことはできなかった。

ようやく高位の貴族令嬢たちがパイを選び終え、クロエたちの番がやってきた。他の令嬢がどれを取るか悩む中、クロエは適当に一番近くにあったパイを選んで小皿に盛る。

——どうせどれを選んでも同じだ。

クロエには確信があった。

——つまり、石入りのパイを選ぶんじゃなくて、『対となる者』が選んだパイに勝手に石が入ってくるのよ！

三回の花嫁選びの晩餐会を経て、ようやくたどり着いた結論だ。でなければ、絶対に間違いがないようにとフィリングをより分けて作った味見用のパイに石が入っているはずはない。

――だから、私が適当に取ったこのパイの中に、今にも石がどこかから転移してくるはず。

実際に適当に放り投げた石が、アルベールのもとへ戻ってくるのをクロエは目撃している、あれと同じことがパイの中で起きているのだと思えば、頷けるものがあった。

選んだパイを手に、クロエは広間中をくるりと見渡す。いつもは玉座が置かれている入り口からもっとも遠い場所――つまり上座《かみざ》にはテーブルが横に並べられている。王族たちの席だ。

まだ誰も座っていないが、おそらく別の場所で招待客全員がパイを選び終わって着席するのを待っているのだろう。

招待客の席は王族の席とは直角となるように並べられていた。入り口から玉座までまっすぐ敷かれている赤い絨毯を挟んで、向かい合せになるように三列ずつ並べられている。縦に長い大広間なので、一列のテーブルの長さはかなりのものになるのだが、それが計六列もあったら、かなりの人数を収容することが可能だ。

――今回も確か招待客は二百人近くいたはず……。

席はあらかじめ王城側で決められており、当然ながら王族に近い席は公爵家や侯爵家などの高位の貴族令嬢たちで占められていた。

クロエは自分の名前が書かれた席を探したが、やはりかなり出入り口に近い席だった。いわゆる末席に近い。

──まぁ、こんなものよね。でも食事の内容は高位の貴族だろうが男爵家だろうが同じだわ！

前菜に、スープ。メインのお皿に芸術作品のように盛られているのは二種類の料理だ。野菜の上に載った魚のポアレに、肉のフィレを使ったステーキ。こちらにはマッシュポテトが添えられている。

籠に盛られたふわふわの白パン。そして、デザートにはこんがり焼けたミンスパイ。

美しく盛られた数々の品の料理に、クロエのお腹がぐぅと鳴った。

──メリルさんたちが作った料理だもの。絶対に美味しいはず！　ああ、早く食べたい。

美味しそうな晩餐を前に、席に座ってじっと待っていると、やがて全員が着席したのか、王族たちが大広間に入ってきた。

拍手の中、最初に入場したのは国王だ。次に青いドレスを身に着けた王妃、そして白い礼服も煌びやかなアルベールが続く。さらに、今は臣下に下って公爵を名乗っている王弟や公爵夫人が入場し、最後に若草色のドレスを身に着けたセラが入ってきた。

セラはまだ具合が悪いのか、遠目から見ても歩き方がぎこちなく、どこか辛そうだ。早く席に座らせてあげないと、と思ったのはクロエだけではないだろう。

王族がテーブルに着席すると同時に、ワインのグラスをお盆いっぱいに並べた給仕たちが現れて、招待客に配っていく。

やがてすべての席にワインが振る舞われると、国王がグラスを片手に立ち上がって開会を宣言する。

「皆の者、今宵は王太子のためによく集まってくれた。ささやかながら晩餐を用意したので、遠慮なく食べて飲んで楽しい時間を過ごしてほしい。では、我が国のさらなる発展を祈って、乾杯《プロースト》！」

「乾杯《プロースト》！」

クロエたちは国王の言葉に合わせてグラスを掲げて、一斉に乾杯の言葉を口にした。

あとはただ食べて飲むだけである。醜態を晒さないためにあまりお酒をお代わりする人はいなかったが、晩餐会を見届けるために参加している重臣たちは別だ。王族のテーブルから少し離れた場所に設えた場所で料理に舌鼓を打ち、ワインを飲み、周囲と会話を交わしながら、どこの令嬢が石を引き当てるか、じっと観察している。

朝感じていた緊張感はどこへ行ったのか、クロエは気負うことなく両隣の男爵令嬢たちと簡単な会話を交わしながら、食事を楽しんだ。

すべてのメニューを食べ終えて、いよいよパイに取りかかる。その頃になるとあちこちでパイを口にする令嬢たちが出始めていて、がっかりした表情や、こんなものかと割り切った表情を浮かべていた。

パイの皿を引き寄せ、フォークで半分にパイを切ったクロエは、片側をぱくりと口の中に入れる。咀嚼しようと歯を立てたとたん、もはや馴染みとなっている硬いものがガリッと音を立てて当たった。

——ああ、やっぱりそうなのね。

安堵のような諦念のような、形容しがたい思いが胸の中に広がっていく。

クロエは『魔法の石』を避けるように口の中のミンスパイをゆっくりと咀嚼し、芳醇な味わいを楽しんだあと、口の中から石を取り出した。

とたんに、クロエのパイの中から石が出たと気づいた周囲に、ざわめきが走る。

遠目でクロエのパイの中から石が出たことを確認したアルベールの口元が綻んだ。そのことに気づかないまま、クロエは残りのパイを食べ終えると、その時を待った。

全員がパイを食べ終えたことを確認すると、国王が立ち上がり、前回同様に厳かな声で参加者に尋ねる。

「虚偽報告は厳罰と心得よ。それでは確認する。王太子アルベールが持っている石がパイの中に入っていた者はおるか？」

クロエはほんの一瞬だけ名乗りをあげることを躊躇した。けれど、アルベールがまっすぐ自分を見守っているのを感じ、覚悟を決めた。

手をあげ、はっきりとした口調で告げる。

「はい。私のパイの中に石が入っておりました」

とたんに会場中がざわめきに包まれる。クロエは全員が自分に注目していることに気づいて頬がかぁっと熱が集まるのを感じた。

――セラ様はよくこんな雰囲気の中で名乗りをあげる勇気があったものだわ。ああ、穴があったら今すぐ入りたい！

「そなたは？」

前回の時とは違い、国王は戸惑いを露わにしてクロエに尋ねる。彼は石が出てくるとは考えていなかったのだ。

「……クロエ・マーシュ。マーシュ男爵家の三女です」

クロエは少し俯き加減になりながら答えた。堂々とした振る舞いだったセラとは大違いの態度に、前回のことを目のあたりにしていた者たちは一瞬だけ失望し、次に下級貴族であればクロエの反応は当然だろうと思い直した。

セラが堂々とし過ぎていたのだ。周囲の視線を気にすることなく、戸惑う様子も見せず、自信に満ちた様子で名乗りを上げたセラは、まるで当たるのが分かっていたかのようだった。

その事に気づいた面々は、青ざめて座ったままのセラを見つめる。よくよく見てみれば、セラはまったく自分の前に置かれた食事に手を付けていない。

「ん？　もしや、そなたはステラの弟子の菓子職人のクロエではないか？　アルベールの間食を作っている」

ようやく国王はクロエの素性に思い至ったらしい。

「は、はい。そうです。その……おやつ係のクロエです」

よもや国王が自分のことを知っていたとは思いもよらず、クロエは狼狽えた。その様子を見てアルベールは噴き出しかけて、ぐっとこらえる。

「うむ。そういえば、貴族出身であったな。アルベールからそなたの作ったおやつのことを聞いて、私もいつか食べたいと……ゴホン」

国王は自分が言いかけたことに気づいて気まずげに咳払いをすると、言葉を続けた。

「いや、そのことは今は置いておいて、まずは石だ。そなたのパイに入っていた石を検分したい。構わないか？」

「はい」

国王は傍にいたゼファールに合図をした。それを受けてゼファールがクロエのもとへやってくる。

「石を拝借してもよろしいでしょうかな、クロエ様」

初めて見る王室顧問ゼファールは、白髪にキャラメル色の瞳をした知的な老人だった。

――この方が、師匠の旦那様……。

稀代の魔術師と国守りの魔女という異色の取り合わせだ。どうして夫婦になったのか、興味は尽きないが、ステラはあまり話す気がないらしい。

――いつか、この方に尋ねてみたいわ。

この場にはまったくそぐわないことを考えながら、クロエは石をゼファールに差し出した。

石を受け取ったゼファールはしげしげと石を眺めて、やがて頷く。

「間違いありません。これは殿下の『魔法の石』です」

ゼファールが確信のこもった声で宣言したとたんに、再び大きなざわめきが大広間中で湧き上がった。

「どうぞ、こちらへいらしてください」

手を差し伸べられ、クロエは惚けたように席を離れた。赤い絨毯の上をゼファールにエスコートをされてゆっくりと進む。どうやら彼はクロエをアルベールのもとへ連れていこうとしているようだった。

アルベールも席から立ち上がり、テーブルを回り込んでクロエを迎えるために前に出てくる。青い顔で座ったままのセラには目もくれなかった。

その様子に王妃が戸惑ったように息子とセラを交互に見つめる。

クロエはアルベールだけを見つめていたので、王族のテーブルに近い位置に座っている令嬢の一人が、まるで射殺したいとでも言うように憎々しげに自分を見つめていることに気づかなかった。

ゼファールはクロエを連れてアルベールの前まで来ると、石を彼に手渡す。

「これは、殿下の石に相違ないでしょうか？」

受け取った石を手のひらで転がし、ぐっと握り締めながらアルベールは頷いた。

「ああ、間違いなく私の石だ」

「では彼女の手はあなたに委ねましょう」

皺だらけの顔に微笑を浮かべると、ゼファールはクロエの手を取ったままアルベールに差し出す。

アルベールは石を握り締めているのとは反対の手でクロエの手を取ると、ぎゅっと握った。

「ほら、言っただろう？　君は石を引き当てるって。最初から私の石は君を選んでいたんだよ」

優しい声がクロエの耳を打つ。

「殿下……」

おずおずと見上げると、アルベールはクロエの手を持ち上げ、甲にキスを落とした。

「クロエ、君こそが私の『対となる者』だ」

きゃあ、という悲鳴が湧き上がる。半分は悲嘆の声であったが、半分は『対となる者』の出現を歓迎するかのような感嘆の声だった。

その時、それらすべての声を引き裂くように大広間に糾弾の声が響き渡った。

「お待ちください！　殿下はその女に騙されています！」

突然現れたのはキーファだった。彼は血走った目をクロエに向ける。

「不正が行われたのです！　その女とテオルダートが謀って何らかの魔術を使い、石入りのパイを引き当てたに違いありません！」

あっけに取られる招待客や国王たちを尻目に、ゼファールが厳しい声をキーファに向けた。

「キーファ、今すぐその口を閉じて下がるがいい！　謁見の間から出るなという命令を破り、なぜ大広間にやってきたのだ。事と次第によっては王立魔術師団から除名するぞ！」

だが、キーファはゼファールの言葉を完全に無視した。クロエを睨みつけながら詠唱を口にし、魔術を組み上げていく。

「風よ、我の前に顕現し、その力を示せ」

もはやキーファの目にアルベールの姿は映っていない。ここで風の攻撃魔術を放ったらアルベールにも当たってしまうことや、周辺にも被害が及ぶことなど頭になかった。彼はクロエを抹殺することしか考えられなくなっていたのだ。

「刃《やいば》となり、敵を切り裂け――」

「だから遅いって！」

キーファの呪文に重なるように甲高い声が響き渡る。キーファはその声の主を知っていた。羨《うらや》んで、そして憎んでやまない相手のものだ。

「なっ……」

虚を衝かれて目を離した一瞬の隙に、いつの間にかクロエとアルベールの前にテオルダートが転移していて、キーファに手の平を向けていた。

「《雷電《ライトニング》》！」

テオルダートの口から零れたのは、たった一言だけだった。けれどその単語が放たれたとたん、大広間の高い天井から轟音とともにキーファ目がけて雷が撃ち落とされた。

「ぐ、はっ……」

全身を雷に打たれたキーファはその場に倒れ込んだ。キーファが放つはずだった魔術は形になることなく、彼の魔力とともに霧散して消えた。

「いくら強力な術だって発動が遅ければ何にもならないんだって言っただろう、キーファ？　人の陰口ばかり叩いて鍛錬を怠るからこうなるんだよ」

偉そうな口調で言いながら、テオルダートが床に倒れたキーファを見下ろす。

「軽めの術だから、死にはしないよ。しばらく動けないだろうけどね」

「くっ、くそっ……」

倒れ伏したままでもキーファの意識はあるようだ。テオルダートの言う通り、命に別状はないが、動けない状態らしい。よくよく見てみると、彼の身体から静電気のようなものが出てバチバチと音を立てていた。一種の拘束の魔術なのだろう。

「よくやった、テオ」

ゼファールは孫を褒めると、国王の方に向き直る。

「お怪我はありませんか、陛下、王妃陛下」

「私たちは何ともない。テオルダートのおかげだな」

国王はテオルダートを見て笑顔になったが、床に倒れているキーファを見ると真顔になった。

「確かこやつはベルベルド家の次男ではなかったか？」

その言葉を聞いて、一人の中年の貴族が転がるように前に出て、国王の前で跪《ひざまず》いた。そして頭を床に擦《こす》り付けて申し開きをする。

「も、申し訳ありません！　ですが、その者はとうに我がベルベルド家を勘当され、籍を抜かれている身です。そやつが何をしでかそうと、我が家は関係ありません！」

「そ、そうですとも！　この男はもうわたくしの兄でもなんでもありませんわ！」

一番前の席に座っていた、美しいが気の強そうな女性が立ち上がって叫んだ。

「ち、父上、イザベラ……そんな……」

キーファは愕然となった。彼は今初めて、とっくに家族に切り捨てられていたことを悟ったのだ。

「そのような言い訳がまかり通るか」

冷たい声で言ったのは、宰相のマクリスだった。彼は兵士を何人も引きつれてやってきたとたん、彼らに命じた。

「ベルベルド家の者を拘束せよ。ああ、次男の方は放っておけ。どうせ魔術が解けるまで一歩も動けまい」

「はい。かしこまりました」

兵士はたちまちベルベルド侯爵と、娘のイザベラを床に引き倒して拘束した。

「な、何をする！」

「放してよ！　なんなのよ、あんたたち！　わたくしたちは高位貴族よ！　そんなことをしていいと思っているの⁉」

「……聞くに堪えないな……」

ポツリと呟くと、アルベールはクロエを庇うように前に出て、後ろを振り返って言った。

「クロエ、下がっていて。大丈夫だとは思うが、追いつめられた奴らは何をするか分からない。君に危害を加えようとするかもしれないから、少し離れていて」

「え、でも……」

クロエが躊躇していると、急に後ろから腕を掴まれて、ぐいっと引かれた。レイズだった。

「殿下の言う通りです。もし万が一あなたを人質にでもされたら、殿下は彼らの要求を呑むしかなくなります。殿下のためを思うなら、安全な場所にいてください」

「わ、分かりました」

クロエは頷いてレイズに引かれるままに後ろに下がっていく。十分距離を保ったところで、ようやくレイズは止まった。

「くそっ、この私にこんなことをしてただで済むと思うなよ、マクリス！　ああ、陛下！　私たちは無実です。キーファが勝手にやったことなのです！」

ベルベルド侯爵が兵士に拘束され、縄でぐるぐる巻きにされながら訴えていた。けれど、国王は冷ややかに彼らを見下ろすだけで、何も言わなかった。代わりに彼らに告げたのは宰相だ。

「そのような言い訳は通らないと言ったはずだ。だが、今日そうやってお前たちが拘束されたのは別にキーファのことだけではないんだ。横領の件と言えば分かるかな？」

宰相の皺だらけの顔に冷たい笑みが浮かんでいた。

横領と聞いて、一瞬だけベルベルド侯爵は顔をこわばらせたものの、動揺した様子を見せずに嘯く。

「何のことですかな。横領などした覚えはありませんが。証拠はあるのですかな。侯爵である私を拘束するからには、確たる証拠がないと――」

「証拠ならあるさ。内通者によって横領の件が明らかになって以降、ずっとお前たちの動向を探っていたからな。最近ではかなり派手にやらかしてくれたそうじゃないか。おかげでこうしてお前たちを地下牢に放り込めるだけの証拠が集まった。言い逃れはできんぞ」

憎しみの籠もった目を宰相に向けられ、とうとうベルベルド侯爵は自分たちが完全に詰んでいることを悟ったらしい。ガクッとその場に座り込み、うなだれた。娘の方もすっかりおとなしくなり、呆然と立ち尽くすだけだった。

この一連の出来事を国王は、冷静な眼差しで見守っていた。ベルベルド家の横領のことは国王にも報告されていて、捕縛の件ももちろん了承済みだ。

「確か、ベルベルド家には他に嫡男がいたな。嫡男の方も財務局に勤めていて、横領に関わっているという話だったが……」

小声で宰相に話しかけると、彼は頷いた。

「彼も城にいるはずです。逃げ出さないうちにさっさと身柄を確保しましょう」

宰相は近くにいた兵士にベルベルド家の嫡男の捕縛を命じた。兵士たちはその命を受けて慌ただしく大広間を出ていく。嫡男が捕まるのは時間の問題だろう。

「さて、貴族たちの動揺を鎮めなければならないな」

国王はひとりごちる。

「皆の者」

立ち上がって国王は声を張り上げた。

「見苦しいものを見せてしまい、申し訳なかった。後日詳しい話はするが、ベルベルド侯爵はその立場を利用して長年国庫から金を横領していたのだ。そのため、今回の逮捕の運びとなった。根が深いので何人かまた捕縛されることもあるかと思うが、一丸となって今回のことを乗り越えていきたいと思う」

ベルベルド侯爵の横領に関わっていた貴族たちは戦々恐々としているだろうが、大部分の貴族たちには関係のない話だ。

皆はざわついていたが、国王の呼びかけもあり、次第に落ち着いていった。

「さて、いささか脱線してしまったが、話を本筋に戻そう。アルベールよ。そなたはクロエが『対となる者』だと言ったな？　それに間違いはないか？」

「もちろんです」

アルベールは自信を持って答える。

「そもそも最初から私の石はクロエを選んでおりました。彼女が菓子職人であったために私も最初は気づきませんでしたが、一回目の時も二回目の時もパイの中から石を発見したのは彼女でした」

「だが、三回目はどうだ？　セラのパイの中から石は見つかっている。必ずしもクロエが選ばれているというわけではない」

国王がアルベールに反論したその時だった。

「いいや、石は最初からクロエを選んでいた。それは間違いない」

広間中に響き渡る声とともに、急に広間中の窓という窓、扉という扉が開かれ、突風が入り込んできた。

クロエの背後にも窓があったために、風が彼女のピンクのドレスとバックリボンを大きくはためかせて――不意に止む。

「あっ……」

そう言って息を呑んだのは誰だったのか。いつの間にか、国王の前には灰色のローブを身に着け、すっぽりとフードで顔を覆った人物が立っていた。

「あなたは……」

王妃は目を見開く。彼女は灰色のローブを着た人物に見覚えがあった。

「ま、魔女様？　国守りの魔女様ですか？」

灰色のフードを払い、二人に顔を見せながら国守りの魔女フローティアが微笑んだ。相変わらず平凡な顔だちだが、魔女は二十年前に見た時と少しも変わっていなかった。

「久しぶりだね。国王、それに王妃。王子の誕生祝いの席以来だ」

国王と王妃は突然の来訪に仰天しているが、クロエやアルベールにとっては予定調和なステラの……いや、国守りの魔女フローティアの登場だった。

――口調は師匠そのものなのに、顔と少し声を変えるだけで、案外気づかれないものなのね。

「魔女？　国守りの魔女だって？」

「二十年前に現れて殿下に祝福を与えて以来、姿を見せなかった魔女がここに？」

再び大広間にざわめきが走った。

「ま、魔女殿。それは本当ですか？　王子の言う通り、石はクロエを選んでいたと？」

半信半疑の国王に、ステラは頷いて見せた。

「その通りだとも。王子の『対となる者』はクロエだ。魔女フローティアの名において保証する。……だが、国王の言う通り、三回目の晩餐会は少し様子が違っていた。石は間違いなくクロエのもとに行ったが、イレギュラーがあったのさ」

国守りの魔女フローティアの目がテーブルの端に座るセラの姿を捉える。

「王子がそれを今から説明するだろう」

「ええ。まずは今日、クロエのパイの中から出てきた石を見てください」

アルベールは手のひらに握り締めていた石を親指と人差し指で摘んで、国王たちに示した。

「それから、これです。これは前回の晩餐会でセラのパイの中から出てきた石です」

言いながらアルベールはもう片方の手で礼服のポケットをさぐり、小さなガラスの瓶に入った石を取り出して見せた。

「なんと、石が……二つある⁉」

「まぁ、これは……」

国王は目を剝き、王妃は口元を押さえた。

「どちらかが偽物だったというの？　でも、ゼファールは三回目も今回も本物だと……」

「母上、よく思い出してください。三回目の時にゼファールが言ったのは、石は本物の『魔法の石』であるということだけです。私の石だと言ったわけではないんです」

「その通りです、殿下」

ゼファールが頷き、国守りの魔女がそれを補足する。

「ゼファールが耄碌したわけではないよ。それはどちらも本物の『魔法の石』さ。『祝福の子』に大地が与えたものに相違ない」

「い、一体、それはどういうことなのですか？」

二つある石はそのどちらも本物だという。国王は困惑するしかなかった。

「それはセラ本人に聞きましょう」

アルベールはガラスの瓶の中から石を取り出すと、コツコツと足音を響かせながらセラの前まで移動した。

セラは真っ青になったまま、先ほどからピクリとも動かない。時々落ち着かなげに移動する視線がなければ、人形のように見えただろう。

「これはあなたの石です。お返ししますよ。ハルモニア国の第二王女、セラフィーナ姫」

「なっ……！」

国王は思わずといったふうに腰を浮かした。

「ハルモニアの第二王女だって！　もしや、それはアルベールの二年後に生まれた……！」

「ええ。私と同じように『大地の祝福』を受けて誕生した、ハルモニア国の『祝福の子』です」

――セラ様がハルモニアの第二王女⁉

クロエはリザヴェーダから教えてもらった話を思い出していた。

大陸の反対側にあるハルモニア国にも『祝福の子』がいると。でもその子にはすでに『対となる者』が存在していたはずだ。

セラは何も言わなかった。けれど沈黙を続けていること自体、肯定しているも同然だった。

「まぁ、驚いた。でもこれでどちらもゼファールが本物だと断じた理由が分かりましたわ」

王妃がしみじみとした様子で呟いた。

「彼女が持っていた石も本物の『魔法の石』。この二つがこうして同時に存在するのを目にしなければ、信じられなかったでしょうね。色も形もほとんど一緒だもの」

「し、しかし、なぜハルモニアの第二王女がここへ？　なぜ我が国の貴族の養女にまでなってアルベールの花嫁選びの晩餐会などに参加しておるのだ？」

大広間にいる全員が抱いているであろう疑問を、国王が口にした。

「それはセラ様に代わって私がお答えしましょう」

聞き覚えのある声が応じる。

「え……？　リサ……さん……？」

クロエは目を見開いた。いつの間にか国守りの魔女フローティアの隣に、メイド服姿の女性が立っていたからだ。それはセラが唯一実家から連れてきた侍女だというリサだった。

セラの身体がビクンと震えた。それは、ここに来て初めて彼女が見せた反応だった。

「リザ……」

震えたか細い声がセラの口から零れた。反対にリサはにっこり笑う。

「リサですってば。……ああ、でももう、その名前は必要ないわね？」

リサの姿が急に変わった。メイド服を身に着けた姿から、国守りの魔女と同じ灰色のローブをまとった姿へと。ただし、こちらはフローティアとは違い、最初から顔を晒している。

リサは愛嬌のある顔だちから、妖艶な美女へと変化していた。

「あ、あなたは……も、もしや……」

国王が息を呑み、喘ぐような声を漏らす。

リサの真っ赤な唇が、にぃと弧を描いた。

「この姿ではお初にお目にかかりますわね。フローティアの国王陛下、王妃陛下。私は魔女ハルモニア。ええ、そうですとも。ハルモニアでは国守りの魔女と呼ばれている者ですわ」

「ハルモニアの国守りの魔女……！」

大広間のあちこちから息を呑む音が聞こえた。

クロエは呆然と国守りの魔女ハルモニアの姿を見つめる。不思議なことに、リサの姿以外で会った覚えはないのに、どこか彼女に対して既視感を覚えていた。

――だ、誰だろう。よく見知っている人物のような……。

「魔女の姿では初めましてですね。国守りの魔女ハルモニア殿。さっそくですが、国から出ることが難しいはずのセラフィーナ王女とあなたがこの国にいらしている理由を伺ってもいいでしょうか？」

誰もが新たな国守りの魔女の登場に呆然としている中、アルベールとゼファール、それにテオルダートだけは冷静だった。ある程度、セラについている魔女が誰か特定ができていたからだろう。

――確かに魔女がいるのなら、セラが連れてきたリサさんが一番怪しいわ。

「ええ、構いませんことよ、アルベール王子。でもその前にこれをゼファールにお渡ししておくわ」

ハルモニアはそう言ってローブの懐から丸い透明な石を取り出す。

「これは、そこの床に這いつくばっている負け犬が、セラ様の部屋に仕掛けた魔術の数々よ。証拠として魔術ごとこの石に閉じ込めておいたの。魔術は確か自分の魔力を媒介にして術を呼び出すのよね。だったらこの石の中にその負け犬の魔力の形跡もばっちり残っているはずよ。ぜひ活用してちょうだい」

ゼファールに向けてハルモニアは石を放り投げた。「おっと」と言いながら慌ててゼファールは受け止めたが、床に落ちて割れたらどうするつもりだったのだろう。

――いや、それよりも負け犬って……。

どうやら床に倒れ込んだままのキーファのことを指しているらしいが、あまりに辛辣な言葉だった。

――ううーん、やっぱり覚えがあるわ。柔らかな声と口調で毒を吐く。そんな人が割と身近にいたような……。

頭を悩ませているうちに、負け犬が自分のことだと分かったキーファが苦し紛れに吐き捨てた。

「くそ、この魔女風情が……！」

大広間が一瞬にして凍りついた。国王も王妃も顔を引きつらせている。

「魔女殿になんということを……」

国守りの魔女は十か国の王族より尊い存在だとされている。その魔女相手に悪態をつくなど、許されることではない。

一方、言われたハルモニアは、コロコロと鈴を鳴らすような笑い声をあげていた。

「まぁ、ゴミでしかない咎人がよくさえずること。負け犬ではなくて、カエルと呼んだ方がいいかしらね。醜い声でゲコゲコ鳴くカエルよ」

「僕は負け犬でもカエルでもない！　僕は貴族だ！　お前なんかより由緒正しい血統なんだぞ！」

「まぁ、ホホホ、笑えるわね。血統ですってよ、フローティア。咎人の血統のくせに由緒正しいとか」

甲高い声で笑った後、ハルモニアはピタリと笑い声を止めた。

「ねぇ、フローティア。やっぱりあなたは甘すぎだわ。このゴミは自分の血統とやらが持つ意味も知らないくせに、『祝福の子』の対となる者に刃を向けようとしたのよ。許されることではないわ。無知は罪よ」

「はぁ、確かにあたしは甘いが、あんたは過激すぎるんだよ」

国守りの魔女フローティアは呆れたようにため息をつきながらも、ハルモニアの言葉を否定しなかった。

「そこのキーファとやら。お前は勘違いしているようだね。貴族だか由緒だか知らないが、それが建国以来の貴族という意味ならば、あんたの血統は罪人の血統だ。あんただけじゃない。この国の、いや、十か国すべての建国当時からの貴族は、自分が犯した罪を子孫の命を生贄《いけにえ》に差し出すことで命を長らえた、重罪人の血統なのさ」

魔女フローティアのこの言葉に対する反応は様々だった。信じられず眉を顰める者。キョトンとする者。

けれど、中には恥じるように床に視線を落とす者がいた。その多くは伯爵家以上の、侯爵、公爵と呼ばれる身分の者たちだった。

そして王族もそうだ。国王や王妃、それに王弟も目を伏せ、ぎゅっと口を引き結んでいる。

彼らの反応に、まさか……と多くの人々が目を見張った。

「代々語り継いでいる家もまだあるようね。でも少なすぎるわ。大半は自分の先祖の犯した罪を知らないなんて。それでいて血統を誇っていたなんて。ハルモニアではありえないわ」

「あんたのところは地域的に『祝福の子』が生まれやすい土地柄だからね……いや、やっぱりあたしや代々の国守りの魔女たちが甘かったんだろう。臆さず真実を伝えさせるべきだったんだ。それを怠ったから、すべてのしわ寄せが王子にいってしまった……」

どこか疲れたようなため息を漏らすと、魔女フローティアは俯いている国王と王妃に声をかけた。

「国王、王妃。あんたたち王族が隠そうとした気持ちは分からなくはない。でもあんたたちは王子が生まれた時に勇気を持って知らせるべきだったんだ。隠すのではなく。十か国の建国の真実を。あんたたちの先祖が犯した罪のことを」

そして魔女フローティアは大広間にいる者たちに語った——大帝国と『大災害』の原因を。

それは魔女に会いにブロッケン山に行った時にテオルダートが話してくれた話とほぼ同じだった。

けれど、テオルダートが濁して語らなかった真実も含まれていた。

『大災害』を引き起こす原因となった魔術師たちの末路がそれだ。

「魔術師たちは重罪人としてむごたらしく処刑される運命だった。けれどそこに待ったをかけたのが当時十人しか生き残っていなかった魔女たちさ。魔女たちは魔術師たちに取引を申し出た。処刑されたくなければ、この先誕生するお前たちの子々孫々の魔力も大地に差し出せと」

魔女は世界の管理人であり、大地の龍脈《りゅうみゃく》の流れを整える役目も負っていた。この龍脈というのが人間に例えるならば大動脈のようなもので、そこに血が流れなければやがて死滅してしまうという大事な部分だった。

ところが流れを整える魔女が次々殺されて数を減らしてしまったことで、龍脈の流れが滞り、文字通り大地そのものが腐敗し始めてしまったのだ。

この流れを元に戻さなければ、大地は死に絶え、死の大陸になってしまう。けれど、魔女は龍脈の流れを整えることはできても、その中を流れる『血』そのものを作り出すことはできない。それは大地が自然回復することでしか生まれないものなのだ。

問題はもう一つあった。たとえ『血』の部分が作り出せるようになったとしても、龍脈そのものがズタズタになっていて、上手く機能しなくなっていたのだ。

そこで魔女たちが龍脈に疑似的な流れを作り出すために選んだのが、人間の魔力だった。人間の魔力をズタズタになった龍脈のパイプ代わりにすることで、『血』の流れを疑似的に作り出す。大地が回復してくれれば、そこにはやがて本物の龍脈が出来上がり、『血』の部分を滞りなく送り出してくれるだろうと考えたのだ。

「魔術師たちは魔術を使えなくなっていたけれど、魔力がなくなったわけじゃないからね。大地に『血』を捧げさせるには都合がよかったんだ。魔術師たちも命惜しさに魔力を差し出した。自分の子孫の分までね」

魔女たちは大地を十個の地域に区割りした。やみくもに龍脈を整えるより、手分けして決められた範囲を受け持った方が効率がよかったからだ。そして生き残った魔術師たちを十のグループに分け、一番魔力が多い人間を『王』にして各地域に振り分けたのだ。

「もちろんそれは大地に魔力を捧げさせるためさ。王にしたのは生き残った人間をまとめ上げるのに都合がよかったから。それがあんたたちの先祖が闇に葬り去ろうとした十か国建国の真実さ。自分たちの先祖が『大災害』を引き起こした重罪人だという事実を忘れたかったんだろうね」

大広間の中はシーンと静まり返っていた。

皆、思いもよらない自分たちの先祖の真実に言葉もなかった。

だが、魔女たちの話はこれだけではなかった。もっと酷い真実がそこに隠されていた。

「はじめはそれでうまくいっていたんだ。そう。最初の数百年ほどはね。王族や貴族たちの魔力のおかげで大地は飛躍的に回復していて、このまま行けばあと数百年のうちに大地は元の力を取り戻すだろう。そう考えられていた。だけどそううまくはいかなかった」

魔女フローティアの言葉の先を魔女ハルモニアが継いだ。

「この世界に生まれた者は大なり小なり魔力を持って生まれているわ。魔力と言っているけれど、これは便宜上、魔術師たちの呼び方を真似ているだけで、本来魔力と呼ばれているのは生命力のことなのよ。魔力を大地に捧げるというのは文字通り命を捧げることだったの。魔力が削られるということは命が削られることも同然よ。当然彼らの寿命も短かった。成人して子孫が残せればいい方で、多くの者が十代のうちに命を落としたわ。唯一若死にを免れたのは『対となる者』が見つかった者のみ。でもそう簡単に見つからないから、みんな若くして死んでいったわ。そうなると、断絶する家も出てきてね。捧げる魔力の量も減ってきてしまって、初代の魔女たち——まだこの時は初代の魔女が生きていてね。彼女たちは根本的な計画を修正せざるを得なかったの」

大地は人がなんとか生きていけるくらいには回復した。それならば回復の度合いをもう少し落とさせて、全員の魔力を捧げさせる必要がない状態にしようと。

「だって贄《にえ》が全滅してしまっては困るものね」

あっけらかんとした口調で魔女ハルモニアは言った。

——贄。確かに王族と高位の貴族たちは大地にとって贄だったんだわ。

認めたくはないが、その例えは正しい。

——でもどうしてなの？　胃の奥がすーっと冷たくなっていく。

クロエは本能的に自分にとって好ましくない方向に話が行っていることを感じ取っていた。

「初代の魔女たちは大地と王族たちとの契約の一部を書き換えることにしたわ。王族、あるいは貴族の中でもっとも魔力が多い者を選出し、大地への贄とする。その代わり、それ以外の者は魔力を捧げる役から解放するとね。つまり、ほんの一部の者たちにすべてを押しつけて、他の者たちを生き永らえさせることにしたのよ。この魔力のもっとも高い者の選出は大地が行ったわ。生まれた時に印をつけるの。魔女にしか分からない印を。それを私たちは皮肉を込めてこう呼んだわ。——『大地の祝福』とね」

ひゅっとクロエの喉が鳴った。けれどそれをクロエ自身は自覚していなかった。

——待って、待って！　『大地の祝福』って、それって、『祝福の子』の……。

自然とクロエの視線はアルベールに向かう。アルベールは振り返ってクロエと目を合わせると、淡く微笑んだ。仕方ないと言いたげなその笑みは、どこか諦めたような翳《かげ》りを帯びていた。

今まで彼が折々に言っていた言葉がクロエの脳裏に蘇る。

『それでも私はこの国の王太子ですから』

――師匠が一番の被害者は殿下だと言っていた理由が今、分かった。ああ、この人はどんな思いであの言葉を言っていたんだろう……！

「もうここまで言えば分かるだろう？　そう、『祝福の子』と呼ばれる者たちがその贄に選ばれた者たちだ。彼らは生まれた時から大地に魔力を吸われ続ける。命が削られ続けるんだ。もちろん、寿命はとても短い。いかに膨大な魔力をもって生まれようが、たった一人で大地のすべてを支えているんだからね」

「だから『祝福の子』は大事にされるの。自分たちの贖罪を一身に背負っている存在だから。周囲はそんな『祝福の子』をなんとか生き永らえさせるために努力する。『祝福の子』の『対となる者』が見つかりさえすれば、相手の寿命を分けてもらえて人並みに長生きできるから。そして『祝福の子』が長生きできればそれだけ、次の『祝福の子』の誕生を遅らせることができる。必死になるのは当然なのよ。だって次は自分の子どもが『大地の祝福』を受けて誕生するかもしれないのだから」

「だけど、大地が回復し『大地の祝福』を受けた子どもが稀にしか生まれてこなくなってから、その状況も崩れていった。この国のように数百年間も『祝福の子』が生まれてないところだと、自分たちの先祖の罪を闇に葬り去り、次の代に伝えないということも増えてきた。あんたたちの中で、いったいどれだけの家が真実から目を逸らさず次代に己が罪を伝え続けてきたんだろうかね」

フローティアが奥のテーブルに居並ぶ高位の貴族たちをじろりと睨みつける。彼らのうち、まったく伝えてこなかった家の者は恥じたように目を逸らした。

「伝えさせることを怠ったのはあたしにも責任があるだろうよ。でもね、アルベール王子が生まれてからも何も正してこなかったのは、間違いなく国王と王妃、あんたたちに責任があるよ。そのせいでアルベール王子はすべてを背負わされた。すべてをだ」

国守りの魔女の言葉は非常に厳しいものだった。

「ここにいる全員に代わって贖罪を背負い、命が削られる苦しみを日々味わってきたんだ。そんな彼にあんたたちは報いたことがあるかい？　挙句の果てに自分たちの利己的な理由で王子の『対となる者』の命を狙った。それは『祝福の子』に早く死ねと言っているも同然の行為だ」

「し、知らなかったんだ！」

キーファが叫んだ。

「僕は知らなかった！　父上からも母上からも教えられなかったせいだ。僕のせいじゃない、僕のせいじゃ……！」

「ああ、もうムカつくな！　何が僕のせいじゃない、だ！」

突然爆発したのはテオルダートだった。彼はつかつかと倒れているキーファの所まで行くと、ゲシゲシと頭を何度も踏みつけた。

「知ろうとしなかっただけじゃないか！　各国の魔術師長たちはこの事実をずっと口頭で伝え続け

てきた。自分たち魔術師が犯した罪を後世に伝えるためにね。師団の資料室にはこのことについて書かれている書物もあった！　調べればすぐに分かったことなんだよ、このバカめ！」

「や、やめろ、この野郎、よせ！」

「あああ、もう。ムカつくから黙ってて！《雷電》！」

テオルダートはもう一度雷をキーファの上に落とす。さすがにしぶといキーファもこれは効いたようで、悶絶しながら気を失った。

「テオの言う通りだ。無知は免罪の理由にはならないんだよ」

冷ややかに言うと、魔女フローティアは国王と王妃を見た。

「はっきり言わなきゃ分からないようだから言っておくよ。もしクロエが城に来なければ、今頃アルベール王子の命は尽きていた」

「なっ……」

国王は絶句し、王妃は青ざめた。そしてクロエは愕然となった。

——殿下の命が尽きていた？　私がいなければ？

「王子はどれほど具合が悪いか言わなかったようだけど、本当に危なかったんだ。でもどれほど自分の命が儚くなろうと、彼は貪欲に生を求めることはしなかった。自分の運命はこうなのだと最初から半ば諦めていたからだ。そうさせたのは、あんたたちだよ。あんたたちが自分たちの先祖の罪を掘り起こされるのを恐れて、真実から目を背けたからだ。彼はあんたたちに気を使ってすべてを背負って逝くつもりだったのさ」

魔女フローティアの言葉は、クロエの耳に非情な響きを伴って聞こえていた。

「そんな……そんなのって……ない……」

――なんで？　どうして殿下が一人で背負わなければいけないの？　そんなのおかしいよ！　他が生き残るために、たった一人にすべてを押しつけるなんて間違ってる！

そう思う傍ら、頭の一部では間違っていないとも感じていた。

なぜなら、一人を犠牲にするだけで他が生き残れるなら、誰だってその手段を取るだろうから。

「私たちが悪かった。アルベール」

「ごめんなさい、アルベール。私たちに勇気がなかったばかりに、あなたに全部背負わせてしまった。まず私たちがあなたを守るために泥をかぶる気持ちで動かなければならなかったのに」

国王と王妃は顔を両手で覆った。

「父上、母上。お二人は精一杯のことをしてくださったと思っていますよ」

アルベールが優しい口調で二人に語りかける。

「ただ、私が余計なことばかり考えて自ら動こうとしなかっただけです。お二人のせいじゃありません」

――そうよ。殿下のせいでも陛下たちのせいでもない。たった一人を犠牲にすることで平和を保っているこの世界がおかしいんだわ。

クロエは涙を零しながら、強く強くそう思った。

今までクロエはこの世界は平和だと思っていた。戦争もない。酷い干ばつもなければ、天変地異もほとんど起きない。前世の世界より、なんて平和な所だろうと思っていた。

——でもその平和は、殿下たち『祝福の子』の犠牲があってこそだった。

「……国守りの魔女フローティア様、ハルモニア様！」

涙を拭い、意を決してクロエは前に出た。

「一人を犠牲にするこのシステムはおかしいと思います。それを変えることはできないんですか？」

二人は顔を見合わせ、首を横に振った。

「言っておくけど、あたしたち魔女だってそれをいいとは思っていないよ。他の方法があればそうしたい。けれど、無理なのさ。大地と人との契約を書き換えるすべは失われてしまった」

「私たち魔女は先代から魔法と、魔女としての記憶《知識》を受け継ぐの。でもその中に大地と人との契約を書き換える方法は入っていないのよ。どうも、初代の個人的な知識の範疇だったらしいわ。私たちじゃお手上げなの。……数学やプログラムは苦手な文系ばかり揃っているから、もう」

魔女ハルモニアがため息をつく。

——ん？　数学やプログラムっていうのはどういう意味かしら？

「あたしらができるのは書き換える能力のある魔女が誕生するのを待つことだけなのさ」

——書き換える。数学。プログラム。

クロエは涙に濡れた目をパチパチとさせながら、妙に前世を思い出す単語の数々を頭の中で繰り返していた。

何かが頭の奥でチリチリと蠢《うごめ》く。

──なんだろう、この感じ。……すごく変。

「国守りの魔女と呼ばれながらも、肝心なことには役に立たない。結局は自分の至らなさを思い知るだけさね」

フローティアは深いため息をつく。

魔術では不可能なことでも可能にできる『魔法』。でも何でもできると思っていた魔女は実はそうではなかった。色々と制約のある身なのだと、クロエには感じられた。

──制約。限定。限定モード。管理者モード。ＩＤ。

また懐かしい前世の単語が浮かんでは消えた。

──なんだろう、これは。バグってる？

──ああ、まただ、また頭の中に浮かぶ。この世界には必要のない単語が。

──……本当？　本当に必要のないものなの？

「ハルモニア。あたしの用は終わったよ。次はあんたの番だ」

頭の中で何かが閃きそうになったが、魔女フローティアの声ですぐにそれはかき消されてしまった。

「そうね。では私とセラことセラフィーナの話をしましょうか。ああ、まずはその子にかけた魔法を解くわね」

魔女ハルモニアはセラに向かってパチンと指を鳴らす。すると、黒髪だったはずのセラ……いや、セラフィーナの髪は鮮やかな蜂蜜色に変わった。

「これがこの子の本当の姿。万が一この子の顔を見たことがある者がいたとしても、素性がバレないように一部だけ変えていたのよ」

セラフィーナの姿は黒髪から金髪に変わっただけなのに、受ける印象はかなり異なっていた。彼女はクロエと同じ歳のはずだが、青ざめたまま口を引き結んでいる姿は実際の年齢より幼く感じられる。

「ハルモニアは大地の回復が遅く、常に『祝福の子』が存在するような国だったわ。だから、この国とは違って千年前の真実がしっかり受け継がれているの。でも、それがこの子には反対に仇《あだ》になったのよ」

「仇になったんですか？」

アルベールが不思議そうに尋ねた。知る限り、セラフィーナとアルベールは同じ『祝福の子』でも、まったく異なる環境で育ったようだ。

「ええ、そうよ」

ハルモニアは頬にかかった赤毛を無造作に払いながら答える。

「『祝福の子』は大切に育てられる。大切にされすぎて、すっかり我が儘に育ってしまったの。我が儘だけならまだしも、彼女は恵まれた環境で育ったが故に、自分の『祝福の子』としての意義がまったく理解できないままだった。だからこそ決められた自分の運命に反発して、『対となる者』とは結婚したくないと言い出したわけ。自分には別に運命の相手がいるはずだ。それはグレンじゃないとね。あ、グレンというのはセラフィーナの『対となる者』の名前よ」

「確か、セラフィーナ王女には生まれた時から傍に『対となる者』がいると……」

「そうよ。この子は恵まれているの。乳母の子どもが『対となる者』だったから。おかげで幼い頃から命が大地に吸われることの辛さや苦しみは味わったことがなかったわ。だからこそ『祝福の子』にとって『対となる者』がどんなに必要な存在か理解できなかった。自分は当たり前のように毎日彼から魔力を奪い、寿命を奪っていたくせに。それどころか彼の人生も台無しにした。あなたは知らないでしょうけどね、セラフィーナ。グレンは軍人になりたかったのよ。だけど、軍に入ったらあなたの傍にいられなくなるじゃない？　周りから止められて、説得されて彼は夢を諦めた。それなのに、この子ったら！」

緑色の瞳に険を浮かべて、魔女ハルモニアはセラフィーナを睨みつける。

「グレンとは結婚しないとか言い出して、挙句にアルベール王子が花嫁選びの晩餐会を開くと知ると、自分の運命の相手はアルベール王子だなんて言い出した。笑っちゃうでしょう？　自分なら彼のことを理解してあげられる。同じ『祝福の子』なんだからって」

クロエが見つめる先で、セラフィーナが唇を噛みしめながらぷるぷると震え出した。今にも泣きそうになっている。

「だから分からせるために私はこの子をここへ連れてきたの。グレンと引き離し、知り合いに頼んで子爵家の養女に迎えてもらって、フローティアにも協力してもらって、舞台を整えた。でもセラフィーナ、これで思い知ったでしょう？」

優しい口調で魔女ハルモニアはセラフィーナを甚振る。

「リザ……」

「あなたにとってグレンがどれほど必要な相手か。命が日々失われていくのがどれほど辛いことか。言っておくけど、あなたが邪魔することでアルベール王子の命をも脅《おびや》かすことになったのよ？　それをいい加減に自覚なさい」

「……分かったわ……分かったわよ！　十分に分かったわ！　だから許してリザ！　私をグレンのところへ戻して！」

とうとうセラフィーナは泣き出した。それでようやく溜飲《りゅういん》を下げたらしく、魔女ハルモニアは嫣然と笑った。

「ようやく認めたわね。ええ、いいわよ。私もこれで国に戻れるわ」

「……なんとなく事情は摑めました」

アルベールは苦笑を浮かべると、泣いているセラフィーナのもとへ行ってそっと語りかけた。

「セラフィーナ姫。君の気持ちが分からないわけではないけれど、私たちにはそれぞれ別に大切なものがある。守りたい者がいる。だから、私たちは同じ『祝福の子』だとしても道が交わることはないんだよ」

「アルベール様……」

それは優しい、諭すような声だった。

「でも、道は交わらないけれど、友人にはなれる。いつか国守りの魔女が許してくれたら、グレンと一緒にまたこのフローティア国へ遊びにおいで」

「はい……ごめんなさい、アルベール様……！」

セラフィーナはますます激しく泣き出した。

クロエのすぐ後ろでレイズが大げさなため息をつく。

「まったく、あの方は相変わらず人たらしですね。ああいうところ、どうかと思いますよ？」

「これって一件落着ってやつかな？　悪い奴は捕まって、殿下はクロエお姉ちゃんのおかげで長生きできる。おば……魔女たちの望みも叶って、万々歳ってやつ？」

テオルダートの声が聞こえた。それに答える魔女フローティア……いや、ステラの声も。

「そうだね。一件落着だ。やれやれ、これでいつもの平穏な日常に戻れ――」

「まだ終わってません！」

思わずクロエは叫んでいた。

「何も解決していないです。だって！　殿下やセラフィーナ様の魔力が大地に奪われ続けることは変わっていない。殿下たちが亡くなったら、また次の『祝福の子』が誕生する。また悲劇が起こるんです！」

涙がポロポロと流れて床に落ちていく。

「誰かを一人犠牲にして成り立つ世界なんて間違ってます。……ううん、間違っていないかもしれないけど、そんな世界、私は認めたくない！」

「クロエ……」

アルベールがクロエをそっと抱き寄せた。

「私のためを思って泣いてくれるんだね。でもいいんだ。どれほど辛くても僕には君がいるから」

――ああ、どうしてこの人はこんなに優しいんだろう。辛いのは私じゃなくて殿下自身なのに。『祝福の子』なんて役目を負わされて、大変なのは殿下なのに。いつも私を気遣ってくれる。

「……クロエちゃんは、この世界のシステムを変えたい？」

何か思うところがあるのか、魔女ハルモニアが意味ありげに問いかけてくる。

「変えたいです。こんなシステム、書き換えてやりたいです」

彼女はふふっと笑うと、クロエの額に手を伸ばした。

「ならば、挑戦してきなさい。あなたにはその資格があるわ」

「やれやれ。確かにあんたがどんな選択をすることになるか、じっくり見させてもらうと言ったけど、まさか本当になるだなんてね」

ステラもクロエの額に手を伸ばす。

「待ってください、二人とも何を？」

驚いたのはアルベールだ。魔女が二人揃って何かやろうとしている。そう感じた。けれど、問いかけた時にはもう遅かった。魔女フローティアの指がクロエの額に触れる。

その次の瞬間、クロエの頭の中でパンと何かが弾ける音がした。


――〝ＩＤ確認しました〟

――〝ゲームモードを中断し、ログイン画面へ移行します〟

――〝パスワード確認。管理者モード起動〟

次から次へと、いつかどこかで見たことがある文面が脳裏に浮かび上がる。
そして、次の文が現れた瞬間、クロエの姿はアルベールの腕の中から消え失せていた。

――〝管理者画面に移行します〟
――〝管理者画面に移行しました〟
――〝コマンドを入力してください〟

第八章　変わる世界

魔法を駆使して冒険したいわけでもない。

王太子妃になってイケメンを侍らせたいわけでもない。

お仕事一筋で頑張りたいわけでもない。

クロエが望むのはただ一つ。

――私のお菓子で笑顔になってくれる人たちに囲まれて、みんなで幸せになりたい。

ただそれだけだ。

＊　＊　＊

クロエは真っ暗な空間にいた。

けれど完全な闇ではなく、眼下にほのかに光るものが見える。頭を巡らすと、闇の中に点と線で輪郭が描かれた、まるで３Ｄ画面のようなものが現れた。

点は平坦ではなく、高くなったり低くなったりしている。着色前の画面にもかかわらず、クロエはそれがなんであるか分かった。

——あ、これ、この大陸の大地だわ。

さらにその点と線で表された物体の下には、規則正しく流れていく、幾筋もの光が見えた。

——あれが多分、師匠の言っていた龍脈だ。この大陸の隅々にまで行きわたる信号。トラフィックだ。

どうやらクロエはこの大地のモデリングを俯瞰《ふかん》で見ているらしい。

普段だったら混乱するような訳の分からない状況だが、この時のクロエはなぜか不思議とは思わなかった。

——何するんだっけ？　確か選択するんだっけ？　……じゃなくて、書き換える？　何を？　そう、プログラムをだ。

——コマンドプロント、起動！

命令を与えると、前世で見たことがある真っ黒なウィンドウが目の前に現れる。白い文字が浮かんでいるところなど本物そっくりだ。

——いや、いや、これ本物だよね？　まぁ、いいや。プログラムを書き換えないと。

黒い画面の中に、大地の基本設定プログラムが表示された。白のテキストで表示された英単語の羅列に目を通していく。

前世で簡単なプログラムを習ってからもう二十年近く経つのに、こんなにはっきり教わったことを思い出せるのは不思議といえば不思議だ。

けれど今のクロエは疑問には感じていない。

——だって、管理者モードだし？　って、ああ、見つけた。この場所だ。

初代の魔女《管理者》がプログラムに加えた構文。対象者の持つリソースを奪って、大地の回復リソースに回すという構文。対象者は十個のブロックそれぞれの中で一番リソースを持っている人間。

この対象者の部分を書き換えればいいのだ。

——今度の対象者は誰にするかですって？　もちろん、最初から決めている。ＡＬＬだ……！

クロエは対象者の条件式を消して、そこに〝All〟と書き込んだ。

特定の因子を持つ人たちだけでもなく、誰か一人を犠牲にするのでもない。この世界に生きるプレイヤー全員が少しずつリソース——生命力を負担するべきなんだ。

クロエは満足げに笑うと、最後に少しだけ悪戯心を出して、フローティア国の設定に、とあるものを追加した。

——ふふん。これでいつでも本物のカスタードクリームが作れるわ！

満足したクロエはプログラムを保存し、管理者モードを終了させた。

さて、帰ろう。……あの人のもとへ。

——〝ＩＤ確認しました〟

——〝管理者画面を終了し、ログイン画面へ移行します〟

——〝ゲームモードを起動〟

――〃パスワードを確認しました〃
きらきらと輝く光を感じた。
意識がふっと遠のき、文字が点滅する。
――〃セーブを選択してください〃
――〃ローディング〃
――〃セーブポイントからスタートしました。箱庭での生活をお楽しみください〃

＊　＊　＊

アルベールは突然消えたクロエの姿に唖然となった。

「魔女殿、クロエは⁉　クロエを一体どこへやったんです⁉」

普段はほとんど荒らげることのないアルベールの口調が険しいものになる。

大広間でも、困惑の声が広がっていた。

「一体何がどうなっているんだ？」

「ああ、もう何が起こっていると言うの？」

「殿下、ヤバいよ、クロエお姉ちゃんの気配が全然感じられない！　どこにいてもすぐに分かるように印を付けてたのに！」

　テオルダートが焦って報告する。

「クロエの所在は？　魔女殿！」

　声を荒らげるアルベールをものともせず、魔女ハルモニアがコロコロと笑った。

「書き換えたいというから、この世界の魔女専用管理者モードに送ったのよ。今、あの子は管理者《魔女》の視点からこの世界を見ているはず」

「管理者モード？　一体なんですか、それは？」

　彼には魔女が何を言っているのかさっぱり分からなかった。魔女フローティアが口を挟む。

「ハルモニア。言ったって王子には分からないだろうが。……あー、とにかく心配はいらないよ。あの子は次代の魔女候補だ。すぐに戻ってこられる」

「次代の魔女候補!?　クロエがですか？」

　初めて知る事実に、アルベールの水色の目が大きく見開かれる。

「そうだ。あの子はあんたの『対となる者』というだけじゃなく、魔女候補でもあるんだ」

「ふふふ。貴重な魔女候補よ。そう簡単に、王子、あなたに渡しはしませんからね？」

　ハルモニア国の国守りの魔女が不気味な笑みを浮かべた。なんとなくアルベールの背筋に冷たいものが走る。

　だがぐっとこらえて、アルベールも不敵に笑った。

「いいでしょう。受けて立ちます。クロエは絶対にあなた方のいいようにさせませんから」

彼がそう言った次の瞬間のことだった。

足元からキラキラした光が立ち昇り――世界が変わった。

何が変わったのかははっきり分からない。けれどその大地に住む全員がこの時、世界の何かが変化したとはっきり感じたのだった。


「まぁ……！」

「なんと、あの子、やり遂げたのかい……！」

魔女二人が驚愕の、そして喜びの声をあげた。

「……あら？　何だか急に身体が楽に……」

セラフィーナが自分の手をじっと見つめて驚いたように呟く。彼女の顔色はすっかり元通りになっていた。

それはアルベールも同じだった。ずっと全身に感じていた重しのようのものがスッとなくなっていた。

「これは……一体……」

「ああ、王子。これは吉報さ。世界が変わった。……クロエが変えた」

震える声でステラが告げる。

「もうこの世界には二度と『大地の祝福』を受けた不幸な子どもは現れない。クロエが大地と人との契約を書き換えたんだ。あんたもセラフィーナも、もう『祝福の子』じゃない」

「え？　ですが、龍脈の維持に魔力は必要なのではないのですか？」

アルベールは驚いたようにステラを見つめた。

「必要さ。だから、これから先はこの世界に生きるすべての人間の魔力で大地を支えていくことになるだろう。あの子が書き換えたＡＬＬ《すべて》はそういった意味さ」

ステラの言葉が終わるか終わらないかのうちに、アルベールの腕の中に光が満ちて、消えたはずのクロエが目を閉じて立っていた。

「クロエ⁉」

「クロエちゃんも無事に戻ってこれたようね。これでこそ、本当のめでたしめでたしだわ……本当の本当によかった。とても素晴らしい《トレ・ビアン》わ……」

「おや、リザ。あんた泣いてるのかい？」

「あなたこそ、その頬に流れるのは何だと思っているの？」

「これはただの欠伸《あくび》さ」

「私も目にゴミが入っただけ……」

頬を流れる涙を誤魔化すように、魔女二人は不毛な言い合いを続けた。

アルベールの腕の中で、クロエが目を開けた。

「あれ？　殿下？　私、さっきまで真っ黒な空間にいたような？　あれ？　夢だったのかしら？」

何度も何度もクロエは瞬きを繰り返す。

新緑の輝きを宿すその瞳に自分の姿が映っているのを感謝しながら、アルベールはクロエを抱きしめて言った。

「おかえり、クロエ」

「え、ええと、た、ただいま？」

おずおずとアルベールの背中に手を回し、クロエが答える。

次の瞬間、大広間中で歓声があがった。彼らには何が起こったのかよく分からなかったが、とてつもなく感動的なものを見たような気がしていた。

「クロエお姉ちゃん、お帰りなさい～！」

テオルダートが駆け寄って、クロエとアルベールに同時に抱きついた。

少し離れたところでその光景を見守っていた老魔術師は眩しそうに目を細めるのだった。

「やっぱり魔法というのは奇跡そのものなのだな。この先もまたこんな奇跡が見られるのであれば、まだまだ長生きする意味もあるというものだ」

＊　＊　＊

長い長い晩餐会もようやく終わった。ベルベルド一家は全員捕縛され、今は城の地下牢に収監されている。

実は嫡男は、家族が捕まったことをいち早く察知して城から逃げようとしていたようだ。それを見つけ出してボコボコにして兵士に突き出したのはレイズだったという。

「レイズはあの嫡男を一番憎んでいたからね。自分の手で捕まえることができて、ようやく彼の気持ちも落ち着くだろう」

「そうですね。よかった」

彼らの確執をクロエはよく知らない。けれど、嫡男と愛人の子ともなれば色々とあったということは想像に難くない。

レイズは前より丸くなった。肩の荷が下りたのだろう。アルベールと不仲を装う必要もなくなったため、クロエを睨まなくなったし、眉間に皺を寄せなくなった。時間厳守でもなくなった。テオルダートとは未だに折り合いが悪いようだが、前よりは互いに歩み寄るようになっている。

——私はあの人を誤解していた。深く知ろうともしなかった。反省しないとだわ。人に見せている面がその人の本質だとは限らないって。

その点、アルベールはすごい。レイズの見せかけの態度の下にある本心を探り当て、彼の望む形で手助けしていたのだから。

——さすが、殿下だわ。……うん。

クロエは心ここにあらずな様子でスコーンをオーブンの中に入れて、スイッチを押した。

「……あんた。もう少し気持ちを入れて作りな。お菓子に申し訳ないと思わないのかい」

「はい、すみません！」

ステラに叱咤され、クロエは背筋を伸ばしたが、すぐまた心ここにあらずになってしまった。

思いもかけずクロエ自身が大地の設定を書き換え、アルベールを『祝福の子』の宿命から救い出して一週間。すっかり城は日常に戻ったが、クロエ自身は元通りとは言えなかった。

――私と殿下は一体どうなるんだろう？

二人の仲は宙に浮いたままだ。

アルベールが『祝福の子』ではなくなったために『対になる者』は必ずしも必要ではなくなった。クロエが傍にいなくてもアルベールは生きていける。もう魔力切れを起こすこともない。

――とても喜ばしいはずなのに、どうしてこんなに寂しく思うのかしら。

きっとそれはアルベールが何も言ってくれないからだ。毎日おやつを食べに来るくせに、事後処理で忙しいからとお腹に詰め込めるだけお菓子を詰め込んで、すぐに戻ってしまう。

――きっと私はただのおやつ係に逆戻りしたんだわ。そうに違いない。

「あー、うっとうしい。早いところ殿下に事後処理を終えるように言わないとダメだね。すっかり腑抜けになって」

ステラのそんな呟きも、クロエの耳には届かなかった。

次の日、厨房にやってくるなりアルベールはクロエに言った。

「クロエ、ちょっといいかい？　少し話があるんだ」

「は、話ですか？」

「ステラ、少しクロエを借りてもいいでしょうか？」

「構わないさ。むしろいない方が捗《はかど》るから、さっさと連れていっておくれ」

まるで犬でも追い払うようにステラはしっしっと手を振った。ひどい師匠である。

「じゃあ、遠慮なく」

アルベールがクロエを連れ出したのは、自室……ではなく、主居館にある小さな中庭だった。小さいながらも立派な中庭で、中央には小さな噴水が置かれ、十字に敷かれた石畳みの四隅には色とりどりの花が植えられていた。

「あの……護衛兵たちは……」

中庭に来るまでは一緒だった彼らの姿が、今はなぜか、ここにはない。いつの間にかアルベールと二人きりになっていたのだった。

「少し遠慮してもらった。クロエと話がしたかったから」

「そ、そうですか」

胸がドキドキした。思えばアルベールと二人きりになったのはこれが初めてだ。いつもは必ず護衛兵か、彼らがいない時はテオルダートが一緒だった。

「あ、そうだ、忘れないうちにまずこれを渡さないと」

上着のポケットの中からアルベールは一通の手紙を取り出した。

「国に戻ったセラフィーナ様から？」

「セラフィーナ姫からだ。君宛てに届いている」

セラフィーナは晩餐会の次の日、魔女ハルモニアと一緒に国に戻っていった。

アルベールと同じように『祝福の子』としての運命から解放された彼女だったが、意外なことに一緒にいる必要がないと分かったとたん、『対となる者』グレンに対する執着が増していたのだ。

『今まで、グレンは誰もが認める私のものだった。絶対離れるわけがないと考えていたの。でもこうして「祝福の子」でなくなって、初めて絶対なんてないんだと分かったの。たとえグレンが私の「対となる者」でなくても、私にはグレンが必要だわ。耳の痛いことを言ってくるけど、それも私のためを思ってのことだと分かったから』

出発の日、セラフィーナはクロエの手を取って自分の本当の気持ちを打ち明けた。

『そのことを気づかせる機会を与えてくれて、ありがとう、クロエ。あなたとはもっともっとたくさんのことを話したかった』

「セラフィーナ様……」

手紙を受け取り、クロエはそれをぎゅっと胸に押し当てた。

――私ももっとセラフィーナ様とお話がしたかった。自分の欲しいものを欲しいと言える勇気を持ったあの美しい方ともっと一緒にいたかった。

彼女はきっと、中途半端なクロエの背中を押してくれただろう。

「クロエ……」

アルベールはふと手を伸ばし、渡したばかりのセラフィーナの手紙を抜き取ると、クロエのエプロンのポケットに押し込んだ。

「読むなら後でね。今はセラフィーナ姫とはいえ、君との時間を邪魔されたくないんだ」

「で、殿下？」

――微笑んでいるけれど、目が笑っておりませんよ？

「ようやく事後処理も終わって、時間的な余裕も精神的な余裕もできた。だからようやく君に言える」

クロエの両手を手に取って、アルベールはぎゅっと握りしめる。そして真剣な眼差しを向けて、口を開いた。

「これからもずっとクロエに私の傍にいてほしいと思っている。病める時も健やかな時もずっとずっと傍らにいてほしいんだ」

それはまさしく愛の告白だった。アルベールの水色の瞳が甘い光を浮かべてクロエに注がれている。

――は、はわわわわ！

胸の中で何か温かいものがぶわーっと膨らんで、膨らんで――急に萎《しぼ》んでしまった。

「……ダメかい？」

首を傾げる動作もたまらなく美しかった。

――駄目じゃない。嬉しい。嬉しいんです。殿下。でも……。

けれどクロエの口から出る言葉は、自信がなくて、煮え切らないものばかりだった。

「本当に？　本当に私でいいんですか？　だ、だって、もう殿下に『対となる者』は必要ないじゃないですか。大地に魔力を流すのは殿下だけじゃなくなったんですから、早死にすることはもうないはず。殿下は『大地の祝福』に縛られずに好きに生きられるし、相手も選べるんです。私は単なる魔力の供給源であり、殿下の運命の相手なんかじゃないんですから」

クロエはずっとアルベールの『対となる者』というのは、前世で言うところの『赤い運命の糸で結ばれた相手』のように思っていた。失っては生きていけない相手。生涯を共にするべき相手。

けれど、テオルダートやステラの話によれば『対となる者』というのは、魔力の質がきわめて近く、足りない魔力を補い合えるというだけの相手なのだ。魔術師であれば魔力を補えるという相手は重要だったから、さも特別な相手のように『対となる者』と呼ばれていただけ。

魔術師でないアルベールには、クロエは必要不可欠な存在ではないのだ。

悲しみをこらえてそのことを告げると、アルベールは優しくクロエを抱きしめて言った。

「違うよ。私は君が『対となる者』だから傍にいてほしいんじゃない。命を永らえたいから傍にいてほしいと願ったわけじゃないんだ。そんなことは関係なく、私の心を照らしてくれる、満たしてくれる唯一の相手だから、君に王太子妃として傍にいてほしいと思っている」

――本当に？　本当に？　……でもごめんなさい。信じられない。

アルベールが信頼するに値する相手だということはクロエにも分かっている。クロエが信頼できないのは自分だ。

王太子妃になる自信なんてない。魔女になりたいわけじゃない。ただお菓子を作って、食べてほしいだけ。そんな中途半端な自分はアルベールに相応しくないのだ。

「その満たすってまさかお腹のことじゃないですよね。だったらそれは単なる依存かもしれません。だって、私の作るお菓子には私の魔力が混じっていたそうだから、殿下には失った魔力を補給できる唯一の食べ物だったってことでしょう。私のお菓子を食べたら楽になれる。そう思っていたからこそ私に傍にいてほしいと考えるようになったんじゃないですか？」

「確かに最初は君のお菓子が食べたくて厨房に通っていたことは認めよう。身体も心も楽になり、苦痛から救ってくれたことも影響しているかもしれない。……でもね、私が君に惹かれたのはお菓子のことだけじゃないんだ。君の笑顔にね、一番に惹かれたんだよ」

アルベールは片手を伸ばして、クロエの頬に触れた。

「気づいていないかもしれないが、君は私やテオがお菓子を食べて美味しいと言うと、本当に嬉しそうに笑うんだ。こっちまで明るくなるような笑顔でね。私は、半分は君の笑顔の見たさに毎日通っていたようなものだよ。お菓子のことを語る君の目はいつもキラキラして眩しく感じた。将来の展望も見えず、ただ周囲の望む通りの王子を演じ続けてきただけの私には、とても輝いて見えた」

「さ、錯覚です。私は単なる……その、菓子職人見習いなだけです。王太子妃なんてとても務まらないし、その器でもありません。それに、私は将来自分の店を持ちたい。私の作るお菓子で皆を幸せにしたいんです。師匠のように魔女だったらその夢は実現可能だけど、王太子妃になったら無理でしょう？」

無理だと分かっているのに、つい縋るように尋ねてしまう。

「そう？　魔女な王太子妃の作るお菓子の店なんて最高に素敵だと思うけど？」

明るく笑ってクロエの望む言葉をくれたアルベールだったが、急に声のトーンを落として言った。

「ああ、でも君のお菓子を大勢と分け合うのは少し抵抗があるな。……ねぇ、クロエ。私やテオや、家族や周囲の人間にお菓子を作って笑顔にすることも大切だと思わない？」

「で、殿下？」

妖しく微笑むアルベールに、クロエはなぜかゾクッと背筋を震わせた。

「私はね、クロエ。実はとても我が儘なんだ。昔はステラの言う通り、運命に抵抗することを諦めて、いつ死んでもいいと考えていた。でも、そんな私に初めて欲を覚えさせたのが君だ。……一緒に生きたいという欲をね」

「殿下」

「だから、私は君を絶対に諦めない。店を持ちたい、お菓子で皆を笑顔にしたいという君の希望を叶えたいし、君に私の妃にもなってほしい。国守りの魔女になりたいならもちろん、全力で支える。だけどそれより第一に、私の傍にいたいと君自身に思ってほしいんだ。そのためなら手段は選ばないよ？」

「ちょ、殿下、近い！　顔近いですって！」

ついずりずりと後退する。けれどすぐに背中に何かがあたって、それ以上下がれなくなってしまった。

アルベールは身を屈めて、クロエの顔にキスの嵐を降らせた。言い訳すれば、いつの間にか噴水のところに追いつめられていて、それ以上逃げようがなかったのだ。

チュチュと鼻先にキスを落とされ、クロエの足から力が抜けた。

――って、どなたですかね、この方は！　私の知る殿下とは少し違うような……それとも元々こういう性格だったのかしら？　分からない。今はまったく何も考えられないよ……！

「という訳で、今日から遠慮なく君を口説いていくよ。君が私の妃にして専用の菓子職人になってもいいと音を上げるまでね」

にっこりといい笑顔でアルベールは囁いた。

その言葉通り、この日から城のいたるところで逃げるクロエを追いかけ、捕まえては口説く王太子の姿が見られるようになるのだった。

エピローグ　魔女と青い空

食料貯蔵庫から厨房に帰ってきたクロエは、予想外の人物がいるのを見て仰天した。

「リザヴェーダさん⁉」

クロエが作ったおやつの残りをお茶と一緒に美味しそうに食べているのは、ステラの友人のリザヴェーダだった。

「どうして城《ここ》に？」

「あら、正式にハルモニア国から謝罪しに使者が来るからと言ったでしょう？」

リザヴェーダはにこにこ笑いながら答える。

「え？　ハルモニアから使者として来ているのは宰相夫婦だと聞いて……そもそもそれを帰国間際に陛下たちに言っていたのは、ハルモニアの国守りの魔女で……って、あ⁉」

ようやくクロエは、目の前のリザヴェーダが、国守りの魔女ハルモニアだったことに気づいた。

——そうよ。道理で既視感があると思ったんだわ！

柔らかな口調と声なのに出てくる言葉は辛辣だなんて、リザヴェーダそのものではないか。

「まぁ、本気で気づいていなかったのね、クロエちゃんは。ついでに言うと、私の素性はハルモニア国の宰相夫人よ。しばらくこの城に滞在するからよろしくね」

ふふふ、とリザヴェーダは上品に笑った。クロエは片手で顔を覆う。

――宰相夫人。……もう何に驚いたらいいのか分からないわ。いえ、負けない……！

クロエは気を取り直してリザヴェーダに尋ねた。

「リザヴェーダさんも魔女だということは、前世の記憶があるんですね？」

「そうよ。私は前の世界ではフランス人だったの。結婚はしていなくて、広告代理店に勤めるキャリアウーマンだったわ」

「フランス人……なるほど」

道理でイギリス人のステラとは時々折り合いが悪いと思ったら、フランス人だということで納得できた。伝統的にイギリス人とフランス人は仲が悪いと聞いたことがある。

もう一つ、クロエには二人に尋ねたいことがあった。

「師匠、リザヴェーダさん。……この世界はゲームの世界なんですか？」

脳裏に浮かんだ文字列。あれに時々出ていた『ゲームモード』という言葉。３Dのようだった大地。……そして、プログラム。

あれが本当なら、この世界は虚構《ゲーム》の中の世界だということになる。

「そうなのかもしれない、と答えるしかないね。この世界の文明はこの千年間ほとんど発展していないんだ。代々の魔女たちがいくら前世の知恵で発達させようとしても、なぜか局地的なもので終わって世界レベルには至らない。ここは箱庭で……プログラムされている以上の発展はできないのかもしれないね」

「そんな……」

「ところで、あたしもクロエには聞きたいことがあったんだ。兄弟子がフローティアに戻ってきていて手紙をくれたんだが、兄弟子の故郷に以前はなかったはずのバニラの木がいきなり生えていたんだそうだ。あんた、何か心当たりあるかい？」

クロエはぎくりとした。心当たりなんてありすぎる。この国の南部にバニラの木が生えるような設定を追加した覚えがあるのだ。あの不思議な空間で。

「……申し訳ありません。出来心でした」

厨房の床に正座して頭を擦りつける。日本人のキングオブ謝罪——土下座だ。

「やっぱりかい！」

ステラは腰に手を当てて、口をへの字にする。説教が始まろうとしていた。そこに、まるで救世主のようなタイミングでチンと音が鳴り、オーブンを開ける時間が来たことを知らせてくれる。

「あ、オーブンから取り出さないと！」

クロエはそそくさと立ち上がり、オーブンのところへ向かった。説教モードに入ろうとしたステラは大きなため息をついた。

「……はぁ、あの調子じゃ、この先もどんなでたらめ設定にするやらだ」

「変革は大いに結構よ。……ねぇ、ステラ。クロエちゃんはどの道を選ぶと思う？　あの王子にほだされて王太子妃になると思う？　それとも国守りの魔女になるのかしら？　はたまたどちらも蹴って、菓子職人になって店を持つことになるのかしらね」

「さあね。選ぶのはあの子だ」

そっけなく答えた後、ふとステラは思い直してリザヴェーダを見る。

「でも、もしかしたらあの子は国守りの魔女にはならないかもしれないね。あの子は国守りの魔女を継ぐのではなく、新しいタイプの魔女になるのかもしれない。そんな気がするんだ。現に契約を書き換え——」

ステラの言葉と重なるように、厨房にクロエの絶望の声が響き渡る。

「ああああ、師匠！　シュー生地がぺちゃんこです！　膨らみません！」

「………………とは言ってみたが、やっぱり気のせいだろう」

額に手を当てて、ステラが深い深いため息をつく。それから彼女は立ち上がると、クロエのところへ向かった。

「せっかく失敗しないシュークリームの作り方を教えたのに、失敗するとはどういう料簡《りょうけん》だい？」

「教えられた通りに作ったんです！　本当です！」

師匠と弟子のそんな掛け合いを聞きながら、リザヴェーダはお茶のカップを傾けて優雅に飲み干す。彼女は窓に視線を向けながら、のんびりした口調で呟いた。

「まぁ、平和なのはいいことね」

窓の外には雲一つない青空が広がっていた——。

Ｊパブリッシング　http://www.j-publishing.co.jp/fairykiss/

こんなドＳ時々Ｍな悪魔には
絶対に屈しません！

奥村一花が古本屋で 324 円（税込）で買った、なんちゃって魔導書。何とそいつのせいで異世界に飛ばされてしまった!?　世にも美しい執事姿に変身した魔導書に主認定された挙句、様々な事件に巻き込まれ――。にしても、主に派遣を与えるほど強大な魔導書のはずなのに、なんでこんなにベタベタ絡んでくるの!?

定価：本体 1200 円＋税

Ｊパブリッシング　http://www.j-publishing.co.jp/fairykiss/

王太子殿下の運命の相手は私ではありません

著者　富樫聖夜　Ⓒ Seiya Togashi

2019年4月5日　初版発行

発行人　神永泰宏

発行所　株式会社 J パブリッシング
〒102-0073　東京都千代田区九段北1-5-9 3F
TEL 03-4332-5141　FAX03-4332-5318

製版　サンシン企画

印刷所　中央精版印刷株式会社

定価はカバーに表示してあります。

万一、乱丁・落丁本がございましたら小社までお送り下さい。

本書のコピー、スキャン、デジタル化等の無断複製は著作権法上の例外を除き禁じられています。

ISBN：978-4-86669-194-7
Printed in JAPAN